JOHANNA LINDSEY es una de las autoras de ficción romántica más populares del mundo, con más de sesenta millones de ejemplares vendidos. Lindsey es autora de cuarenta y seis best-séllers, muchos de los cuales han sido número uno en las lista de los libros más vendidos del *New York Times*. Vive en Maine con su familia.

ZETA

Título original: *Captive Bride*
Traducción: Aníbal Leal
1.ª edición: noviembre 2010

para el sello Zeta Bolsillo
Consell de Cent, 425-427 - 08009 Barcelona (España)
www.edicionesb.com

Printed in Spain
ISBN: 978-84-9872-452-3
Depósito legal: B. 35.119-2010

Impreso por LIBERDÚPLEX, S.L.U.
Ctra. BV 2249 Km 7,4 Polígono Torrentfondo
08791 - Sant Llorenç d'Hortons (Barcelona)

La novia cautiva

JOHANNA LINDSEY

ZETA

1

Reinaba un tiempo agradablemente tibio aquel día de principios de primavera del año 1883. Una suave brisa soplaba entre los grandes robles que bordeaban el largo camino al fondo del cual se elevaba la Residencia Wakefield. Dos hermosos caballos blancos uncidos a un carruaje abierto esperaban jadeantes frente a la enorme mansión de dos pisos.

Dentro, Tommy Huntington se paseaba nervioso, arriba y abajo, por el amplio salón con sus muebles recamados de oro, esperando impaciente a que llegase Christina Wakefield. Tommy había llegado movido por un impulso, después de haber adoptado definitivamente una decisión relacionada con ella; pero ahora comenzaba a sentirse nervioso.

Tommy pensó: «Maldita sea, antes nunca se retrasaba tanto.» Dejó de pasearse y se detuvo frente a la ventana que daba a la vasta propiedad de los Wakefield. Pero eso era antes de que ella comenzara a usar vestidos muy elegantes y a cuidar especialmente su peinado. Ahora, siempre que él venía a verla terminaba esperando media hora o más antes de que Christina apareciese.

Tommy comenzaba a arrepentirse de lo que había decidido decirle y de pronto dos manos suaves le cubrieron los ojos y él sintió en la espalda la presión de los pechos de Christina.

—¿Adivina quién es? —murmuró alegremente la joven al oído de Tommy.

¡Oh, Dios mío, ojalá ella no volviese a hacer aquello! Todo eso había estado muy bien cuando ambos eran dos niños que crecían juntos; pero últimamente la proximidad de la joven avivaba locamente los deseos de Tommy.

Se volvió para mirarla y se sintió encantado con su extraña belleza. Christina se había puesto un ajustado vestido de terciopelo azul oscuro, con encaje blanco que adornaba un alto cuello y largas mangas, y los cabellos dorados formaban innumerables trenzas que le rodeaban la cabeza.

—Tommy, quisiera que no me mirases así. Últimamente lo haces a menudo y me pones nerviosa. Si no supiera a qué atenerme, pensaría que tengo la cara sucia —dijo la joven.

—Lo siento, Crissy —balbuceó Tommy—. Pero este último año has cambiado tanto que no puedo evitarlo. Ahora eres tan hermosa...

—Caramba, Tommy, ¿quieres decirme que antes era fea? —bromeó Christina, fingiéndose ofendida.

—Claro que no. Sabes a qué me refiero.

—Muy bien, te perdono —rió la joven, mientras caminaba hacia el diván tapizado con brocado de oro y se sentaba—. Ahora dime por qué has venido tan temprano. No te esperaba hasta la hora del almuerzo y Johnsy me dijo que se te veía muy nervioso cuando entraste aquí.

Tommy se sentía perplejo y trataba de encontrar las palabras apropiadas, pues no había preparado su discursito. Bien, era mejor que dijese algo antes de que el valor lo abandonase por completo.

—Crissy, no quiero que vayas a Londres este verano. Tu hermano volverá en un par de meses y me propongo pedir tu mano. Después, cuando ya estemos casados, si aún deseas ir a Londres te llevaré.

Christina lo miró fijamente, sorprendida.

—Tommy, das por sentadas muchas cosas —dijo con aspereza, pero se serenó cuando vio la expresión dolorida en el rostro juvenil del muchacho. Después de todo, ella siempre había sabido que llegaría este momento—. Lamento haberte hablado así. Comprendo que nuestras familias siempre creyeron que éramos una pareja perfecta y que quizá un día nos casaríamos; pero ahora no. Tú tienes sólo dieciocho años y yo diecisiete. Somos demasiado jóvenes para casarnos. Sabes que siempre he vivido aislada en esta casa. Me encanta mi hogar, pero deseo conocer a otras personas y saborear la atracción de Londres. ¿Me comprendes?

Hizo una pausa, porque no deseaba ofenderlo.

—Te quiero Tommy, pero no como tú deseas. Siempre has sido mi mejor amigo y te quiero del mismo modo que a mi hermano.

Él la había escuchado pacientemente, pues conocía el carácter voluntarioso de la joven; pero sus últimas palabras lo lastimaron profundamente.

—Maldito sea, Crissy. No quiero ser tu hermano. Te amo. Te deseo como un hombre desea a una mujer. —Se aproximó a ella y, tomándola de las manos, se la acercó—. Te deseo más de lo que jamás he deseado a nadie. No pienso más que en abrazarte y hacerte el amor. Se ha convertido en una obsesión.

—Tommy, dices tonterías. ¡No quiero oír nada más!

Christina se apartó bruscamente del joven y un momento después Johnsy, la anciana niñera de la joven, entró en la habitación con el servicio del té. No se habló más del tema.

Saborearon un agradable almuerzo después de dar un largo paseo para aliviar la tensión. Después que Christina recobró su actitud normal y despreocupada, Tommy tuvo el buen tino de no mencionar nuevamente sus sentimientos.

Mas aquella misma noche, mientras Tommy estaba acostado en su propia cama y pensaba en Christina y en la tarde que habían pasado juntos, sintió una terrible aprensión. De pronto tuvo la certeza de que si Christina viajaba a Londres aquel verano, tal como había planeado, ese episodio cambiaría su vida entera y echaría a perder la del propio Tommy. Pero nada podía hacer para detenerla.

2

Una miríada de estrellas parpadeantes centelleaba en aquella clara madrugada estival. Una tibia brisa mecía suavemente las copas de los árboles y, de vez en cuando, permitía entrever la luna llena y redonda que iluminaba el paisaje. Pero la paz de la bella campiña inglesa se veía interrumpida por el carruaje de los Wakefield que avanzaba por el camino solitario y polvoriento.

En el interior del carruaje espacioso y lujosamente tapizado, John Wakefield contemplaba pensativo su propia imagen reflejada en la ventanilla. Una vela solitaria asegurada a un soporte, en el rincón opuesto, emitía una tenue luz que bañaba el interior de terciopelo azul oscuro del carruaje.

John pensó que bien podía gozar de aquel viaje a la ciudad; sabía que a Crissy le agradaba. Se volvió para mirar a su hermana, que dormía tranquilamente en el asiento, frente a él.

Christina Wakefield había dejado de ser una muchachita traviesa para convertirse en una mujer de sorprendente belleza, y todo eso había ocurrido en el breve año que John había estado fuera de su casa. Un mes atrás, a su regreso, le había impresionado mucho verla tan crecida, y todavía no había dejado de admirar la increíble transformación. El cuerpo de la joven había alcanzado una asombrosa perfección e incluso su rostro había cambiado de tal modo que John apenas podía reconocerla.

Contempló el rostro, mientras ella dormía serenamente. Sobre los altos pómulos tenía las espesas pestañas que parecían haber crecido mucho, apenas en un año. La nariz recta y angosta y el mentón bien delineado parecían haberse acentuado más, ahora que habían perdido la redondez infantil. John sabía cuánto trabajo le costaría mantener alejados a los jóvenes pretendientes cuando llegasen a la ciudad.

Crissy había querido realizar este viaje a Londres al cumplir los dieciocho años y John no había visto motivo para negárselo. Pensó que Christina Wakefield siempre había podido conseguir lo que deseaba. Su padre siempre se vio sometido a los caprichos de su hija, y ahora le ocurría lo mismo al propio John. Bien; no le importaba. A John le agradaba complacer a su hermana: era lo único que le quedaba en la vida.

Recordó claramente aquel día fatal, cuatro años atrás, en el que Jonathan Wakefield había muerto en un accidente de caza. John tuvo que informar a Crissy de la muerte del padre de ambos, pues la madre se sintió tan afectada que falleció tres semanas después —a causa del dolor, dijo el médico—. Pero pese a su propio sufrimiento, John consiguió ayudar a Crissy a soportar la prueba. Crissy había consagrado la mayor parte de ese período a cabalgar desenfrenadamente en los terrenos de la propiedad, montada en su caballo negro. John le permitía montar día y noche, pues ella le había dicho apenas tres meses antes que lanzar su montura a toda carrera le permitía olvidar sus dificultades.

En aquel momento John había deseado echarse a reír. En efecto, ¿qué dificultades podía tener una joven de su edad? Bien, él había aprendido, y muy poco tiempo después, que los problemas no tienen preferencia por determinada edad. La equitación ayudó a Crissy a soportar su pesar y así, después de perder bruscamente a sus padres, volvió a la normalidad antes de lo que probablemente lo hubiera hecho.

Después, le tocó a John ocuparse de la educación de Crissy; pero no hubiera podido hacerlo sin la ayuda de la señora Johnson —la llamaban Johnsy—. Había sido la niñera de ambos cuando eran pequeños, pero ahora la buena mujer se ocupaba de la Residencia Wakefield y supervisaba a todos los criados de la propiedad. John recordaba la figura de Johnsy, que agitaba el dedo enérgicamente antes de la partida para Londres de los dos hermanos, en sus ojos castaños una expresión inquieta.

—Bien, Johnny, vigila a mi niña —le recordó, por tercera vez, esa mañana—. Que no se enamore de ninguno de esos caballeros de Londres. No me agradan las actitudes de esos elegantes, con sus modales altaneros... ¡de modo que no los traigáis a casa!

Crissy se había echado a reír y se había burlado de Johnsy mientras ascendía al carruaje.

—Avergüénzate, Johnsy. ¿Cómo podría enamorarme de un elegante londinense si tengo a Tommy que espera mi regreso?

Crissy envió un beso a Tommy Huntington, que había venido a despedirlos. Tommy inclinó la cabeza, en actitud de fingido embarazo, pero John pudo advertir que el muchacho no veía con buenos ojos el viaje de Crissy a la ciudad.

Tommy vivía con su padre, lord Huntington, en una propiedad vecina. Como en las cercanías no vivían jóvenes de la edad de Crissy, ella y Tommy habían sido compañeros inseparables desde la niñez. John y lord Huntington siempre habían abrigado la esperanza de que un día los dos jóvenes se casarían. Pero Tommy, con sus cabellos claros y sus ojos castaños, tenía apenas seis meses más que Crissy, y a los ojos de John aún era un jovencito. En cambio, Crissy ya era una mujer joven, en edad de merecer. John había confiado en que Tommy maduraría con la misma rapidez que Crissy; en todo caso, si ella lo amaba, quizá aceptaría esperarlo.

John pensó distraído: quién sabe cómo funciona la mente de una mujer. Ni siquiera comprendía los sentimientos de Crissy por Tommy. Ignoraba si la joven tenía solamente sentimientos amistosos hacia el joven o si había algo más. Más tarde la interrogaría acerca del asunto, pero probablemente ella estaría tan atareada las semanas siguientes que John no tendría oportunidad de abordar el tema.

John sonrió, imaginando las expresiones sorprendidas de los jóvenes que se acercarían a Crissy, cuando descubrieran que ella no sólo era hermosa, sino también inteligente. John sonrió para sí, y recordó la acalorada discusión que sus padres habían mantenido respecto a la educación de Crissy. Habían llegado a un compromiso, y educaron a Crissy como lo hubieran hecho con un hombre, pero también le enseñaron las artes femeninas de la costura y la cocina, o por lo menos se intentó enseñarlas cuando la madre lograba encontrarla.

Sí, Crissy era una joven educada y hermosa, pero tenía sus defectos. Su inflexible obstinación era un defecto heredado de su madre, una mujer que mantenía su actitud, no importaba cuál fuese el tema, si creía que la razón la asistía. Otro defecto era su carácter vivaz; era muy capaz de irritarse incluso por la cosa más menuda.

John suspiró, pensando en que las dos semanas siguientes serían muy agitadas. Bien, sólo dos semanas. Comenzó a dormitar, mientras el carruaje avanzaba por el camino solitario que llevaba a Londres.

Christina y John Wakefield dormían aún cuando el carruaje se detuvo frente a la casa de dos pisos de la plaza Portland. El sol asomaba sobre el horizonte, el cielo pasaba del rosado al azul claro y las aves cantaban alegremente.

Christina despertó cuando el cochero abrió la puerta del carruaje.

—Hemos llegado, señorita Christina —dijo el hombre con expresión de disculpa y se dirigió atrás para retirar el equipaje de la trasera del sólido vehículo.

Christina se enderezó en el asiento y se arregló los cabellos, que formaban largas trenzas y le enmarcaban el rostro. Se alisó el vestido y miró a John que aún dormía profundamente, los cabellos rubios cubriéndole la alta frente.

Le sacudió suavemente la pierna.

—John, ¡ya llegamos! ¡Despierta!

John abrió lentamente los ojos azul oscuro y sonrió, pasándose una mano por los cabellos mientras se incorporaba. Christina vio que tenía los ojos muy enrojecidos. Probablemente no había dormido mucho durante la noche. Ella se sorprendió de haber dormido tan profundamente.

—¡Vamos, John! Ya sabes cuán estusiasmada estoy —rogó a su hermano.

—Cálmate, jovencita —sonrió John, frotándose los ojos—. Los Yeats probablemente duermen todavía.

—Pero yo puedo desempaquetar y ordenar mis cosas, y después pasaré el día haciendo compras. Dijiste que podía comprar un ajuar nuevo, ¿y qué mejor oportunidad para hacerlo que durante mi primer día aquí? Así podré usar las prendas nuevas durante nuestra estada —dijo la joven con expresión complacida, mientras descendía del carruaje de un salto.

—Crissy, ¿ese profesor de etiqueta no te ha enseñado nada? —la reprendió su hermano, meneando la cabeza ante la falta cometida por la joven—. Sé que estás entusiasmada, pero la próxima vez espera a que yo te ayude a descender del carruaje.

Ascendieron los pocos peldaños que terminaban en un par de grandes puertas dobles, y John golpeó con fuerza.

—Es probable que todos duerman aún —dijo y volvió a llamar.

Pero las puertas se abrieron de par en par y los dos hermanos se miraron sorprendidos. Una mujer pequeña y regordeta de mejillas rojas y cabellos grises, los recibió con una sonrisa.

—Ustedes son seguramente Christina y John Wakefield. Pasen... pasen. Estábamos esperándolos.

Entraron en un pequeño vestíbulo cuyo suelo estaba cubierto con una alfombra oriental; al fondo, una escalera. Había una mesa de caoba contra la pared, y sobre ella muchas figurillas de cerámica.

—Soy la señora Douglas, el ama de llaves. Después del viaje seguramente estarán fatigados. ¿Desean descansar un poco antes de comenzar el día? El señor y la señora Yeats todavía no se han levantado —dijo la mujer con voz animosa, mientras los llevaba hacia la escalera.

—Es probable que John quiera dormir un poco más, pero yo desearía un baño caliente y después el desayuno, si no es demasiada molestia —dijo Christina mientras llegaban al corredor del primer piso.

—De ningún modo, señorita —le dijo la señora Douglas.

Les mostró las habitaciones y se retiró.

El cochero subió con el equipaje y después fue a ocuparse de los caballos. John se disculpó, explicando que sólo deseaba dormir un poco. En aquel momento entró una joven criada con agua para el baño de Christina.

—Soy Mary, la criada del primer piso —le explicó tímidamente, mientras acercaba una ancha bañera y le echaba el agua—. Señorita, si necesita algo, dígamelo —agregó.

—Gracias, Mary.

Christina examinó la habitación. Era pequeña comparada con el dormitorio que ocupaba en su casa, pero elegante. Una alfombra de felpa dorada cubría el suelo, y el lecho con dosel dorado tenía una pequeña cómoda cubierta de mármol a un lado y una recargada cajonera al otro. En la esquina, al lado de la única ventana, cortinas de terciopelo verde claro, y un espejo con marco dorado apoyado contra otra pared.

Mary terminó de retirar las prendas que Christina había traído consigo y en aquel momento trajeron más agua; Christina al fin quedó sola. Después de recogerse los cabellos, la joven se desvistió y se sumergió en el agua cálida y humeante. Apoyó el cuerpo en el metal de la bañera y se relajó.

Hacía mucho que Christina soñaba con este viaje a la ciudad. Siempre se la había creído demasiado joven para permitírselo y el año anterior, cuando ella tenía dieciséis, John estaba ausente con su regimiento. Había regresado al hogar con el grado de teniente del ejército de Su Majestad y esperaba nuevas órdenes.

Christina había pasado la vida entera en la Residencia Wakefield. Pero su infancia en el campo había sido maravillosa; correteaba como un varón y a menudo se metía en problemas. Recordaba que Tommy y ella solían ocultarse en el desván de los establos Huntington y desde allí oían rezongar al viejo Peter, el jefe de caballerizos. Siempre estaba jurando y hablando consigo mismo y con los caballos. Christina había aprendido del viejo Peter un vocabulario absolutamente impropio de una dama; por otra parte, no entendía la mayoría de las palabras. Pero un día el padre de Tommy los había descubierto en el desván. Ambos habían recibido una severa reprensión y durante muchísimo tiempo Christina no había podido acercarse a los establos de Huntington.

Christina ya no era la niña traviesa de antaño. Ahora usaba vestidos en lugar de los pantalones que Johnsy le había confeccionado porque la niña siempre estaba ensuciándose y desgarrando sus vestidos. Ahora era una dama, y le agradaba serlo.

Christina terminó de bañarse y se cubrió con un fresco vestido de algodón floreado. Sabía que no era la moda, pero deseaba sentirse cómoda mientras hacía sus compras. Se peinó los largos cabellos dorados y después los aseguró formando una masa de rizos y trenzas. Recogió el sombrero que pensaba usar y descendió a desayunar.

Abrió una de las puertas que daban al vestíbulo, y descubrió el comedor. John estaba sentado frente a la enorme mesa en compañía de Howard y Kathren Yeats. Christina percibió el suave aroma del jamón y las manzanas, pues en la mesa abundaban estos alimentos, así como huevos y bollos.

—Christina, querida, no sabes cuánto nos complace verte aquí. —Kathren Yeats le sonrió con sus suaves ojos grises—. Estábamos hablando a John de las fiestas a las que estamos invitados; además, antes de que concluya tu visita podrás asistir a un gran baile.

Aquí intervino Howard Yeats.

—En primer lugar, esta noche asistiremos a una cena formal en casa de un amigo. Pero no te preocupes... allí encontrarás también a los jóvenes —agregó riendo.

Howard y Kathren Yeats estaban al final de la cuarentena; formaban una pareja alegre y robusta, siempre activa y satisfecha de la vida. Christina y John los conocían desde hacía mucho tiempo, pues eran antiguos amigos de la familia.

—¡No veo el momento de salir a conocer la ciudad! —dijo entusiasmada Christina, mientras llenaba su plato con un poco de cada fuente—. Desearía terminar hoy mismo mis compras. ¿Vendrás, Kathren?

—Por supuesto, querida. Iremos a la calle Bond. Está a la vuelta de la esquina y allí hay muchas tiendas.

—Pensé que podría acompañarte, pues no he logrado volver a dormirme. También yo desearía hacer algunas compras —dijo John.

No estaba dispuesto a permitir que Crissy caminase sin él por esa ciudad peligrosa, y no le tranquilizaba el hecho de que Kathren Yeats la acompañase.

Christina pensó que John se sentía cansado; pero parecía tan entusiasmado como ella misma. Una doncella le llenó la taza de té caliente y humeante, mientras Crissy saboreaba un delicioso plato de huevos con tocino.

—En un minuto estoy con vosotros —dijo Christina, pues advirtió que todos habían concluido el desayuno.

—Tómate tu tiempo, niña —dijo Howard Yeats, con expresión divertida en su rostro rojizo—. Dispones de todo el tiempo del mundo.

—Crissy, Howard tiene razón. No tengas tanta prisa —la reprendió John—. Tendrás que postergar tus compras por culpa de un dolor de estómago.

Todos rieron, pero Christina continuó devorando velozmente; deseaba salir cuanto antes. No había previsto que la primera noche de su estancia en Londres tendría que vestirse formalmente. Tenía un solo traje de noche, el que había ordenado confeccionar para el último baile de lord Huntington.

Pasaron la mañana entera y parte de la tarde yendo de una tienda a otra. Había un par de tiendas que ofrecían prendas de confección, pero Christina encontró únicamente tres vestidos de calle que le agradaron, con los correspondientes zapatos y bonetes que hacían juego. Pero no halló vestidos de noche, de modo que el resto del tiempo fueron a la tienda de una modista, para que le tomaran las medidas y a elegir telas y adornos. Encargó tres vestidos de noche y dos más de calle, todos con los correspondientes accesorios.

La modista dijo que necesitaba por lo menos cuatro días para completar el encargo, pero que daría preferencia a los vestidos de noche, de modo que Christina pudiese recibirlos antes. Finalmente regresaron a la casa, tomaron un almuerzo liviano y después se acostaron.

Aquella noche todos los asistentes formularon vivos comentarios cuando Christina y John Wakefield llegaron a la cena. Formaban una pareja muy interesante, con sus cabellos rubios y la excelente apariencia de ambos. Christina se sintió fuera de lugar con su vestido de noche violeta oscuro; porque las restantes jóvenes llevaban prendas de color claro. Pero se tranquilizó cuando John le dijo al oído:

—Crissy, eres la más elegante de todas.

Los dueños de la casa presentaron a los restantes invitados y Christina se sintió muy complacida. Las mujeres coqueteaban descaradamente con John, y esta actitud le chocó un poco. Pero se sintió todavía más sorprendida a causa del modo de mirarla de los hombres; se hubiera dicho que la desnudaban con los ojos. Pensó que tendría mucho que aprender acerca de las costumbres de la ciudad.

La cena se sirvió en un espacioso comedor, cuyas dos

enormes arañas pendían sobre la mesa. Christina se sentó entre dos jóvenes que le prodigaron un número excesivo de cumplidos. El hombre de la izquierda, el señor Peter Browne, tenía la irritante costumbre de asirle la mano mientras le hablaba. A su derecha, sir Charles Buttler tenía límpidos ojos azules que no se apartaban de ella ni un minuto. Los dos hombres rivalizaban por la atención de Christina y cada uno se vanagloriaba y trataba de desplazar al otro.

Al concluir la comida las mujeres se retiraron al salón y dejaron a los hombres con su brandy y sus cigarros. Christina habría preferido permanecer con los hombres y hablar de política o de asuntos de interés general. En cambio, se vio obligada a escuchar las últimas murmuraciones acerca de personas a quienes no conocía.

—Sabe, querida, ese hombre ha insultado a todas las bonitas jóvenes que su hermano Paul Caxton le presentó. Es inhumano el modo de despreciarlas —decía una viuda a su amiga.

—Es cierto que aparentemente no le interesan las mujeres. Ni siquiera baila. No le parece que es... en fin, un individuo de costumbres raras, ¿verdad? Ya sabe... la clase de hombres que no se interesa por las mujeres —replicó la otra.

—¿Cómo puede decir eso si tiene un aire tan viril? Todas las jóvenes casaderas de la ciudad de buena gana querrían atraparlo... por muy mal que él las trate.

Christina se preguntó de quién estarían hablando esas damas, pero en realidad no le importaba. Se sintió muy aliviada cuando ella y John pudieron retirarse. En el carruaje, de regreso a casa, John sonrió perversamente.

—Mira, Crissy, tres jóvenes admiradores de tu persona me arrinconaron por separado para preguntarme si podían visitarte.

—¿De veras, John? —replicó Crissy, tratando de ahogar un bostezo—. ¿Qué les dijiste?

—Dije que tus gustos te hacían muy severa, y que no estabas dispuesta a dar ni dos centavos por todos.

Christina abrió los ojos exageradamente.

—John, ¡no habrás dicho eso! —exclamó—. ¡Jamás podré mirarlos a la cara!

Howard Yeats se echó a reír.

—Christina, esta noche te veo muy crédula. ¿Dónde está tu sentido del humor?

—En realidad, les dije que no me imponía a ti cuando se trataba de determinar a quién recibías o no recibías... que era asunto exclusivamente tuyo decir si querías visitas o no —respondió calmosamente John, mientras el carruaje se detenía frente a la casa de los Yeats.

—Mira... ni siquiera he pensado en ello. No sabría qué decir o hacer si me visitara un caballero. La única persona que me ha visitado a veces es Tommy, y para mí es como un hermano —dijo Christina con expresión seria.

—Querida, llegarás a acostumbrarte —dijo Kathren con aire de conocedora—. De modo que no es necesario que te preocupes por eso.

Los días pasaron velozmente para Christina, que asistía a fiestas, reuniones sociales y comidas. Peter Browne, el compañero de cena de la primera noche en Londres, declaró que se sentía como fulminado y la irritaba con sus permanentes declaraciones de amor. Incluso pidió a John la mano de la joven.

—Peter Browne ayer te pidió mi mano, y sir Charles Buttler me lo dijo hoy mientras cabalgábamos por el parque. Estos londinenses son un poco impulsivos, ¿verdad? Bien, ¡no quiero verlos más! Es ridículo que crean que todas las jóvenes que vienen a Londres están buscando marido. Y afirmar que están enamorados, cuando apenas me conocen... ¡es absurdo! —dijo Christina a su hermano, que se divirtió mucho con el estallido de la joven.

Aquella noche era el primer baile de Christina. Había ansiado aquel momento desde hacía un mes o, más exactamente, desde que había apremiado al marido de Johnsy con el fin de que le enseñase algunos pasos. Había reservado para aquella noche su vestido más bonito, y se sentía tan entusiasmada como un niño con un juguete nuevo. Hasta entonces, su temporada en Londres no había sido lo que ella había previsto. ¡Pero aquella noche sería distinto! Y abrigaba la esperanza de que Peter y sir Charles fuesen al baile, porque estaba decidida a ignorarlos.

3

Paul Caxton estaba sentado frente a la ventana de su estudio y su rostro tenía una expresión sombría. Cabilaba acerca de su hermano mayor, Philip, a quien nunca había entendido. Philip había sido un niño silencioso y retraído, y la convivencia con su padre los últimos años no había mejorado su actitud.

Philip se había mostrado descontento desde su regreso a Londres, un año antes, para asistir a la boda de Paul. Éste había tratado de convencerlo de que permaneciese en Inglaterra, con la esperanza de que Philip acabara casándose, se asentara y formase una familia. Pero Philip se había convertido en un bárbaro después de vivir tanto tiempo con su padre en el desierto. Paul y su esposa Mary habían presentado muchas jóvenes a Philip, pero éste las había despreciado a todas.

Paul no podía entender la actitud de Philip. Sabía que podía ser un hombre encantador y cortés si lo deseaba, pues trataba a Mary con el mayor respeto. Pero a Philip no le importaba lo más mínimo lo que la sociedad pensara de él. Se negaba a representar el papel del caballero, por mucho que ello molestase a Paul.

Philip había llegado la noche de la víspera después de pasar un mes en la propiedad que los hermanos tenían en el campo.

Siempre demostraba un dominio desusado de su propio carácter, pero se encolerizó cuando Paul le habló del baile que se ofrecería aquella noche.

—¡Si tu plan es arrojarme en brazos de otras señoritas de sociedad como las que ya conozco, juro que abandonaré definitivamente la ciudad! —explotó Philip—. Paul, ¿cuántas veces tendré que decirte que no deseo esposa? No quiero tener una mujer emperifollada y fastidiosa que me obligue a perder el tiempo. Tengo mejores cosas que hacer que lidiar con una mujer. —Philip se paseó muy agitado de un extremo al otro de la habitación—. Si deseo una mujer, la tomo, pero sólo para pasar una noche placentera, sin ataduras. No deseo que me sujeten. Maldita sea, ¿cuándo os meteréis eso en la cabeza?

—Pero, ¿qué ocurrirá si un día te enamoras... como yo me enamoré? En ese caso, ¿te casarás? —se había atrevido a decir Paul, consciente de que el ladrido de su hermano era peor que la mordida.

—Si ese día llega, por supuesto me casaré. Pero no alimentes ninguna esperanza, hermanito, porque ya he visto lo que esta ciudad puede ofrecerme. Jamás veremos ese día.

«Bien —pensó Paul, sonriendo para sí—; era posible que Philip se sorprendiese esa noche, durante la fiesta.» Abandonó bruscamente la silla y subió la escalera, tres peldaños por vez. Estaba muy alegre y descargó varios golpes sonoros en la puerta de su hermano, y se asomó al interior. Philip estaba sentándose en la cama y se frotaba los ojos para disipar el sueño.

—Muchacho, es hora de vestirse —dijo perversamente Paul—. Y usa tus mejores prendas. Querrás seducir a todas esas damas, ¿verdad?

Paul se apresuró a cerrar la puerta cuando una almohada golpeó fuertemente contra la madera. Rió estrepitosamente mientras caminaba por el corredor, en dirección a su habitación.

—¿Qué te divierte tanto, Paul? —preguntó Mary cuando su marido entró en la habitación riendo todavía.

—Creo que esta noche Philip recibirá su merecido y ni siquiera lo sabe —contestó Paul.

—¿De qué estás hablando?

—De nada, querida, ¡absolutamente de nada! —exclamó.

Alzó en brazos a su esposa y comenzó a describir rápidos círculos en el centro de la habitación.

Philip Caxton estaba irritado. El día anterior había discutido con su hermano acerca de las mujeres y el matrimonio y ahora Paul insistía.

—Mira cuántas bellezas elegibles en este salón —le decía su hermano, con un guiño de sus ojos verdes—. Es hora de que sientes cabeza y des un heredero a los Caxton.

Paul estaba exagerando. Philip se preguntó cuál sería su juego.

—¿Pretendes que elija esposa, y que sea una de estas jóvenes retrasadas de nuestra sociedad? —dijo sarcásticamente—. Aquí no veo a nadie a quien desee invitar ni siquiera a mi dormitorio.

—Philip, ¿por qué no bailas? —dijo Mary, que se había acercado—. Qué vergüenza, Paul, estás impidiendo que tu hermano conozca a estas bonitas jóvenes.

Apoyó el brazo en el de Paul.

Philip siempre sonreía para sus adentros cuando Mary llamaba «jóvenes» a todas las muchachas de su propia edad. Mary tenía apenas dieciocho años y era muy hermosa, con sus grandes ojos gatunos y los cabellos castaño claro. Paul la había desposado hacía apenas un año.

Philip replicó con buen humor:

—Querida, cuando encuentre a una doncella tan bella como tú me sentiré muy feliz de bailar durante toda la noche.

En ese momento Philip vio a Christina, que estaba apenas a un metro de distancia. ¡Parecía una visión! Nunca hubiera creído que una mujer podía llegar a ser tan bella.

Ella lo miró antes de volverse, pero en aquel momento la imagen femenina quedó grabada para siempre en la mente del hombre. Los ojos lo fascinaron, oscuros anillos de azul marino alrededor de un centro verde claro. Los cabellos eran una reluciente masa dorada de rizos y algunos mechones sueltos le cubrían parcialmente el cuello y las sienes. Tenía la nariz recta y angosta y los labios suaves y seductores, como hechos para ser besados.

Llevaba un vestido de satén azul zafiro oscuro. El escote permitía entrever los pechos suaves y redondos, y varias cintas celestes destacaban la cintura angosta. Era perfecta.

Vino a interrumpir la mirada de Philip la mano que Paul agitaba frente a sus ojos. Finalmente, desvió la vista hacia su hermano que sonreía.

—¿Estás aturdido? —rió Paul—. ¿O será que la señorita Wakefield atrajo tu mirada? ¿Por qué crees que insistí en que vinieses esta noche? Vive con su hermano en Halstead y ha venido aquí a pasar la temporada. ¿Desearías conocerla?

Philip sonrió.

—¿Es necesario que lo preguntes?

Christina vio a un hombre que la miraba groseramente. Poco antes había oído sus comentarios, insultantes para todas las damas que estaban en el salón. Quizá era la misma persona cuyos malos modales eran tema de conversación en Londres.

Se volvió cuando advirtió que se acercaba. Tuvo que reconocer que era el hombre más apuesto que ella había visto jamás; pero entonces recordó que había vivido aislada y había conocido a muy pocos hombres.

—Discúlpame, John —le dijo a su hermano—. Pero aquí hace muchísimo calor. ¿Podríamos pasear por el jardín?

Dio un paso, pero la detuvo una voz a su espalda.

—Señorita Wakefield.

Christina no tuvo más remedio que volverse. Vio unos ojos verdes con reflejos amarillos. Se sintió sobrecogida. Pareció que transcurría una eternidad antes de que ella volviese a oír las voces.

—Señorita Wakefield, nos conocimos ayer, en el parque... y usted dijo que asistiría a esta fiesta. Lo recuerda, ¿verdad?

Christina se volvió finalmente hacia el joven alto y su esposa.

—Sí, lo recuerdo. Paul y Mary Caxton, ¿no es así?

—En efecto —dijo Paul—. Deseo presentarle a mi hermano, que también está de visita en la ciudad. La señorita Christina y el señor John Wakefield; mi hermano, Philip Caxton.

Philip Caxton estrechó la mano de John, y besó la de Christina, y cuando lo hizo ella sintió que un estremecimiento le recorría el brazo.

—Señorita Wakefield, me sentiría muy honrado si me concediera la próxima pieza —dijo Philip Caxton, sin soltarle la mano.

—Lo siento, señor Caxton, pero me disponía a dar un paseo con mi hermano. Aquí hace muchísimo calor.

¿Por qué razón estaba ofreciendo explicaciones a ese hombre?

—Entonces permítame escoltarla, por supuesto con el permiso de su hermano —miró a John.

—Ciertamente, señor Caxton. Acabo de ver a un conocido con quien deseo hablar, de modo que usted me hará un favor.

Ella pensó irritada: «Oh, John, cómo puedes hacerme esto.» Pero Philip Caxton ya la guiaba entre los grupos de invitados, en dirección a las puertas. Cuando se detuvieron en la terraza, Christina retiró inmediatamente su mano de la mano de Philip. Caminaron unos pasos antes de que ella volviese a oír otra vez la voz profunda del hombre.

—Christina, su nombre es encantador. ¿Esa excusa del calor fue un modo femenino de atraerme aquí?

Ella se volvió para mirarlo y lo hizo con movimientos muy lentos, las manos en las caderas y los ojos chispeantes.

—¡Vaya vanidoso insufrible! Su orgullo me abruma. ¿Está seguro de que esta jovencita tonta es digna de que usted la invite a su dormitorio?

Christina no vio la expresión de asombro del rostro de Philip cuando ella se volvió para regresar al salón. Tampoco vio la lenta sonrisa que reemplazaba a la expresión de asombro.

«Que me ahorquen —pensó él, moviendo la cabeza—. No es ninguna jovencita tonta. Es una viborita. Vaya si me desairó.» Cerró los ojos y la vio frente a él y comprendió que la necesitaba. Pero era indudable que la cosa había comenzado mal, porque desde el primer minuto ella le había demostrado antipatía. Bien, no estaba dispuesto a renunciar. De un modo o de otro, la tendría.

Philip regresó al salón y vio que Christina estaba a salvo, con su hermano. La observó la noche entera, pero ella se las arregló para evitar su mirada. Philip decidió mantenerse a distancia, porque no tenía objeto empeorar todavía más la situación. Le daría una oportunidad de calmarse durante la noche y a la mañana siguiente renovaría sus ataques.

4

El sol ya estaba alto cuando al fin Christina abandonó su lecho. Se calzó las zapatillas y se puso la bata, acercándose a la ventana. Se preguntó qué hora sería. Recordó la fiesta, y que toda la noche se había movido inquieta en la cama.

No podía olvidar esos ojos extraños mirándola insolentes y el rostro bien formado. Philip Caxton era más alto que la mayoría de los hombres, posiblemente medía un metro ochenta y cinco, era delgado y musculoso. Tenía los cabellos negros y la piel intensamente bronceada, lo cual lo distinguía de los elegantes londinenses de piel muy clara.

Pensó: «¿Qué te pasa, Christina? ¿Por qué no puedes apartar de tus pensamientos a ese hombre? Te insultó, pero continúas recordándolo. Bien, si es posible evitarlo, no volverás a ver a Philip Caxton.»

Se quitó la bata y las zapatillas y de su guardarropa extrajo el vestido que consideraba más adecuado para el momento y descendió por la escalera en busca de su hermano.

Christina entró en el comedor y encontró a la señora Douglas y a una de las criadas de la planta baja retirando lo que parecían los restos de un almuerzo.

—Vaya, señorita Christina, comenzábamos a preguntamos si estaba enferma. ¿Desea desayunar? ¿O tal vez prefiere almorzar ya? —preguntó la señora Douglas.

Christina sonrió al tiempo que se sentaba.

—No, gracias, señora Douglas. Será suficiente con unas tostadas y una taza de té. ¿Dónde están todos?

—Bien, el señor John dijo que tenía que hacer algunas diligencias y salió poco antes de que usted bajara —dijo la señora Douglas, mientras servía una taza de té a Christina—. Y el señor y la señora Yeats están durmiendo la siesta.

La criada entró con una bandeja de tostadas y jaleas.

—Señorita Christina, casi lo olvidé —dijo la señora Douglas—. Esta mañana vino un caballero a verla. Es muy insistente... ya ha venido tres veces. Creo que es el señor Caxton. —La interrumpió un golpe en la puerta—. Seguramente es él.

Christina se mostró irritada.

—Bien, sea el mismo u otro cualquiera, dígale que no me siento bien y que hoy no recibiré visitas.

—Muy bien, señorita. Pero este señor Caxton es un hombre muy apuesto —replicó la señora Douglas antes de salir para contestar la llamada...

Regresó poco después, moviendo la cabeza.

—Sí, era el señor Caxton. Me pidió le dijese que lamenta que no se sienta bien, y que espera que mañana esté mejor.

John y ella pensaban regresar a su casa al día siguiente, de modo que no necesitaría ver nuevamente al señor Caxton. Christina echaba de menos el campo, y también las cabalgadas diarias en su caballo *Dax*. De buena gana regresaría a casa.

Dax y *Princesa* habían nacido al mismo tiempo, y su padre le había regalado *Princesa* con motivo de un cumpleaños. Pero *Princesa* era blanca y mansa, y en cambio *Dax* era un pardillo negro de carácter áspero. Por eso

Christina había inducido a su padre a que se lo regalase y para lograr su propósito le había prometido adiestrarlo de tal modo que mostrase un carácter más manso.

Sin embargo, *Dax* era manso sólo con Christina. La joven reía de buena gana cuando recordaba que dos años atrás John había intentado montar a *Dax*. El caballo sólo soportaba a Christina. Si volvía a casa, pronto olvidaría la figura del grosero Philip Caxton, y a Peter Browne y a sir Charles Buttler.

Christina oyó la puerta principal que se abría y cerraba y John apareció en el umbral.

—De modo que al fin conseguiste abandonar la cama. Te esperé esta mañana, pero a mediodía renuncié. John se apoyó en el marco de la puerta—. Me encontré con Tom y Anne Shadwell. Como recordarás, él estuvo en mi regimiento. Nos invitaron a cenar esta noche con algunos de sus amigos. ¿Puedes prepararte para las seis?

—Creo que sí, John.

—Fuera encontré al señor Caxton. Dijo que había venido de visita, pero que tú no te sentías bien. ¿Ocurre algo?

—No. Sólo que hoy no deseo ver a nadie —respondió la joven.

—Bien, partiremos mañana, de modo que hoy es tu última oportunidad de encontrar un buen marido —se burló John.

—¡Caramba, John! Sabes que no vine por eso a la ciudad. Lo que menos deseo es atarme y verme esclavizada por las obligaciones conyugales. Cuando encuentre a un hombre que me trate como a una igual, quizás entonces contemple la posibilidad del matrimonio.

John se echó a reír.

—Previne a nuestro padre que la educación que recibiste sería tu ruina. ¿Dónde está el hombre que desee una esposa tan inteligente como él?

—Si todos los hombres son débiles y tímidos, jamás me casaré... ¡Y no lo lamento!

—No diré que compadezco al hombre que conquiste tu corazón —dijo John—. Sin duda, será un matrimonio muy interesante.

Dicho esto, salió de la habitación.

Christina reflexionó acerca de lo que John había dicho. Dudaba de que jamás pudiese hallar la clase de amor que podía hacerla feliz: la clase de amor que había unido a sus padres. Ellos habían tenido un matrimonio perfecto, hasta la muerte de ambos, cuatro años atrás. Después, John y Christina se habían acercado más que nunca uno al otro.

Y el último año John había obtenido un ascenso en el ejército de Su Majestad y ahora disfrutaba de licencia y esperaba nuevas órdenes. De pronto Christina decidió que lo acompañaría adondequiera que fuese. Extrañaría a *Dax* y a Wakefield, pero mucho más extrañaría a su hermano si no lo veía.

Abrigaba la esperanza de que no lo enviasen muy lejos. Él no pensaba seguir indefinidamente la carrera militar, pero de todos modos deseaba hacer algo por su país antes de volver a su terreno. Al día siguiente irían a Wakefield y pronto saldrían de allí. Christina esperaba que no fuese demasiado pronto.

Subió el primer piso para pedir un baño. Le agradaban mucho los baños tranquilos y prolongados. Lo mismo que la equitación, la tranquilizaban y mejoraban su estado de ánimo.

Christina decidió poner particular cuidado en su atuendo, porque ésta sería su última noche en Londres. Eligió un vestido borgoña y dijo a Mary que ordenase los rizos rubios de acuerdo con la complicada moda del momento. Distribuyó en sus cabellos rubíes rojos como la sangre y agregó un collar a juego. Su madre había dejado a Christina rubíes, zafiros y esmeraldas. Los diamantes y las perlas estaban destinados a la esposa de John, para cuando él se casara. Su madre le había dicho cierta vez que su cutis y su pelo eran demasiado claros y que no le convenía usar diamantes y Christina estaba de acuerdo con esa opinión.

Admiró su imagen reflejado en el espejo. Le encantaba usar prendas bonitas y joyas. Sabía que era hermosa, pero no podía creer que fuese tan bella como todos solían decir. Tenía los cabellos de un rubio tan claro que la frente alta y blanca parecía prolongarse en el peinado. Sin embargo, su propia figura la complacía. Tenía los pechos generosos, de forma perfecta, y las caderas eran esbeltas y acentuaban el perfil de las largas piernas.

Un golpe en la puerta interrumpió el tocado de Christina. Oyó la voz de John.

—Crissy, si estás lista, creo que antes de ir a cenar podemos recorrer el parque por última vez.

Cuando abrió la puerta percibió la expresión admirativa de John.

—Me pongo la capa y podemos salir —replicó alegremente la joven.

—Crissy, esta noche estás muy hermosa: aunque a decir verdad, siempre se te ve así.

—John, me halagas; pero de todos modos me agrada oírte decir eso —se burló ella—. ¿Vamos?

Christina y John dieron un lento paseo por el parque del Regente antes de detenerse frente a una hermosa residencia de la calle Eustin. Tom y Anne Shadwell los recibieron en la puerta y John los presentó a Christina. Anne Shadwell era la mujer más menuda que Christina hubiese visto jamás. Parecía una muñeca de porcelana, con los cabellos y los ojos negros, y el cutis blanco. El marido era un hombre corpulento, como John, y de rasgos ásperos.

—John, sois los últimos en llegar. Los restantes invitados están en el salón —dijo Tom Shadwell mientras los conducía hacia el interior de la casa.

Cuando entraron en el salón. Christina no pudo dejar de verlo. Era la persona más alta que estaba allí. Oh, condenación, pensó la joven; ¡ese hombre echaría a perder su última velada en Londres!

Philip Caxton vio a Christina apenas ella entró en la sala. Cuando la miró, Christina apartó el rostro en un gesto de desprecio. Bien, él no esperaba realizar una conquista fácil. Desde la víspera, era evidente que ella lo odiaba.

Por pura casualidad se había cruzado con John Wakefield esa tarde y había sabido que él y su hermana estarían allí por la noche. Paul conocía a Tom Shadwell y pudo conseguir que el dueño de la casa lo invitase e hiciese lo mismo con Philip.

Philip también supo de labios de John Wakefield que era la última noche que los hermanos pasaban en Londres; por lo tanto, tenía que darse prisa. Abrigaba la esperanza de que Christina no se sintiese demasiado irritada por la audacia que él demostraba, pero de todos modos no tenía otra salida que tratar de conquistarla aquella misma noche. Personalmente, hubiera preferido llevar a Christina a su propia casa y hacerla su esposa, con o sin protestas, al estilo del pueblo de su padre. Pero sabía que eso era imposible en Inglaterra. Tenía que tratar de conquistar su afecto de acuerdo con las costumbres de la civilización.

Suspiró, maldiciendo la falta de tiempo. Aunque quizá Christina Wakefield sólo se hiciera la difícil. Después de todo, las jóvenes iban a Londres en busca de marido. Y él no era tan mal partido. Aún así, como la había conocido apenas la víspera, las probabilidades no lo favorecían. Condenación, ¿por qué no se la habían presentado antes?

Anne Shadwell llevó a Christina donde estaba Philip.

—Señorita Wakefield, desearía presentarle...

Se vio interrumpida bruscamente.

—Ya nos conocemos —dijo Christina despectivamente.

Anne Shadwell pareció sobresaltada, pero Philip hizo una reverencia de arrogante elegancia, tomó firmemente del brazo a Christina y la obligó a caminar hacia el balcón. Ella se resistió, pero Philip estaba seguro de que la joven no haría una escena.

Cuando llegaron a la baranda, ella se volvió bruscamente para enfrentarse a Philip en actitud desafiante. Los ojos le chispeaban y su voz estaba cargada de desprecio.

—¡Realmente, señor Caxton! Creí que anoche había aclarado bien mi posición, pero como parece que usted no entiende se lo explicaré otra vez. Usted no me gusta. Usted es un individuo grosero y pagado de sí mismo, y me parece una persona intolerable. Ahora, si usted me disculpa, regresaré adonde está mi hermano.

Se volvió para alejarse, pero él le asió la mano y la atrajo hacia sí.

—Espere, Christina —pidió con voz ronca, obligándola a mirarlo en los ojos oscuros.

—Realmente, no creo que tengamos nada que decirnos, señor Caxton. Y por favor absténgase de usar mi nombre de pila.

De nuevo se volvió, pero Philip continuaba aferrándole la mano. Ella se le enfrentó otra vez y ahora, enfurecida, golpeó el suelo con el pie.

—¡Suélteme la mano! —exigió Christina.

—Tina, lo haré cuando haya oído lo que quiero decirle —contestó él, atrayéndola aún más.

—¿Tina? —dijo ella, y le miró hostil—. ¿Cómo se atreve...?

—Me atrevo a lo que quiero atreverme. Ahora, cállese y escuche. —Le divirtió la incredulidad que se leía en el hermoso rostro—. Anoche hablé groseramente de las mujeres sólo para tranquilizar a mi casamentero hermano. Nunca deseé casarme... hasta que la conocí. Tina, la deseo. Me honraría si consintiera en ser mi esposa. Le daría lo que quisiera... joyas, hermosos vestidos, mis propiedades.

Ella lo miraba de un modo muy extraño. Abrió la boca para decir algo, pero no pudo pronunciar palabra. Y entonces él sintió el golpe de su mano en la mejilla.

—En mi vida me he sentido tan insultada...

Pero él no le permitió terminar. La abrazó y la silenció con un beso profundo e intenso. La apretó fuertemente contra su propio cuerpo, sintió la presión de sus pechos y casi le impidió respirar. Ella se debatía para liberarse, pero sus esfuerzos a lo sumo acentuaban el deseo de Philip.

De pronto, inesperadamente, Christina cayó inerte en los brazos de Philip y él bajó la guardia. Creyó que Christina se había desmayado, pero se le contrajo el rostro cuando sintió un dolor agudo en la pierna. La soltó instantáneamente para aferrarse la pierna y, cuando volvió a mirar, Christina corría hacia el interior del salón. Vio que se acercaba a su hermano, que se apartó en seguida para buscar la capa de la joven y decir algo al dueño de casa. Después salió del salón en compañía de su hermano.

Philip aún sentía los labios de Christina. Su deseo no se había apaciguado cuando volvió los ojos hacia la calle y vio a Christina y a su hermano que subían al carruaje y se alejaban. Continuó observando al vehículo hasta que desapareció y después fue a buscar a Paul y le pidió que se disculpara ante Tom Shadwell. No estaba de humor para soportar la cena.

Paul comenzó a protestar, pero Philip ya estaba saliendo del salón.

Se dijo que tenía que haberlo previsto. Le había rogado como un tonto. Bien, sería la última vez. Jamás antes había dado explicaciones a ninguna mujer y no volvería a hacerlo. Pensar que había creído realmente que podía conquistarla en una noche. No era una fregona que aprovechase sin vacilar la oportunidad de pasar de la miseria al lujo. Christina era una dama nacida en el bienestar. No necesitaba la riqueza que él podía darle.

Hubiera debido ir al hogar de Christina en Halstead e iniciar un lento asedio. Pero aquel no era su estilo. Además, jamás había cortejado a una mujer. Estaba acostumbrado a conseguir inmediatamente lo que deseaba y deseaba a Christina.

Christina temblaba cuando entró corriendo en el salón. Aún sentía los labios de Philip Caxton sobre los suyos y los brazos que la aprisionaban; y la endurecida virilidad de la entrepierna del hombre presionando sobre ella. De modo que así besaba un hombre a una mujer. Ella siempre se había preguntado cómo sería. Pero no había previsto la extraña sensación que Philip Caxton había despertado en ella: una sensación que la atemorizaba y al mismo tiempo la excitaba.

Felizmente, había recordado lo que su madre le había

dicho cierta vez: si un hombre la arrinconaba y ella deseaba escapar, debía fingir que se desmayaba y después descargarle el puntapié más enérgico posible. Había sido eficaz, y Christina agradeció en silencio a su madre el consejo recibido.

Christina se calmó mientras su hermano fue en busca de la capa. Explicó que tenía una terrible jaqueca y que deseaba partir inmediatamente. Cuando él regresó, ambos salieron en busca del carruaje.

Miró hacia la casa y vio a Philip Caxton en el balcón, observándolos. Pensar que ese hombre la deseaba y la había pedido en matrimonio, pese a que conocía la antipatía que sentía Christina por él. ¡Qué descaro, qué audacia ilimitada!

Ahora que estaba a distancia segura de Philip Caxton, Christina dio rienda suelta a su cólera. Lo había conocido la víspera y hoy ya la había pedido en matrimonio... sin una palabra de amor. Se había limitado a decir que la deseaba. Era incluso más impulsivo que Peter o sir Charles. Éstos por lo menos eran caballeros.

Cuando pensaba en ellos se irritaba todavía más. ¡Ese hombre no era un caballero! ¡Se comportaba como un bárbaro! A Christina le habría gustado volver a ese balcón y abofetear de nuevo aquella cara arrogante.

Los sentimientos de Christina se reflejaban en su rostro y John, que había estado examinándola en silencio, interrumpió los pensamientos de la joven.

—Crissy, ¿qué demonios te pasa? Yo diría que estás muy nerviosa. Me habías dicho que tenías jaqueca.

Ella volvió los ojos hacia John, se llevó distraídamente una mano a la frente como quien intenta calmar un dolor y de pronto estalló.

—¡Jaqueca! Sí, tuve jaqueca, pero la dejé allí en el balcón. John, ese pedante me propuso matrimonio.

—¿Quién? —preguntó serenamente John.

—¡Philip Caxton! Y tuvo el descaro de besarme... allí mismo, en el balcón.

John pareció divertido.

—Querida hermana, parece que has encontrado a un hombre que sabe lo que desea e intenta conseguirlo. Dices que te ha pedido en matrimonio, ¡al día siguiente de haberte conocido! Por lo menos Browne y Buttler te conocían un poco más. Parece que Philip Caxton realmente te desea.

Christina volvió a recordar lo que Caxton había dicho y su irritación se acentuó.

—Sí, me desea. Incluso me lo dijo y ni una palabra de amor... ¡Sólo el deseo!

John se echó a reír. No era frecuente que viese tan irritada a su hermana. Si Caxton hubiese intentado molestar a Crissy John no se habría sentido tan divertido y habría obligado al hombre a rendir cuentas de su actitud. Pero mal podía criticar a Caxton por un beso y una propuesta matrimonial. Él habría hecho lo mismo de haber hallado a una mujer tan bella como Crissy.

—Mira, Crissy, a menudo el deseo llega antes que el amor. Si Caxton te hubiese dicho que estaba enamorado de ti, probablemente habría mentido. Lo que dijo fue la verdad... que te deseaba. Cuando un hombre encuentra a una mujer sin la cual no puede vivir, sabe que está enamorado. Creo que el amor necesita crecer lentamente, y eso lleva más tiempo de dos días, o incluso dos semanas. Sin embargo, parece que Philip Caxton está dispuesto a amarte, puesto que te propuso matrimonio. En lugar de enojarte tanto, podrías haberlo considerado un cumplido.

Christina comenzó a calmarse, se recostó en el asiento y miró pensativa a lo lejos.

—Bien, de todos modos poco importa. Jamás volveré a ver a Philip Caxton. Ante todo, nunca debí venir a Londres. Aquí los hombres no saben lo que quieren. Se limitan a competir para llamar la atención: cada uno se vanagloria de que es mejor que el otro. Y los hombres como Philip Caxton creen que les basta pedir una cosa para conseguirla. Esta no es vida para mí. Creo que en el fondo del corazón soy una muchacha campesina. —Christina respiró a pleno pulmón y exclamó con lentitud—: ¡Oh, John, me alegro de volver a casa!

5

Una suave brisa agitó las faldas de Christina cuando ella y John abordaron la nave que debía llevarlos a El Cairo. Christina fue conducida a una pequeña cabina que tendría que compartir con otra mujer. John ocupaba otra cabina, directamente frente a la de Christina. Cuando hubieron subido a bordo el equipaje, Christina salió a cubierta para echar una última ojeada a su amada Inglaterra. Mientras observaba a los marineros que preparaban la salida del barco evocó la frenética prisa de la mañana.

Los fuerte golpes en la puerta habían despertado a Christina, que había pasado otra noche de sueño inquieto. John entró en la habitación y se detuvo al lado de la cama, en su rostro armonioso una expresión distraída. Christina vio el papel que John traía en la mano, y se frotó los ojos para disipar el sueño.

—Crissy, han llegado esta mañana. Lamento decir que tendré que partir inmediatamente.

—¿Quiénes han llegado? —dijo la joven con un bostezo—. ¿De qué estás hablando?

—De mis órdenes. Han llegado antes de lo que preveía —replicó John, entregándole el papel.

Christina lo leyó, y agitó la cabeza incrédula.

—¡El Cairo! —exclamó—. Pero eso está a más de cuatro mil millas de distancia.

—Sí, lo sé. Necesito partir dentro de una hora. Crissy,

lamento decirte que no puedo acompañarte a casa, pero Howard dijo que de buena gana te escoltará. Te echaré de menos, hermanita.

Una sonrisa se dibujó en los labios de Christina.

—No, no lo harás, hermano mayor. ¡Iré contigo! Lo decidí hace mucho.

—¡Crissy, es ridículo! ¿Qué harás en un acantonamiento militar en Egipto? El tiempo es terrible. Un calor ardiente y un clima malsano. ¡Echarás a perder tu cutis!

Christina apartó las mantas, saltó del lecho y se enfrentó a John con las manos en las caderas y una expresión obstinada en el rostro.

—John, iré. ¡Y eso es todo! El año pasado, mientras estuve sola, me sentí muy mal. No lo soportaré otra vez. Además, no permaneceremos tanto tiempo en Egipto. —Se volvió y de una ojeada abarcó toda la habitación—. ¡Oh, estoy perdiendo el tiempo! Sal de aquí mientras preparo el equipaje y me visto. Te prometo que no tardaré mucho.

Christina echó de la habitación a John y pidió a Mary que la ayudase a preparar el equipaje. Tenía que darse prisa, de modo que John no encontrase una excusa para dejarla en la casa.

En menos de una hora se había vestido y estaba pronta para partir. John no formuló objeciones, e incluso le dijo que se alegraba de que le acompañase.

Faltaban pocos minutos para iniciar el viaje hacia un país extraño, del cual Christina conocía muy poco.

Observando a los pasajeros, Christina pensó que era extraño que su hermano fuese el único oficial del ejército que realizaba ese viaje.

—Crissy, debiste haberme esperado. ¡No quiero verte sola en cubierta!

Christina se sobresaltó al oír las palabras de su hermano, pero se tranquilizó cuándo John se reunió con ella ante la baranda de la cubierta.

—Oh, John, me proteges demasiado. Estoy perfectamente bien aquí sola.

—Sea como fuere, durante el viaje preferiría que no salgas a cubierta sin escolta.

—Muy bien, si insistes —cedió la joven—. Estaba pensando que es extraño que no haya otros oficiales a bordo. Creí que los reemplazos solían viajar juntos.

—Generalmente lo hacen. También a mí me ha llamado la atención, pero no conoceré la respuesta antes de llegar a El Cairo.

—¡Quizá te necesitan para algo especial! —se aventuró a decir Christina.

—Lo dudo, Crissy, pero una vez que desembarquemos sabremos a qué atenernos.

John pasó el brazo sobre los hombros de Christina, y los dos hermanos vieron alejarse la costa de Inglaterra, mientras la nave se internaba en el mar.

Para Christina fue un viaje largo y tedioso. Detestaba el encierro y la nave ofrecía pocos entretenimientos. Hizo amistad con su compañera de cabina, cierta señora Bigley. La señora Bigley había ido a visitar a sus hijos, que estudiaban en un colegio inglés, y ahora regresaba a Egipto. Su marido era coronel del regimiento al que estaba destinado John. Pero la señora Bigley no pudo explicar a Christina por qué mandaban a John a El Cairo. Sabía únicamente que los demás reemplazos debían partir un mes después.

Como no habría respuesta antes de que finalizara el viaje, Christina decidió desentenderse momentáneamente del misterio. Pasaba mucho tiempo leyendo en su cabina o en cubierta. Después de agotar todos los libros que había traído consigo, hizo frecuentes visitas a la pequeña biblioteca del barco.

Al principio del viaje Christina atrajo la atención de tres jóvenes admiradores, cada uno de los cuales hizo lo posible para monopolizarla.

Uno era norteamericano. Se llamaba William Dawson, y era un joven simpático de suaves ojos grises y cabellos color castaño oscuro. Tenía el rostro delgado y enérgico, y la voz muy profunda, con un acento sumamente extraño. Christina solía sentarse con él y escuchar horas enteras sus relatos muy interesantes acerca del salvaje Oeste.

Aunque simpatizaba con el señor Dawson, Christina no tenía un interés personal en ninguno de los tres galanes. Había llegado a la conclusión de que la mayoría de los hombres eran iguales; de una mujer, les interesa una sola cosa. Ninguno parecía dispuesto a respetarla en un plano de igualdad.

Los días pasaban lentamente, sin incidentes particulares. Christina apenas pudo creerlo cuando al fin llegaron a Egipto. A medida que avanzaban hacia el sur el tiempo era mucho más cálido, y la joven se felicitó de haber traído ropas de verano. John había ordenado que enviasen el resto de la ropa, pero los baúles no llegarían antes de un mes.

La nave amarró en el puerto de Alejandría. Christina ansiaba volver a pisar tierra firme, pero el muelle estaba tan atestado que los pasajeros que desembarcaban tuvieron que abrirse paso a viva fuerza a través de la multitud.

John y Christina estaban en cubierta, con sus maletas, cuando la señora Bigley apareció y tomó la mano de Christina.

—Querida, ¿recuerda que hablamos al principio del

viaje de las órdenes recibidas por su hermano? Bien, el asunto me intrigó bastante. Mi esposo, el coronel Bigley, vendrá a buscarme y será lo primero que le pregunte. Si alguien sabe por qué enviaron anticipadamente a su hermano, es mi marido. Si no tiene inconveniente en permanecer conmigo hasta que yo lo encuentre, usted misma podrá oír la respuesta.

—Sí, por supuesto —dijo Christina—. Me muero de curiosidad y estoy segura de que a John le pasa lo mismo.

La señora Bigley hizo señas a un apuesto caballero de alrededor de cincuenta años que debía ser su marido, el coronel. El grupo descendió la pasarela en dirección al recien llegado y éste los recibió en el muelle. Abrazó a su esposa y la besó en los labios.

—Querida, me he sentido muy solo sin ti —dijo el coronel.

—Yo también te he echado mucho de menos. Quiero presentarte al teniente John Wakefield y a su hermana, Christina Wakefield. —Miró a su marido—. El coronel Bigley.

John y el coronel se saludaron.

—Teniente, ¿por qué demonios llega un mes antes? Creía que los reemplazos no llegaban antes del mes próximo —dijo el coronel Bigley.

John replicó:

—Señor, esperaba que usted me aclarase este asunto.

—¿Qué? ¿De modo que no sabe por qué está aquí? ¿Trajo sus órdenes?

—Sí, señor.

John extrajo la orden del bolsillo de la chaqueta y la entregó al coronel.

Después de leer la orden, el coronel Bigley miró a John con una expresión de desconcierto en el rostro curtido.

—Lo siento, hijo, pero no puedo ayudarle. Sólo puedo decirle que nosotros no hemos pedido que viniese antes. En Inglaterra, ¿tiene algún enemigo que desee alejarlo del país?

John pareció impresionado.

—Señor, no había pensado en eso. Pero en realidad, no tengo enemigos.

—Una situación muy extraña, pero ahora que están aquí tienen que acompañarnos a tomar una copa —dijo el coronel Bigley, tomando del brazo a su mujer—. El tren para El Cairo no sale antes de dos horas.

El coronel Bigley los condujo a un pequeño café. Almorzaron en un patio abierto y finalmente se dirigieron a la estación.

William Dawson fue a despedirse de Christina. Prometió visitarla cuando fuese a El Cairo, una semana más tarde, y le pidió la promesa de que no dedicaría todo su tiempo a otros hombres.

En el tren hacía mucho calor y los vagones eran incómodos. Christina pensó divertida que, con la de trenes que había en Inglaterra, ella hubiese tenido que viajar tanto para conocer uno. De todos modos, prefería la frescura y la comodidad de un carruaje, aunque a veces los viajes en esos vehículos fuesen un poco accidentados.

La señora Bigley y Christina compartían un asiento en el vagón atestado.

—Oí decir que en el desierto hay muchos bandoleros peligrosos. ¿Es cierto que las tribus beduinas esclavizan a sus prisioneros? —preguntó nerviosamente Christina a la señora Bigley.

—Muy cierto, querida —replicó ésta—. Pero eso no debe preocuparla. Las tribus temen al ejército de Su Majestad, y es natural que así sea. Se ocultan en el desierto de Arabia, que está bastante lejos de El Cairo.

—Bien, ahora me siento mucho más tranquila —suspiró Christina.

El tren entró en El Cairo antes de anochecer. Los Bigley llevaron a un hotel a Christina y a John.

—Cuando se hayan instalado les mostraré la ciudad y podemos asistir a la ópera —dijo amablemente la señora Bigley—. ¿Sabía que en esta ciudad se estrenó la famosa *Aida* para celebrar la inauguración del canal de Suez?

—No lo sabía, pero a decir verdad no he leído mucho acerca de este país —replicó Christina. Estaba demasiado fatigada para interesarse realmente en nada. Ella y John agradecieron la amabilidad de los Bigley y se despidieron. John pidió una cena liviana, pero Christina pudo comer muy poco y se acostó temprano.

Su cuarto estaba en el fondo del corredor, frente al de John y un baño caliente la esperaba. Se desnudó rápidamente y se sumergió en el agua del baño. Pensó: «¡Qué delicia!» El calor y el vagón atestado le habían dejado la piel pegajosa y sucia. Pero ahora se regodeó en el agua caliente y humeante.

Permaneció en el baño una hora, antes de enjuagarse y secarse. El agua caliente la había tranquilizado y consiguió dormirse sin dificultad.

6

En medio de la noche un ruido en la habitación interrumpió el sueño sereno de Christina. Abrió los ojos y vio una alta figura frente a ella. Christina se preguntó qué demonios hacía John frente a la cama, observándola en la oscuridad. Pero de pronto comprendió que no podía ser John. Ese hombre era más alto y algo le cubría el rostro.

Intentó gritar, pero antes de que pudiese emitir el más leve sonido una mano enorme le cubrió la boca. Trató de apartarlo, pero el hombre era demasiado fuerte para ella.

De pronto, el hombre la atrajo y la besó cruelmente, oprimiendo el cuerpo de la joven mientras con la mano libre le acariciaba audazmente los pechos.

«¡Dios mío —pensó frenética Christina—, quiere violarme!» Comenzó a debatirse con gran violencia, pero su atacante la dejó caer sobre la cama y con movimientos rápidos le aplicó una mordaza a la boca y se la ató firmemente sobre la nuca. Le metió un saco por la cabeza y se lo bajó a lo largo del cuerpo, asegurándolo alrededor de las rodillas. La alzó en brazos y se la echó al hombro.

Christina trató de mover los pies para conseguir que el hombre perdiese el equilibrio, pero él la arrojó al aire y la joven quedó sin aliento cuando volvió a caer sobre el hombro de su agresor. Comprendió que el individuo caminaba y oyó abrirse y cerrarse la puerta del dormitorio.

Pareció que descendían una escalera, y de pronto ella sintió que una leve brisa le acariciaba los pies desnudos. Seguramente habían salido del hotel. Dios mío, ¿qué hará conmigo este hombre? ¿Vine a este bendito país para morir... y cómo moriré? ¿Primero me violarán brutalmente? ¿Por qué quise salir de Inglaterra? ¡Pobre John, se creerá culpable de mi muerte! ¡Necesito escapar!

De nuevo Christina descargó puntapiés al aire y se contorsionó, pero el hombre la apretó con más fuerza para anular sus intentos. Durante unos minutos apresuró el paso y de pronto se detuvo. Habló en el idioma de los nativos y después la arrojó sobre algo. Christina trató de moverse, pero cesó en sus esfuerzos cuando sintió una dolorosa palmada en las nalgas.

Otra voz murmuró unas palabras y se oyó una carcajada estrepitosa; Christina sintió un movimiento irregular. Comprendió que estaba depositada sobre un caballo, como un saco de patatas. Casi se echó a reír histéricamente cuando el hombre apoyó una mano sobre su espalda. ¿Acaso temía que ella cayese y se lastimara antes de que él mismo pudiera herirla?

El corazón de Christina le latía tan aceleradamente que temió que fuese a estallar. ¿Adónde me lleva? Y de pronto lo comprendió. Por supuesto... se dirigían al desierto. Qué mejor lugar para violar a una mujer que el desierto... donde nadie pudiera oír sus gritos. Aparentemente, el grupo estaba formado por varios hombres. ¿Cuántas violaciones tendría que soportar antes de que la matasen?

Cabalgaron horas enteras, pero Christina perdió la noción del tiempo. Tenían los cabellos pegados a la frente y le dolía el estómago a causa de la postura en que se hallaba. No podía entender por qué se internaban tanto en el desierto. Al fin el grupo interrumpió la marcha.

«Será ahora», pensó frenéticamente, mientras la bajaban al suelo. Cuando advirtió que nadie la tocaba, intentó echar a correr, pero olvidó que el saco estaba atado alrededor de sus rodillas y casi en seguida cayó sobre la arena.

Ya no podía soportar más humillaciones. Comenzó a gemir. Hubiera llorado histéricamente de no haber sido por la mordaza que le cubría la boca. Alguien la levantó, dejándola de pie. Los dedos de sus pies se hundieron lentamente en la fresca arena del desierto.

Christina sintió que le desataban la cuerda anudada alrededor de las rodillas, y de nuevo intentó caminar. Pero alguien la retuvo y la joven sintió el contacto del ancho pecho de un hombre. El individuo la retuvo abrazada durante lo que a Christina le pareció una eternidad y después rió con auténtico regocijo. La montó sobre el caballo y él mismo se instaló detrás. Al parecer, por lo menos pensaba permitirle que cabalgase con cierta dignidad.

Pero, ¿por qué reanudaron la marcha? ¿Por qué no le habían hecho nada? ¿Querían que sufriese más en ese estado de inquieta expectativa? Y entonces Christina concibió una idea. Tal vez, después de todo, no pensaran matarla. Quizá se propusieran venderla como esclava después de violarla. Naturalmente. Era muy probable que en un mercado de esclavos obtuviesen por ella una hermosa suma. Christina despertaría un interés desusado, con sus largos cabellos rubios y su cuerpo blanco y esbelto. Sí, eso era lo probable. Me usarán, y después me venderán para obtener una ganancia. Lo cual será peor que morir.

Christina siempre había asegurado que no estaba dispuesta a ser la esclava conyugal de ningún hombre. Y ahora sería una verdadera esclava, la esclava de un amo que haría con ella lo que se le antojara. Ella no podría influir sobre el asunto. Pensó que prefería que la matasen, porque no podría soportar la esclavitud.

Las horas se arrastraron lentamente y al fin Christina comenzó a percibir cierta luz a través del tosco tejido del saco, y comprendió que estaba amaneciendo. Pensó en John y en lo que sufriría cuando descubriese su desaparición. Dudaba de que jamás pudiese hallarla, pues habían estado cabalgando la noche entera.

¿Adónde la llevaban? Christina sintió el sudor que le corría por los costados y las piernas, porque el calor aumentaba sin cesar. Hubiera proferido maldiciones para abrumar a ese bastardo... pero si él no la entendía, era completamente inútil. Estaba agotada.

Al fin se detuvieron, aunque a Christina ya no le importaba... no quería continuar pensando. La dejaron en el suelo, pero las piernas no la sostuvieron. No se entregaba, pero sabía que era inútil correr. El sol la cegó unos momentos cuando uno de los hombres le quitó el saco que le cubría la cabeza. Cuando al fin recobró la vista vio a un nativo de corta estatura. El individuo le entregó una chilaba y un pedazo cuadrado de tela con una cuerda, para que se hiciera un turbante beduino.

—*Kufiyah* —dijo el hombre señalando el lienzo.

El individuo le desató la mordaza y comenzó a alejarse.

Eran tres. Dos jóvenes de mediana estatura y un hombre muy alto que estaba abrevando a los caballos. El joven que le había entregado la chilaba y la *kufiyah* volvió un momento después, sonriendo tímidamente, y le entregó un poco de pan y un odre de agua. Christina tenía mucho apetito, pues apenas había probado bocado la noche anterior.

Cuando Christina terminó de comer, el hombre corpulento se acercó y le arrebató el odre, que entregó a uno de los secuaces. Su *kufiyah* le cubría la mitad inferior del rostro, de modo que ella no pudo verle las facciones.

Era un hombre muy alto para ser árabe. Christina creía que los árabes en general eran menudos, pero este hombre sobrepasaba en mucho a los demás.

El individuo la ayudó a ponerse la chilaba, y le recogió los cabellos, que estaban sueltos. Por lo menos, la ayudaba a vestirse en lugar de desnudarla. Le arregló la *kufiyah* sobre la cabeza, y después la llevó a la sombra de una saliente rocosa y la obligó a sentarse sobre la fresca arena.

Aterrorizada, Christina se apartó del hombre. Pero el individuo se limitó a reír ásperamente y se alejó para ayudar a sus amigos que atendían los caballos. Retiraron las toscas mantas de los animales, los cepillaron y les dieron un poco de grano. Los árabes que acompañaban al individuo de elevada estatura comieron algo y se echaron a descansar, completamente cubiertos por sus chilabas oscuras.

Christina miró alrededor y vio al hombre alto que trepaba por las rocas, un rifle en la mano, para montar guardia. No podía huir. Dejó que su cuerpo agotado se relajase y se durmió.

El sol estaba bajo en el horizonte cuando Christina despertó. Los caballos estaban dispuestos y el hombre alto la obligó a montar con él.

Christina pudo ver montañas a lo lejos y, alrededor, un océano de arena. Decidió no intentar nada y se recostó contra el hombre que montaba con ella. Le pareció que él se reía, pero aún estaba demasiado fatigada para preocuparse por eso. Volvió a dormirse.

Cabalgaron tres noches más, descansando durante las horas de más calor. Finalmente comenzaron a salir del desierto. Christina pudo ver árboles a su alrededor y notó que el aire era más fresco. «Si la temperatura había descendido —pensó Christina— seguramente se debía a que comenzaban a internarse en las montañas.»

Deseaba desesperadamente que aquella pesadilla no fuese más que un mal sueño. Pronto despertaría en su hogar de Halstead para gozar de las frescas brisas matutinas, desayunar y salir a pasear montando a *Dax*. Pero sabía que no era un sueño. Jamás volvería a ver a *Dax*, ni a su hogar.

Un fuego ardía a cierta distancia. Uno de los hombres del grupo profirió un grito: todos salieron de los árboles y se acercaron a un campamento; había cinco tiendas, una más grande que las restantes, formando un círculo alrededor del fuego. El fuego era la única fuente de luz y las llamas proyectaban sombras móviles sobre todo lo que había alrededor.

Se acercaron cuatro nativos, con sonrisas en sus rostros oscuros, y todos comenzaron a hablar y a reír. Las mujeres del campamento salieron de sus tiendas y en sus ojos se leía la curiosidad; pero se mantuvieron apartadas del grupo de hombres.

Christina fue depositada en el suelo. Comprendió que habían llegado al fin del viaje. Tenía que tratar de salvarse del destino que la esperaba. Quizá podría ocultarse en las montañas y arreglárselas luego para regresar a la civilización.

Otros hombres se reunieron con el grupo, junto al fuego. Todos rodeaban al individuo alto y hablaban y gesticulaban. Christina permaneció momentáneamente sola. ¿Suponían que esperaría tranquilamente su destino?

Alzó hasta las rodillas la chilaba y el camisón, y echó a correr. Corrió tan velozmente como no lo había hecho jamás en su vida. No sabía si estaban persiguiéndola. Sólo oía los latidos acelerados de su corazón. Se le cayó de la cabeza la *kufiyah* y sus cabellos se agitaron desordenadamente al viento.

Christina tropezó y cayó de bruces. Alzando los ojos vio dos pies frente a ella. Hundió el rostro en la arena y comenzó a llorar. No podía evitar las lágrimas, pero detestaba mostrar su debilidad a este hombre. Él había obtenido una victoria al conseguir que ella llorase. Con movimientos bruscos la obligó a incorporarse y la llevó de regreso al campamento.

Llevaron a Christina a la más espaciosa de las tiendas y sin ceremonias la depositaron sobre un diván sin respaldo, con brazos bajos y redondeados en sus extremos. La joven trató inmediatamente de recuperar todo el dominio de sí misma; se apartó de la cara los cabellos enmarañados y se enjugó las lágrimas que bañaban sus mejillas.

La tienda era bastante espaciosa y tres de los lados estaban formados por una tela muy peculiar, a través de la cual el fuego que ardía fuera iluminaba vivamente el interior de la habitación. El suelo estaba cubierto por alfombras multicolores y el cuarto lado de la tienda estaba hecho de un tejido más pesado. Christina alcanzó a ver otro cuarto, uno de cuyos lados estaba completamente abierto.

La habitación principal estaba escasamente amueblada. Cerca del fondo de la tienda había otro diván forrado con terciopelo celeste, y entre los dos artefactos había una mesa larga y baja. En un rincón, al fondo de la tienda, un pequeño gabinete, y sobre él un solo vaso con incrustaciones de piedras preciosas y un odre de piel de cabra. Muchos almohadones pequeños de vivos colores aparecían distribuidos sobre los dos divanes y en el suelo, a corta distancia.

Christina observó a su raptor. El hombre alto estaba de espaldas a la joven cuando se quitó la *kufiyah* y la chilaba. Las depositó sobre el gabinete y del odre de piel de cabra vertió un líquido en el vaso. Calzaba botas altas hasta las rodillas, y vestía una camisa y pantalones anchos con el ruedo asegurado por las botas.

Christina se sobresaltó cuando el hombre le habló en perfecto inglés.

—Tina, veo que no será fácil manejarla. Pero ahora está aquí y sabe que me pertenece; y quizá no intente volver a huir.

Christina no podía creer lo que oía. El hombre se volvió para mirarla. Los ojos de la joven se agrandaron por la sorpresa, y ella sintió que se le aflojaba la mandíbula.

El hombre se echó a reír.

—Tina, esperé mucho tiempo para ver esa expresión en su rostro... esperé desde la noche en que usted se separó de mí, en Londres.

¿De qué estaba hablando? ¡Seguramente había enloquecido!

Las mejillas de Christina enrojecieron de cólera y su cuerpo tembló de rabia.

—¡Usted! —gritó—. ¿Qué está haciendo aquí, y cómo se atreve a raptarme y traerme a este lugar abandonado de la mano de Dios? ¡Philip Caxton; mi hermano lo matará!

Él volvió a reír.

—De modo, Tina, que ya no me teme. Excelente. No creo que me agradara oírla rogar y pedir compasión.

—Señor Caxton, jamás le ofreceré esa satisfacción. —Christina se puso de pie, enfrentándose con el hombre, y los cabellos casi le llegaban a las caderas—. Ahora, ¿quiere tener la bondad de explicarme por qué me trajo aquí? Si busca un rescate, mi hermano le dará todo lo que usted desee. Pero me agradaría que el asunto se resuelva prontamente, de modo que yo pueda salir de aquí y evitar su compañía.

Él sonrió. Esos ojos tan extraños la tenían extrañamente hipnotizada. Sin saber muy bien el motivo, pensó: ¿Por qué tenía que ser tan terriblemente atractivo aquel hombre?

—Imagino que debo aclararle por qué la traje.

Philip se sentó en el diván y la invitó a hacer lo propio. Bebió un sorbo del vaso y la examinó atentamente antes de continuar hablando.

—En general, no explico a nadie mis propósitos, pero creo que en su caso puedo hacer una excepción. —Hizo una pausa, como para pensar en las palabras que deseaba usar—. Christina, la primera vez que la vi en ese baile en Londres, me di cuenta de que la deseaba. De modo que lo intenté a su modo. Le expliqué mis sentimientos y le propuse matrimonio. Cuando usted se negó, decidí tenerla a mi propio modo, y muy pronto. La noche que usted me rechazó conseguí que enviasen aquí a su hermano.

—¿De modo que fue usted quien maniobró con el fin de que enviasen aquí a mi hermano? —exclamó ella, atónita.

—No vuelva a interrumpirme hasta que haya terminado. ¿Está claro? —dijo, bruscamente Philip.

Christina asintió, pero sólo porque su curiosidad la obligaba a escuchar.

—Como dije, arreglé que enviasen aquí a su hermano. Se trataba sencillamente de conocer a las personas adecuadas. Si usted hubiese decidido permanecer en Inglaterra, para mí habría sido mucho más difícil traerla aquí cuando su hermano se hubiera alejado. En Inglaterra, usted hubiese escapado más fácilmente, pero aquí yo podía poseerla antes. Tendrá menos posibilidades de huir. En este país los raptos son cosa usual, de modo que no espere ayuda de la gente de mi campamento. —Philip le dirigió una sonrisa maligna—. Tina, ahora usted es mía. Cuanto antes lo comprenda, será mucho mejor para usted.

Christina se incorporó bruscamente y paseó enfurecida por la habitación.

—¡No puedo creer lo que acaba de decirme! ¿Cómo puede imaginar que me casaré con usted después de lo que me ha hecho?

—¡Casarme! —dijo él riendo—. Le ofrecí el matrimonio una vez. No volveré a hacerlo. ¡Ahora que la tengo aquí, no necesito casarme con usted! —Se acercó a la joven y la abrazó—. Ahora usted es mi esclava, no mi esposa.

—¡No seré esclava de nadie! ¡Prefiero morir antes que someterme a usted! —gritó Christina y se debatió para evitar el abrazo.

—¿Cree que le permitiré suicidarse, después de esperarla durante tanto tiempo? —murmuró Philip con voz ronca.

Acercó sus labios a los de Christina y la besó apasionadamente, sosteniéndole la cabeza con una mano y los dos brazos con la otra.

Christina volvió a sentir esa extraña sensación en todo el cuerpo. ¿Le agradaba el beso de ese hombre? Pero eso era imposible. ¡Ella lo odiaba!

Ella aflojó bruscamente el cuerpo, pero antes de que

pudiese descargar un puntapié, Philip la alzó y su risa resonó en la tienda.

—Tina, ese pequeño truco ya no sirve.

Philip alzó en brazos a Christina, y pasando entre los pesados cortinajes la llevó a su lecho. Cuando ella comprendió su intención, comenzó a luchar fieramente, pero él la arrojó sobre la cama y se acostó a su lado. Christina le golpeó el pecho con los puños, hasta que él le sujetó los brazos sobre la cabeza y los sostuvo así con una mano.

—Creo que ahora veré si tu cuerpo está a la altura de tu hermoso rostro.

Philip desató la túnica que ella usaba. Aplicó una pierna sobre el cuerpo de la joven para impedir sus movimientos y de un solo tirón brusco le desgarró el camisón.

Christina gritó, pero él la besó apasionadamente y su lengua se hundió profunda en la boca de la joven. Después el beso fue suave y gentil y Christina se sintió cada vez más aturdida. Philip aplicó los labios al cuello de Christina, y con la mano libre acarició audazmente los pechos llenos y redondos.

Philip le sonrió, buscando una respuesta en los ojos de la joven.

—Eres aún más bella que lo que yo había soñado. Tu cuerpo está hecho para el amor. Te deseo, Tina —murmuró con voz ronca.

Después llevó los labios a los pechos de Christina, besando primero uno de ellos y después el otro. Christina sintió que una gran oleada de fuego inundaba su cuerpo.

Tenía que decir algo para detenerlo. No tenía fuerza física suficiente para rechazarlo.

—Señor Caxton, usted no es un caballero. ¿Tiene

que violarme, contra mi voluntad —preguntó fríamente—, sabiendo que lo odio?

Philip la miró y ella advirtió que el deseo se disipaba en los ojos verdes. La soltó y se puso de pie frente a la cama. La miró desde su altura y su boca cobró una expresión dura que concordaba con el frío resplandor de sus ojos.

—Jamás pretendí ser un caballero, pero no te violaré. Cuando hagamos el amor, será porque tú lo deseas tanto como yo. Y lo desearás, Tina, te lo prometo.

—¡Nunca! —gritó Christina cubriéndose el cuerpo con la túnica—. Jamás le desearé. Lo odio con todo mi ser.

—Ya veremos, Tina —contestó Philip, volviéndose.

—¿Dejará de llamarme Tina? ¡No es mi nombre! —gritó ella, pero él ya había salido de la tienda.

Christina aseguró la túnica alrededor del camisón desgarrado y contempló el cuarto. Pero no había nada que ver: sólo un armario junto a la enorme cama, con su gruesa manta de piel de oveja.

Mientras se deslizaba bajo la manta, Christina pensó en lo que él había dicho. No quería violarla. Si era hombre que hacía honor a su palabra, podía considerarse segura, porque sabía que jamás lo desearía. ¿Por qué tenía que desear a ningún hombre? El deseo era un sentimiento masculino, no femenino.

Pero, ¿y si él no respetaba su palabra? Christina no tenía fuerza suficiente para contenerlo si él deseaba tomarla por la fuerza. ¿Qué ocurriría entonces? Y a propósito, ¿qué demonios estaba haciendo en Egipto? Se comportaba como un nativo, y la tribu parecía aceptarlo como uno de los suyos. Christina no podía comprender la situación, y el interrogante continuaba agobiándola, sin hallar una respuesta adecuada.

Cuando pensó en todo lo que había hecho Philip Caxton para traerla a este lugar, se enfureció de nuevo. ¡Pensar que ella había atravesado el océano sencillamente para que la raptara un loco! Bien, si podía evitarlo no permanecería allí mucho tiempo. Pensando en la posibilidad de la fuga, Christina al fin consiguió dormirse.

7

Philip pensó que Christina podía ser perversa cuando quería. Bien, le llegaría la hora, y a él le complacería mucho obligarla a reconocer que también ella le deseaba.

Aunque era tarde, Philip salió de la tienda para visitar a su padre, el jeque Yasir Alhamar; sabía que el anciano estaría esperándole.

Yasir Alhamar había sido jeque de la tribu durante más de treinta y cinco años. Había raptado a su primera esposa, una dama inglesa de familia noble, al asaltar una caravana. Ella había vivido cinco años con Yasir y le había dado dos hijos, Philip y Paul.

Durante aquel tiempo, la tribu se desplazaba por el desierto y el clima y la vida dura envejecieron rápidamente a la madre de Philip. Pidió volver a Inglaterra con sus hijos. Yasir la amaba profundamente y se lo permitió. Pero ella le prometió que dejaría que sus hijos regresaran a Egipto una vez que alcanzaran la mayoría de edad, si así lo preferían.

Philip se había criado y educado en Inglaterra; cuando cumplió los veintiún años su madre le habló de su padre. Philip decidió buscar a Yasir y vivir con él. A la muerte de su madre, ocurrida hacía cinco años, Philip había heredado la propiedad. La había dejado al cuidado del administrador de los Caxton, pues él no deseaba vivir en Inglaterra y su hermano por el momento aún estaba cursando sus estudios.

Philip vivió once años con la tribu de su padre, pero al fin había regresado a Inglaterra, hacía un año, para asistir a la boda de su hermano. Paul había tratado de convencerlo de que debía permanecer en Inglaterra un tiempo. Después había conocido a Christina Wakefield y había decidido que sería suya.

Philip había seguido los pasos de Christina y John Wakefield hasta el muelle, y había esperado pacientemente a que la nave partiese. La suerte lo favoreció y había conseguido pasaje en un barco de carga. Embarcó el mismo día, pero llegó a destino una semana antes que la nave de Christina.

Cuando llegó, fue a ver a Saadi y Ahmad, y pidió que le trajesen su caballo, *Victory*. Saadi y Ahmad eran buenos camaradas; y además, eran primos lejanos de Philip. La tribu entera estaba más o menos emparentada con él.

Philip tenía un medio hermano ocho años más joven. Pero los dos hombres no se llevaban muy bien. Philip comprendía perfectamente la razón de ese estado de cosas, pues Rashid habría sido el jefe de la tribu si Philip hubiese permanecido en Inglaterra.

Yasir Alhamar estaba sentado sobre las pieles de oveja que eran su lecho. Aún vivía en el tradicional estilo nómada, con escasos muebles y pocas comodidades. Philip recordaba cómo se había reído su padre cuando su hijo había subido hasta el campamento, entre las montañas, acarreando su cama y otros muebles.

—De modo, Abu, que aún eres inglés. Creí que después de tanto tiempo te habrías acostumbrado a dormir en el suelo —había dicho Yasir.

—Por lo menos, padre, lo he probado todo —había replicado Philip.

—Ah, de modo que todavía podemos alentar cierta esperanza contigo —replicó riendo Yasir.

Cuando Yasir vio a Philip, lo invitó a entrar y a sentarse a su lado.

—Ha pasado mucho tiempo, hijo mío. Me han hablado de la mujer que esta noche has traído al campamento. ¿Es tu mujer?

—Lo será, padre. La conocí en Londres, y en seguida comprendí que tenía que ser mía. Arreglé las cosas de modo que enviasen aquí al hermano, y ahora ella es mía. Todavía me rechaza, pero no necesitaré mucho tiempo para domarla.

Yasir se echó a reír.

—Eres realmente mi hijo. Has raptado a tu mujer, como yo rapté a tu madre. Ella también me rechazó al principio, pero creo que acabó amándome tanto como yo a ella, pues se casó conmigo. Quizá si entonces hubiésemos vivido en las montañas, habría permanecido a mi lado, pero no podía soportar el clima del desierto. Yo la habría acompañado, pero he vivido aquí toda mi vida, y no hubiera logrado sobrevivir en tu civilizada Inglaterra —dijo—. Tal vez me des nietos antes de que muera.

—Tal vez, padre, ya lo veremos. Mañana te la traeré, pero ahora debo regresar.

El padre asintió y Philip volvió a su tienda. Al entrar en ella vio que lo esperaba una fuente con comida y se sentó a comer y a meditar acerca de la muchacha que dormía en su lecho.

No podría esperar mucho para tenerla, sobre todo ahora que siempre estaba cerca. Hacía mucho tiempo que no se acostaba con una mujer y el cuerpo de Christina le enloquecía. Recordó sus pechos, llenos bajo la caricia masculina; la cintura minúscula y las caderas suaves y esbeltas; las piernas largas, bien formadas; la piel como satén; los cabellos... con gusto se sumergería en esa dorada masa de rizos.

Los ojos de Christina lo fascinaban. Habían cobrado un tono azul colérico cuando descubrió quién la había raptado. Philip había esperado mucho tiempo para ver esa reacción. Volvió a reírse cuando recordó el asombro que se reflejaba en el rostro de Christina, el sentimiento que prontamente se había convertido en cólera.

Bien, tal vez le concediese un poco de tiempo para acostumbrarse a su nuevo hogar; pero no mucho. Un día sería suficiente.

Se desvistió y se deslizó bajo las mantas. Christina estaba acurrucada y le daba la espalda. Philip contempló la posibilidad de desvestirla, pero si lo hacía únicamente conseguiría despertarla y él estaba muy fatigado para soportar la cólera femenina. Sonrió pensando en la reacción de Christina cuando lo hallase en la cama, junto a ella, por la mañana. Bien, por lo menos Christina lo acompañaba, aunque fuese contra su voluntad. Con el tiempo tendría que aceptar la situación. Philip cerró los ojos y se sumió en el sueño.

8

A la mañana siguiente, cuando Christina Wakefield despertó, tenía una sonrisa en los labios, porque había estado soñando que corría por el campo, en su hogar de Halstead. Sus ojos verdeazules se agrandaron sorprendidos cuando vio al hombre acostado en la cama, a su lado. De pronto recordó dónde estaba y cómo había llegado a esta situación.

Enfurecida pensó: «¡Qué audacia! Jamás habría creído que tendría que compartir el lecho con este hombre. ¡Eso es demasiado! ¡Tengo que huir de este individuo!»

Christina abandonó el lecho con movimientos cautelosos y se volvió para ver si le había despertado. Philip Caxton dormía profundamente; en el rostro mostraba una expresión inocente, satisfecha. Christina lo maldijo en silencio y con movimientos cautelosos rodeó la cama y pasó entre las pesadas cortinas que separaban el dormitorio del resto de la tienda.

Cuando percibió el aroma de la comida que venía de algún lugar del campamento, Christina comprendió lo hambrienta que estaba. No había probado bocado la noche anterior. Pero no podía pensar en la comida. Tenía que huir mientras Philip dormía aún.

Christina apartó el lienzo que cubría la entrada de la tienda y miró hacia afuera. Felizmente no había nadie a la vista. «Bien —pensó—, ahora o nunca.»

Christina reunió valor y comenzó a salir del campamento. Apenas dejó atrás la última tienda, empezó a correr desesperadamente, apartándose del sendero principal para evitar la posibilidad de que Philip saliese a buscarla. Las piedras le lastimaron los pies desnudos mientras ella corría entre los olivos silvestres.

Rogó en silencio que nadie la hubiese visto abandonar el campamento. Si lograba llegar al pie de la montaña, podría ocultarse y esperar que una caravana de las que pasaban por allí la devolviese a su hermano.

De pronto, Christina oyó el galope de un caballo entre los matorrales, detrás de ella. Todas sus esperanzas se esfumaron cuando se volvió y descubrió que Philip se acercaba montando su hermoso caballo árabe. Sus ojos mostraban un verde sombrío y colérico, y su expresión era la imagen misma de la furia.

—¡Maldita sea! —gritó Christina—. ¿Cómo ha podido encontrarme tan pronto?

—¡Y encima me maldices! A mí me han despertado de un profundo sueño para oír que Ahmad me decía que habías salido huyendo montaña abajo. ¿Qué debo hacer, mujer? ¿Necesito atarte por las noches a mi cama, para asegurarme de que no huirás mientras duermo? ¿Eso deseas?

—¡No se atreverá!

—Christina, te dije una vez que me atrevo a hacer todo lo que me place. —Philip desmontó del caballo con la agilidad de un gato montés. Tenía una expresión endurecida, los ojos revelaban una cólera fría y peligrosa. La asió por los hombros y la sacudió brutalmente—. ¡Debería castigarte por huir de mí! Eso es lo que un árabe que se respete haría a su mujer.

—¡No soy su mujer! —dijo Christina, y sus ojos relampaguearon con expresión asesina—. ¡Y jamás lo seré!

—En eso te equivocas, Christina, porque eres y continuarás siendo mi mujer hasta que me canse de ti.

—¡No, no lo seré! Y no tiene derecho a retenerme aquí. Dios mío, ¿no comprende cuánto lo odio? Usted representa todo lo que yo desprecio en un hombre. ¡Usted es un... un bárbaro!

—¡Sí, tal vez así es: pero si yo fuera un caballero civilizado, no te tendría aquí, donde deseo que estés! Y te agrade o no, te retendré aquí, atada a mi cama si es necesario —replicó Philip fríamente.

La alzó y la depositó a lomos de su caballo.

—¿Por qué debo viajar así? —preguntó indignada Christina.

—Yo diría que es necesario que aceptes un castigo tan benigno —dijo él—. Mereces algo mucho peor.

Philip montó detrás de Christina, y cuando ésta comenzó a debatirse él descargó su pesada mano sobre las nalgas de ella. Christina dejó de moverse y rabió en silencio todo el camino de regreso al campamento.

«¡Maldita sea! —pensó irritada—. Llegaría el momento en que ella gozaría intensamente con el sufrimiento de Philip. ¿Por qué tenía que soportar esta tortura? Siempre había sido una joven orgullosa... orgullosa de su familia, de su propiedad, de su belleza y su independencia. Por eso era doblemente doloroso caer tan bajo. Era degradante ser nada más que un juguete de este hombre odioso. No lo merecía. ¡Nadie merecía una cosa como ésta!»

Cuando llegaron a la tienda, Philip desmontó, obligó a descender a Christina y la empujó adentro. Ella se sentó en uno de los divanes y esperó a ver qué ocurría ahora.

Philip habló con alguien que estaba fuera, entró y se sentó junto a Christina.

—Ahora traerán comida. ¿Tienes apetito? —preguntó, y su voz ya no era dura.

—No —mintió Christina.

Pero cuando una joven trajo una fuente de alimento, nada hubiera podido impedir que Christina devorase cumplidamente su ración. Philip terminó de comer antes que ella y se recostó en el diván, detrás de Christina. Ella sintió sus manos, que recogían los mechones de cabellos y jugaban distraídamente con ellos. Christina dejó de comer y se volvió para mirar los sonrientes ojos verdes.

—Querida, ¿desearías bañarte? —preguntó Philip, mientras deslizaba entre los dedos un mechón de cabellos dorados.

Christina no podía negar que le hubiera encantado un baño. Mientras ella terminaba de comer, Philip abandonó la tienda y regresó poco después con una falda, una blusa, unas zapatillas y lo que ella supuso era una toalla. Se preguntó a quien pertenecerían, pero no quiso interrogar a Philip.

Philip salió de la tienda con Christina y cruzó el campamento. Frente a la tienda que se levantaba a la izquierda de la que ocupaba Philip había una joven que tendría más o menos la edad de Christina, y que jugaba con un niño. Las cabras y las ovejas pastaban en las colinas, a cierta altura sobre el campamento, y en un corral había diez o doce de los mejores caballos árabes que Christina hubiese visto jamás y entre ellos dos potrillos nacidos poco antes. Quiso detenerse a observar los caballos, pero Philip la alejó del campamento y comenzó a subir por un sendero que serpenteaba entre las montañas.

Christina se apartó de él.

—¿Adónde me lleva? —preguntó.

Pero él la asió nuevamente de un brazo y continuó caminando.

—Querías bañarte, ¿no es así? —preguntó Philip, mientras la llevaba al interior de un pequeño claro rodeado por altos enebros.

Las lluvias de la región habían formado un ancho estanque en medio del claro. Era un lugar hermoso, pero Christina hubiera deseado saber por qué Philip la había traído allí. Él le entregó una pastilla de jabón perfumado.

—No pretenderá que me bañe aquí, ¿verdad? —preguntó Christina con altivez.

—Mira, Tina, ya no estás en Inglaterra, donde puedes tomar un soberbio baño caliente que las criadas preparan en tu habitación. Ahora estás aquí y si quieres bañarte harás como todos.

—Muy bien. Necesito bañarme después de un viaje tan horrible. Si éste es el único modo en que puedo hacerlo, lo aceptaré. Ahora, señor Caxton, márchese.

Philip le sonrió.

—No, señora mía. No tengo la más mínima intención de irme.

Se sentó sobre un tronco y cruzó perezosamente las piernas. Ella vio que los reflejos amarillos de los ojos se le avivaban a la luz del sol.

Un lento sonrojo cubrió el rostro de Christina.

—No querrá decir que piensa permanecer aquí y... —hizo una pausa, porque no deseaba completar la frase— contemplarme.

—Es exactamente lo que me propongo hacer. De modo que si deseas bañarte, adelante.

La miraba atentamente, con una mueca perversa en los labios. A Christina le hirvió la sangre.

—¡Bien, vuélvase, y así podré desvestirme!

—Ah, Tina, tendrás que comprender que no permitiré que me niegues el placer de contemplar tu cuerpo, aunque todavía no lo haya poseído —replicó Philip.

Christina lo miró: sus ojos azules reflejaban hostilidad. Ese hombre no le dejaba ni un resto de dignidad.

—Lo odio —murmuró.

Se volvió y desató la túnica. La túnica y el camisón desgarrado se deslizaron de su cuerpo y cayeron al suelo. Christina se apartó de las ropas y entró en el agua; cada vez más hondo, hasta que pudo ocultar los pechos.

Ella no quería complacerlo, si podía evitarlo. Continuó de espaldas a Philip y se lavó en ese estanque de aguas deliciosamente frescas. Se sumergió para mojarse los cabellos, pero necesitó bastante tiempo para hacer espuma suficiente y lograr un buen lavado.

Cuando al fin lo logró, oyó un ruidoso chapoteo.

Christina se volvió prontamente, pero no logró ver a Philip. De pronto lo encontró directamente enfrente. Y ella sabía perfectamente que ambos estaban desnudos bajo el agua fría.

Philip se sacudió el agua de los espesos cabellos negros y trató de abrazar a Christina, pero ella estaba preparada y le arrojó la pastilla de jabón. Se alejó nadando rápidamente. Se detuvo cuando oyó la risa de Philip y cuando se volvió advirtió que él no sé había movido; ahora estaba enjabonándose.

El alivio se reflejó francamente en el rostro de Christina cuando terminó de enjuagarse los cabellos y salió del agua. Se secó de prisa y se ató la toalla alrededor de los cabellos. Se ajustó la larga falda parda alrededor de la cintura, anudándola por delante. Después, se puso la blusa sin mangas, con un escote bajo y redondo. La áspera tela de algodón le irritaba la piel, pero tendría que arreglarse con lo que él le daba.

Christina se sentó y trataba de peinarse con los dedos los cabellos enmarañados cuando Philip se acercó por detrás.

—Querida, ¿te sientes mejor ahora? —dijo con voz suave.

Ella rehusó contestarle o mirarlo, y se dedicó a su peinado mientras Philip se vestía. Pero Christina no pudo guardar silencio mucho rato, porque su curiosidad era más intensa que su negativa a hablarle.

—Philip, ¿qué hace en esta región, y cómo es posible que esa gente lo conozca tan bien? —preguntó.

La risa de Philip resonó en el claro.

—Ya me parecía extraño que no lo preguntases —dijo—. Éste es el pueblo de mi padre.

Christina lo miró atónita.

—¡Su padre! ¡Pero usted es inglés!

—Sí, soy inglés por mi madre, pero mi padre es árabe, y éste es su pueblo.

—Entonces, ¿usted es medio árabe? —lo interrumpió Christina, a quien esa hipótesis le pareció increíble.

—Sí, y mi padre capturó a mi madre, así como yo te capturé a ti. Después le permitió regresar a Inglaterra con mi hermano y conmigo. De modo que me criaron en Inglaterra hasta que fui mayor de edad. Luego decidí volver y vivir con mi padre.

—¿Su padre está aquí?

—Sí, ya le verás después.

—¿Seguramente su padre no aprueba que me haya raptado? —preguntó ella, calculando la posibilidad de que el padre de Philip la ayudase.

—Todavía no te he hecho nada... pero sí, mi padre lo aprueba —dijo, con una sonrisa en los labios—. Tina, olvidas que esto no es Inglaterra. Mi pueblo acostumbra tomar lo que desea, cuando puede. Y yo me aseguré previamente de que fuese posible traerte. Comprenderás mejor después de estar un tiempo aquí.

La acompañó de regreso a la tienda y allí la dejó sola.

¿Podría comprender jamás a Philip Caxton? Christina paseó la mirada por la tienda, preguntándose qué podría hacer consigo misma. De pronto se sintió muy sola y eso la abrumó.

Sin pensarlo demasiado, Christina corrió fuera de la tienda y vio a Philip que montaba su caballo, y estaba acompañado por cuatro jinetes. Corrió hacia él y le aferró la pierna.

—¿Adónde va? —preguntó.

—Volveré en poco tiempo.

—Pero, ¿qué es lo que debo hacer yo mientras usted está ausente?

—Christina, qué pregunta absurda. Haz lo que las mujeres suelen hacer cuando están solas.

—Ah, por supuesto, señor Caxton —dijo ella con altivez—. ¿Cómo no lo había pensado? Puedo utilizar el cuarto de costura, aunque en realidad no es necesario... estoy acostumbrada a vestir ropa de confección. O tal vez podré ocuparme de su correspondencia. Estoy segura de que usted es un hombre atareado y no tiene tiempo para ocuparse personalmente. Pero si usted lo prefiere, puedo revisar su bien provista biblioteca. Estoy segura de que allí podré encontrar lecturas interesantes. ¡Señor Caxton, además de cuerpo tengo mente!

—Christina, el sarcasmo no te sienta bien —dijo irritado Philip.

—Por supuesto, usted es mejor autoridad que yo cuando se trata de decidir qué me conviene —replicó Christina.

—Christina, no continuaré tolerando esta charla. ¡Puedes comportarte como te plazca en la tienda, pero en público debes mostrarme respeto! —replicó Philip y los músculos de la mandíbula se le contraían peligrosamente mientras la miraba.

—¡Respeto! —ella retrocedió un paso para mirarlo, un tanto divertida—. ¿Desea que lo respete después del modo en que me trató?

—En este país, cuando una mujer se muestra irrespetuosa con el marido, se la castiga físicamente.

—Usted no es mi marido —lo corrigió Christina.

—No, pero tengo los mismos derechos de un marido. Soy tu amo y me perteneces. Si deseas que busque un látigo y te desnude la espalda en público, con mucho gusto te complaceré. Si no es así, regresa a mi tienda.

Habló con tal frialdad que Christina no esperó para comprobar si estaba dispuesto a ejecutar su amenaza. Regresó a la tienda y se arrojó a la cama para aliviar en el llanto sus frustraciones.

¿Ahora debía temer los golpes, además de la violación? ¡Ese demonio exigía respeto después de lo que había hecho! Pero ella prefería morir antes que demostrarle nada que no fuera odio y desprecio.

Detestaba la autocompasión, pero, ¿qué podía hacer mientras él estaba ausente? Y a propósito, ¿qué haría cuando Philip regresara? Lloró un largo rato y al fin se durmió.

Christina se despertó bruscamente a causa de una enérgica palmada en el trasero. Se volvió rápidamente y vio a Philip junto a la cama, con las manos en las caderas y una sonrisa burlona en su rostro armonioso.

—Querida, pasas mucho tiempo durmiendo en esta cama. ¿Deseas que te muestre otro modo de usarla?

Christina se incorporó de un salto. Ahora interpretaba más fácilmente que antes las groseras alusiones de aquel hombre.

—Señor Caxton, estoy segura de que puedo prescindir de esa clase de conocimiento.

Christina se le enfrentó con los brazos en jarras y se sintió más segura con la cama entre los dos.

—Bien, muy pronto aprenderás. Y prefiero que me llames Philip o Abu, como me llaman aquí. Creo que es hora de que prescindas de los formalismos.

—Bien, Caxton, preferiría continuar con los formalismos. Por lo menos su gente sabrá que no estoy aquí voluntariamente —dijo Christina con altivez.

Philip sonrió perversamente.

—Oh, saben que no estás aquí por propia voluntad, pero también saben que no soy hombre a quien pueda mantenerse esperando. Suponen que fuiste desflorada anoche. Quizás eso ocurra esta noche.

Christina abrió desorbitadamente los ojos, que adquirieron el tono más oscuro del azul.

—¡Pero usted... usted prometió! Me dio su palabra de que no me violaría. ¿No tiene el más mínimo escrúpulo?

—Tina, siempre cumplo mi palabra. No tendré que violarte. Como te dije antes, me desearás tanto como yo te deseo.

—Seguramente usted está loco. ¡Jamás lo desearé! ¿Cómo puedo amarlo cuando lo detesto con todo mi ser? —exclamó la joven—. Me apartó de mi hermano y de todo lo que amo. Me tiene prisionera aquí, con un guardia en la puerta cuando usted se marcha. ¡Lo odio!

Christina salió airada de la habitación y en su fuero íntimo maldijo a Philip con las palabras más horribles que se le ocurrieron. De pronto, vio dos montones de libros y por lo menos una docena de cortes de lienzo depositados sobre el diván. Olvidó su irritación y corrió a examinar las cosas.

Había lienzos, sedas, satén, terciopelo y brocado, y los colores eran los más bellos que ella había visto jamás.

Incluso encontró un corte de algodón semitransparente que podía utilizar para confeccionar camisas. Hilos de todos los colores, tijeras y todo lo que ella podía necesitar para confeccionar hermosos vestidos.

Se volvió hacia los libros, y los examinó uno tras otro. Shakespeare, Defoe, Homero... Algunos ya los había leído, y otros pertenecían a autores de los que nunca había oído hablar. Al lado de los libros, un juego de peines y cepillos de marfil bellamente tallados.

Christina se sintió muy complacida. Durante un instante le pareció que era una niña pequeña que el día de su cumpleaños recibía tantos regalos que estos podían durarle hasta el aniversario siguiente. Philip se había acercado y veía su alegría ante la sorpresa. Christina se volvió bruscamente para mirarlo y sus ojos habían recobrado el suave color verdeazulado, en el centro de un círculo oscuro.

—¿Todo esto es para mí? —preguntó, mientras con la mano acariciaba un retazo de terciopelo azul que hacía juego con sus ojos.

—Era para ti, pero no sé si debería dártelos después de todo lo que hiciste —respondio Philip.

Los ojos del hombre no indicaban si estaba burlándose de ella o no. De pronto, Christina tuvo un impulso de desesperación.

—¡Por favor, Philip! Si no tengo con qué ocupar el tiempo, moriré.

—Quizá deberías darme algo a cambio —replicó él con voz ronca.

—Usted sabe que no puedo. ¿Por qué me tortura así?

—Querida, te apresuras a extraer conclusiones. Lo que había pensado era un beso... un beso honesto, con un poco de sentimiento.

Christina echó otra ojeada al tesoro literario depositado sobre el diván. Pensó: ¿Qué daño podía hacer un beso, si de ese modo ella obtenía lo que deseaba? Se acercó a él y esperó, los ojos cerrados, pero Philip no se movió. Christina abrió los ojos y vio la expresión divertida de su interlocutor.

—Señora mía, pedí que usted me diese el beso y que lo hiciese con un poco de calor.

Dirigió una sonrisa a su prisionera.

Después de un momento de vacilación, Christina enlazó con sus brazos el cuello de Philip y atrajo hacia ella los labios del hombre. Al hacerlo, entreabrió la boca. El beso comenzó suavemente, pero de pronto la lengua de Philip penetró hondo. Ese extraño cosquilleo volvió a dominarla, pero esta vez ella no lo rechazó. Philip la abrazó con fuerza inusitada y Christina percibió el crujido de sus propios huesos. Podía notar la erección entre las piernas del hombre, mientras sus labios dejaban un reguero de fuego en el cuello de la muchacha.

Philip la alzó y comenzó a llevarla a la cama. Christina empezó a luchar.

—¡Usted pidió sólo un beso! Por favor, suélteme —rogó.

—¡Maldición, mujer! Llegará el momento en que de buena gana vendrás a mí. Te lo prometo.

La depositó en el suelo y salió. Una sonrisa se dibujó en los labios de Christina cuando vio que ella había triunfado otra vez. Pero, ¿cuánto tiempo pasaría antes de que se le terminara la suerte? El beso de Philip había suscitado en ella sentimientos que la propia Christina no comprendía. La había dejado como vacía, deseosa de alguna cosa más: pero ella no sabía qué era lo que anhelaba.

Unos minutos después Philip regresó a la habitación,

seguido por una joven que traía la cena. Cuando se retiró, Philip habló con dureza.

—Ahora comeremos y después te llevaré a conocer a mi padre. Está esperándonos.

Comieron en silencio, pero Christina se sentía excesivamente nerviosa para paladear los manjares. Temía el encuentro con el padre de Philip. Si se parecía a su hijo, Christina tenía sobrados motivos para temer.

—¿No sería posible postergar unos pocos días este encuentro, de modo que yo pueda vestir algo más presentable que esto? —preguntó.

Philip la miró con el ceño fruncido.

—Mi padre vivió siempre aquí. No está acostumbrado a los vestidos lujosos de las mujeres. Lo que ahora llevas es muy apropiado para la ocasión.

—¿Y de quién son estas ropas? ¿Pertenecieron a su última amante? —preguntó agriamente Christina.

—Tina, tienes la lengua muy afilada. Las ropas pertenecen a Amine, la joven que trajo la comida. Amine es la esposa de Syed, uno de mis primos lejanos.

Christina se sentía avergonzada, pero no deseaba reconocerlo.

—¿Vamos? Mi padre desea conocerte.

Philip le tomó la mano y la condujo a una tienda más pequeña a la derecha de la que él ocupaba. Entraron, y Christina vio a un anciano sentado en el suelo, en el centro de la tienda.

—Adelante, hijos míos. Ansiaba este encuentro.

El viejo les hizo señas de que entraran.

Philip cruzó con ella la habitación y se sentó sobre una piel de oveja, frente a su padre; obligó a Christina a acomodarse al lado.

—Quiero presentarte a Christina Wakefield —luego miró a la joven—. Mi padre, el jeque Yasir Alhamar.

—Abu, no debes llamarme jeque. Ahora tú eres el jeque —lo reprendió el padre de Philip.

—Padre mío, siempre pensaré en ti como en el jeque. No me pidas que deje de tratarte con respeto.

—Bien, entre nosotros eso poco importa. De modo que ésta es la mujer sin la cual no podías vivir —dijo Yasir, mirando fijamente a Christina—. Sí, comprendo por qué la necesitabas. Christina Wakefield, contemplarte es un placer. Espero que me darás muchos y hermosos nietos antes de que yo muera.

Christina abrió los ojos desmesuradamente, y el rostro se le cubrió de sonrojo en un instante.

—¡Nietos! Caramba, yo...

Philip la interrumpió bruscamente.

—No digas más.

La miró hostil, como desafiándola a que desobedeciera.

—Está bien, Abu. Veo que tu Christina tiene mucho carácter. Tu madre era igual la primera vez que vino a mi campamento. Pero yo no era tan bondadoso como tú y tuve que castigarla una vez.

Christina contuvo una exclamación de horror, pero Yasir le dirigió una sonrisa comprensiva.

—¿Te impresiona, Christina Wakefield? Bien, cuando lo hube hecho, tampoco a mí me agradó mucho. Tienes que comprender que yo había estado bebiendo bastante, y la cólera me cegaba, porque ella coqueteaba sin recato con los hombres de mi campamento. Después me confesó que su intención había sido despertar mis celos, de modo que me viese obligado a proponerle matrimonio. Después, jamás volví a castigarla y, al día siguiente, nos casamos. Pasé con ella los cinco años más hermosos, y me dio a mis hijos Abu y Abin. Pero no podía soportar el calor del desierto, y cuando me rogó volver a su patria no pude negarme. Todavía lloro su muerte y siempre la lloraré.

El padre de Philip tenía una expresión dolorida en los ojos oscuros, como si recordase ese antiguo pasado feliz. Se limitó a asentir, sin mirarlos, cuando Philip dijo que volverían a verlo.

Christina compadecía a Yasir, que había vivido apenas cinco años con la mujer amada: pero no alentaba los mismos sentimientos por Philip. Cuando regresaron a la tienda, lo miró, centelleantes los ojos oscuros.

—¡No le daré nietos! —gritó.

—¿Qué? —Philip se echó a reír—. Es sencillamente el sueño de un anciano. Yo tampoco pretendo que me des hijos. No te traje aquí para eso.

—Entonces, ¿para qué me trajiste? —explotó Christina.

—Tina, ya te lo dije. Estás aquí para mi placer. Porque te deseo —contestó sencillamente.

Extendió la mano hacia ella y Christina se apartó veloz, la cólera sustituida por el miedo.

—¿Dónde puedo poner estos cortes de tela? —preguntó para distraerlo.

—Me ocuparé de traerte un armario la semana próxima. Por ahora puedes dejarlos donde están. Ven, vamos a la cama —dijo, y comenzó a caminar hacia el dormitorio.

—Apenas ha oscurecido y no estoy cansada. Además, no dormiré en esa cama contigo. ¡Y no tienes derecho a obligarme!

Christina se sentó y comenzó a desatarse las trenzas. Philip se acercó al diván y la tomó en brazos.

—Querida, no dije que nos acostaríamos para dormir —sonrió con gesto perverso.

—¡No! —exclamó al momento Christina—. ¡Déjame ahora mismo!

Philip le sonrió mientras la introducía en el dormitorio y la arrojaba sobre la cama:

—Te dije que estabas aquí para complacerme. Tina, desnúdate.

—No haré nada de eso —le replicó indignada Christina.

Comenzó a salir de la cama, pero fue un gesto inútil porque Philip la devolvió en un instante al centro del lecho, y con las rodillas le sujetó las caderas. Le pasó la blusa sobre la cabeza, y con una mano le sostuvo los brazos, pese a que ella se debatía con toda su fuerza. Después, le desabrochó la falda y la hizo girar sobre sí misma para quitársela.

—No puedes hacer esto. ¡No lo toleraré! —exclamó ella, tratando desesperadamente de apartarlo.

Philip rió de buena gana.

—Querida, ¿cuándo aprenderás que aquí soy el amo? Lo que deseo hacer... lo hago.

Philip vio el miedo en los ojos oscuros de Christina, pero no se detuvo.

—Maldita sea, Tina. Te di mi palabra de que no te violaría, pero no prometí que no habría de besarte o tocarte el cuerpo. Ahora, ¡quieta! —dijo con voz dura.

Aplicó con fuerza sus labios sobre los de la joven.

Philip la besó, con un beso largo y brutal. Christina experimentaba una sensación muy extraña. ¿Le agradaban realmente los besos de este hombre? Sentía extrañamente vivos los pechos, el vientre, el cuerpo entero.

Philip la soltó y permaneció de pie junto a la cama. Le acarició el cuerpo con sus ojos verdes mientras se quitaba sus propias ropas, prenda por prenda, y las echaba a un lado. A Christina se le agrandaron los ojos cuando vio la desnuda exposición física del deseo de Philip. El miedo la dominó y saltó de la cama, tratando por última vez de escapar. Pero Philip, agarrando su larga trenza, la obligó a caer en sus brazos.

—Tina, no tienes que temer de mí —dijo, empujándola hacia la cama.

Philip posó los labios en el rostro de la joven, descendió al cuello, pero cuando llegó a los pechos, ella comenzó a debatirse otra vez. Philip le asió los brazos y con una mano los sostuvo firmemente sobre la cabeza de Christina.

—No te resistas, Tina. Relájate y goza con lo que yo te haga —murmuró con voz ronca.

Mientras Philip continuaba besando los pechos, apoyaba la mano libre en los muslos de Christina. Cuando llevó la mano hacia el triángulo dorado de vello, bajo el ombligo, Christina gimió y rogó a Philip que se detuviese.

—Tina, si no he hecho más que comenzar —murmuró él y deslizó la rodilla entre las piernas de Christina, para separárselas.

Christina sintió una oleada de fuego cuando Philip la acarició delicadamente entre los muslos. Cubrió la boca de la muchacha con la suya y ella comenzó a gemir suavemente. Ahora no deseaba que él se interrumpiese. Quería conocer en qué terminaba esa extraña sensación que experimentaba en lo más hondo de su ser.

Philip le soltó la mano y deslizó su cuerpo sobre el de Christina. Le sostuvo la cabeza con sus manos enormes y la besó con besos hambrientos. Ella sintió la endurecida virilidad del hombre entre sus piernas, pero ahora ya no le importaba. Su mente pedía que él se detuviese, pero su cuerpo exigía que continuara. Entonces Christina comprendió que Philip tenía razón. Ella odiaba a aquel cuerpo que la traicionaba, pero deseaba al hombre.

Sintió que él comenzaba a penetrarla lentamente. Pero Philip se detuvo y la miró en los ojos.

—Te deseo, Tina. Eres mía y quiero hacerte el amor. ¿Deseas ahora que lo interrumpa? ¿Deseas que te libere? —La miraba sonriente, porque sabía que había triunfado—. Dímelo, Tina, dime que no me detenga.

Ella lo odiaba, pero ahora no podía permitir que la abandonase. Le rodeó el cuello con los brazos.

—No te detengas —murmuró jadeante.

Sintió un dolor desgarrador cuando él la penetró profundamente. Los labios de Philip ahogaron el grito de Christina y ella le hundió las uñas en su espalda.

—Lo siento, Tina, pero era necesario. No volverá a dolerte... te lo prometo.

Comenzó a moverse suavemente en el interior de Christina.

Tenía razón. No volvió a sentirlo. El placer de Christina se acentuó cuando Philip aceleró el ritmo. Christina se abandonó por completo al amor y correspondió a cada movimiento de Philip con un movimiento de sus propias caderas. Él le elevó a alturas cada vez mayores, hasta que ella, con los ojos desorbitados, sintió que se unía por completo con el hombre.

Philip le reveló un placer cuya existencia ella jamás había conocido. Pero ahora que yacía exhausta al lado de Philip lo odiaba todavía más que antes. Se maldijo porque se había mostrado tan débil. Juró no entregarse nunca más a él: pero lo había hecho y eso no podía perdonárselo.

Christina abrió los ojos y descubrió a Philip que la miraba fijamente, con una expresión inescrutable en el rostro.

—Tina, jamás renunciaré a ti. Siempre serás mía —murmuró en voz baja. Después se apartó de ella, pero la atrajo hacia él de modo que la cabeza de la joven descansó en su hombro—. Y te advierto una cosa. Si alguna vez intentas huir de mí, te encontraré y a latigazos te arrancaré la piel de la espalda. Te lo prometo.

Christina guardó silencio. Pronto oyó la respiración profunda y regular y comprendió que Philip se había dormido. Con movimientos cautelosos se apartó de él y abandonó el lecho.

Christina tomó la túnica de Philip, se la puso y salió de la tienda. En el centro del campamento el fuego ardía luminoso y proyectaba sombras móviles que confundían todas las cosas: pero ella no vio a nadie. Avanzó con cuidado en la misma dirección en que Philip la había llevado esa mañana y llegó al pequeño claro. Se quitó la túnica y se sumergió en el agua tibia.

Hasta ahora, nadie la había visto. Pensó un instante en la posibilidad de robar uno de los caballos del corral y escapar mientras Philip dormía. Pero quizá la suerte no la acompañara y por otra parte estaba segura de que alguien oiría el ruido de cascos. No deseaba comprobar si Philip era capaz de cumplir su palabra y si llegado el momento estaría dispuesto a castigarla con el látigo. De modo que renunció a la idea y dejó que el agua tibia lavase el olor del hombre con quien se había acostado.

9

El sol comenzaba a iluminar las montañas, y disipaba el frío de la noche, cuando Philip despertó de un grato sueño. Volvió la cara para ver si su cautiva aún estaba a su lado. Frunció el ceño cuando vio a Christina acostada en el extremo de la cama, cubierta con la túnica del propio Philip. Tendría que hablarle, porque no estaba dispuesto a permitir que una prenda los separase en el lecho. Cuando recordó su victoria de la noche anterior, Philip sonrió y jugueteó con los extremos sueltos de la trenza de Christina. Vio la mancha rojo oscuro de sangre en la sábana y sintió los arañazos en la espalda.

¡Qué mujer había encontrado! Christina se había entregado por completo la noche anterior, después de reconocer la derrota. Su pasión salvaje había estado a la altura del temperamento de Philip. Quizá tendría que hacerla su esposa para evitar que alguna vez le abandonase. Pero ella ya lo había rechazado una vez y no había modo de que él pudiese obligarla a aceptar el matrimonio.

Philip abandonó la cama, abrió el arcón que guardaba sus ropas y se puso unos pantalones claros y una chilaba blanca, de mangas largas. Salió de la tienda, y al ver a Amine que estaba frente al fuego, le pidió que trajese el desayuno. Philip examinó a su caballo, *Victory*, y a dos caballos capturados poco antes y guardados en el corral.

Le agradaba trabajar con los caballos, y la doma de estos animales le daría algo que hacer, fuera del tiempo que dedicaba a asaltar las caravanas.

Philip recordaba la expresión incrédula en el rostro del mercader viejo y adiposo durante la incursión de la víspera, cuando él había preguntado si la caravana llevaba libros. Philip había tomado únicamente las cosas que necesitaba para Christina, y ordenado a sus hombres que se apoderasen únicamente de alimentos y otros artículos indispensables.

Philip no necesitaba las riquezas que podían acumularse atacando a las caravanas, porque en Inglaterra disponía de bienes considerables. Su madre le había dejado propiedades muy valiosas y además un título.

Su medio hermano Rashid se apoderaba de todo lo que encontraba cuando realizaba sus incursiones y no se preocupaba mucho si mientras actuaba moría alguien. Rashid era un hombre duro y cruel. Philip se alegraba de que no hubiese estado en el campamento cuando él regresó.

Después de hacer una última caricia al hocico gris y aterciopelado de *Victory*, Philip regresó a la tienda. Encontró a Christina sentada en el diván, tomando su desayuno. Se había quitado la chilaba de Philip, y ahora llevaba la falda y la blusa que había usado la víspera. Cuando él se acercó, la joven le dirigió una mirada de odio que habría anonadado a otro hombre.

—Esperaba que tu humor hubiese mejorado después de anoche, pero veo que no es así —observó Philip como de pasada.

—Y yo esperaba que tuvieses la decencia de no mencionar lo ocurrido anoche. ¡Pero me lo arrojas a la cara, como el rufián que eres! ¡Te prometo que no volverá a ocurrir!

Philip sonrió perversamente mientras con absoluta serenidad se sentaba al lado de la joven.

—Tina, no hagas promesas que no podrás cumplir.

Christina intentó golpear indignada al rostro burlón, pero él la asió por la muñeca.

—Amor mío, no es el momento apropiado para disputar. Sugiero que apliques tu energía a fines más constructivos y concluyas tu comida. Después te llevaré a tomar un baño.

—No, gracias. Me bañé anoche —dijo ella con expresión altiva. Los ojos de Philip se entrecerraron irritados. Christina frunció el ceño cuando él la tomó por los hombros y la obligó a volverse.

—¡De modo que por eso llevabas mi chilaba esta mañana! —estalló Philip, mientras la sacudía violentamente—. ¡Pequeña estúpida! ¿Crees que somos la única tribu que habita estas montañas? Hay por lo menos una docena y compartimos el agua y el pozo del baño con Yamaid Alhabbal. A diferencia de la mía, su tribu no habla inglés. ¿Sabes dónde estarías esta mañana si uno de sus hombres te hubiese descubierto? En un mercado de esclavos... y estarían exigiendo por tu cuerpo un precio elevado. Es decir, después que Yamaid Alhabbal y todos sus hombres hubiesen saboreado tus encantos.

Philip la apartó y se plantó frente a ella, los ojos fríos e implacables.

—Jamás vuelvas a salir sin escolta de este campamento. ¿Me oyes?

—Sí —murmuró ella humildemente.

Cuando vio cómo se atemorizaba, Philip se calmó.

—Lo siento, Tina. En realidad, si te vendiesen, probablemente no podría encontrarte. El buitre gordo y viejo que pudiese pagar más por ti te ocultaría, temeroso de perderte. Ni tú ni yo queremos eso, ¿no es verdad?

—Puedes estar seguro de que tendré en cuenta tu advertencia, y en el futuro tendré más cuidado —replicó Christina, mientras alisaba las arrugas imaginarias de su falda—. Y ahora, si me disculpas, necesito coser algunas cosas.

Recogió un retazo de tela y desapareció en el interior del dormitorio. Philip meneó la cabeza. Sí, Christina era muy capaz de reaccionar con rapidez; pasaba en un instante del desaliento y el miedo al frío desdén.

Después de desayunar, Philip se acercó al dormitorio y apartó las gruesas cortinas.

—A propósito, querida, no pierdas tiempo confeccionando camisones, porque aquí no los necesitarás.

Philip esquivó un almohadón que llegó volando con la fuerza de un proyectil. Rió de buena gana mientras salía de la tienda. Ahora mismo comenzaría a domar a los potros: ¡quizá fueran más dóciles que Christina!

Esa noche, después de la cena, Philip se recostó perezosamente en el diván, los ojos fijos en Christina. Ella se había sentado enfrente, y cosía un retazo de tela verde claro, y se desentendía por completo de Philip. Esa actitud desdeñosa lo irritaba; pero estaba decidido a evitar que ella lo supiera.

Philip cerró los ojos y dejó fluir el curso de sus pensamientos. Había pasado el final de la tarde con su padre, y charlado con Yasir de Paul y de su nueva esposa. Aunque su padre no veía a Paul desde hacía muchos años, el hijo menor aún estaba muy cerca de su corazón. Philip abrigaba la esperanza de que Paul viniese por lo menos una vez a visitar a su padre. El anciano ya no viviría mucho tiempo. En esta tierra, la gente moría prematuramente.

Cuando Yasir había decidido trasladar a su tribu a un lugar que estaba al pie de las montañas, Philip se había sentido complacido. Nunca le había agradado la vida nómada del desierto, el permanente deambular de un oasis al siguiente. Ahora, hacía ocho años que la tribu vivía en las montañas. Philip no hubiese podido permanecer tanto tiempo con su padre si la tribu no se hubiese trasladado permanentemente a esta región. Aquí el clima era bastante más fresco. Había agua suficiente incluso para bañarse regularmente. El campamento ocupaba un lugar que les permitía rechazar un ataque si llegaba la ocasión.

Philip no sabía si permanecería en Egipto después de la muerte de su padre. Pero ahora que tenía a Christina, probablemente decidiría quedarse. No podía llevarla a Inglaterra, porque allí ella conseguiría escapar.

Philip se relajó con gestos lánguidos y cuando abrió los ojos vio a Christina dormitando en el diván. Se levantó, en silencio rodeó la mesa y se detuvo al lado de la joven. Sus ojos acariciaron los cabellos despeinados; la masa reluciente cubría la almohada y caía hasta el suelo. Christina estaba acurrucada, como una niña pequeña e inocente No parecía la mujer sensual de la noche anterior.

Philip se inclinó para abrazar a Christina. Pero ella se incorporó de un salto y corrió hacia el fondo de la tienda. Se volvió para ver si él la perseguía.

—De modo que... sólo fingías dormir. —Él se incorporó y le dirigió una mirada divertida—. Preciosa, es un poco tarde para dedicarse a estos juegos.

—Puedo asegurarte que no estoy jugando —replicó ella con gesto duro, recogiéndose los cabellos que le caían sobre los hombros.

—Pensaba únicamente llevarte a la cama. Pero ahora que estás despierta... se me ocurre algo mucho mejor.

Se burló Philip mientras se acercaba lentamente a ella.

—¡No! —exclamó Christina, que comenzó a retroceder. Y no dormiré contigo en esa cama. ¡Es indecente! ¡Prefiero dormir en el suelo! Él sonrió levemente cuando arrinconó a Christina contra el fondo de la tienda.

—No te agradará dormir en el suelo. Aquí suele hacer mucho frío de noche y querrás sentir la tibieza de mi cuerpo. El invierno se aproxima.

—Es mejor soportar el frío que tu contacto —replicó secamente Christina.

Trató de pasar corriendo al lado de Philip.

—Tina, anoche no pensabas así —dijo él.

La tomó entre sus brazos y con un movimiento súbito se la echó al hombro.

Ella luchó fieramente mientras Philip cruzaba la tienda y la arrojaba sobre la cama.

—Tina, creo que es hora de enseñarte una lección. Eres una mujer muy apasionada, aunque te niegas a reconocerlo.

Christina se debatió furiosamente mientras él trataba de desnudarla. Mientras descargaba puntapiés y se debatía inútilmente, le escupía maldiciones, haciendo gala de un lenguaje que Philip siempre había considerado imposible en una dama. Finalmente, consiguió quitarle la blusa, y la falda se desprendió fácilmente. Sin perder tiempo, él arrojó al suelo sus propias prendas, y con su cuerpo apretó a Christina contra la cama.

—Querida, tu lenguaje no es propio de una dama —dijo Philip riendo—. Ya me contarás cómo aprendiste este vocabulario tan terrible.

Christina realizó un último esfuerzo para apartarlo, y después cambió de táctica y permaneció perfectamente inmóvil bajo el cuerpo de Philip.

Él le abrió la boca con la suya, y la besó intensamente, pero sin obtener respuesta. De modo que ahora empleaba una táctica diferente. Pero no podría aguantar mucho tiempo.

Deslizándose al lado de la muchacha, Philip acercó los labios a los pechos redondos, y acarició y mordisqueó uno tras otro sus pezones. Deslizó la mano sobre el vientre y finalmente entre las piernas de Christina. Con movimientos dulces movió los dedos hacia adelante y hacia atrás, hasta que ella gimió de placer.

—Oh, Philip —jadeó Christina—. Tómame.

Philip la cubrió con su cuerpo. Los brazos de Christina le rodearon el cuello, y ella correspondió apasionadamente a los besos de Philip. Él la penetró lentamente, y después inició un movimiento rápido y duro, hasta que la pasión de ambos estalló llevándolos al paroxismo del éxtasis.

10

Para Christina la madrugada tardó en llegar. Había dormido nerviosa durante la noche y despertó del todo cuando la tienda aún: estaba sumida en sombras. Ahora que la luz comenzaba a difundirse lentamente en el dormitorio, Christina fijó la mirada en el hombre que durante la noche la había despojado de su voluntad. Christina había luchado desesperadamente para sofocar los impulsos de su propio cuerpo mientras Philip la acariciaba, pero no había podido resistir el contacto de su mano. Se había entregado por completo a él. Le había rogado que la poseyera.

Pensó irritada: «¿En qué me he convertido? A juzgar por el deseo que me dominaba, fui como una perra en celo.»

Paseó la mirada sobre el cuerpo desnudo de Philip. Estaba perfectamente formado: delgado, musculoso y fuerte. Estudió el rostro enérgico cuando estaba despierto, infantil y encantador cuando dormía. Los cabellos negros se enroscaban blandamente sobre la nuca, desordenados por el sueño de la noche. Philip parecía Príncipe Encantado con quien ella había soñado cuando era niña pero su carácter era demoníaco.

De pronto, un voz profunda sobresaltó a Christina.

—Abu —dijo el hombre—, acabo de enterarme de tu regreso. ¡Despierta!

Un hombre alto y delgado a quien Christina nunca había visto entró en el dormitorio, pero se detuvo cuando la vio.

El hombre miró a Philip, que comenzaba a despertarse, y de nuevo a Christina. Una ancha sonrisa se dibujó en sus rasgos oscuros. Christina trató de cubrirse, avergonzada de que la viesen en el lecho con Philip.

—Mil perdones, hermano. No sabía que te habías casado —dijo con aire inocente el recién llegado—. ¿Cuándo ocurrió el feliz acontecimiento?

Philip se sentó al lado de la cama y miró irritado al hombre.

—No hubo boda, como sin duda ya sabes. Y ahora, si tu curiosidad está satisfecha, ¿tendrás la bondad de salir de mi dormitorio?

—Como quieras, Abu. Esperaré para desayunar contigo —replicó el hombre.

Sonrió, dio media vuelta y salió de la tienda.

Con movimientos cautelosos, Christina abandonó la protección de las mantas y se volvió hacia Philip.

—¿Quién era ese hombre? —preguntó irritada—. ¿Cómo se atreve a entrar así en tu dormitorio? ¿Aquí no puedo tener ni siquiera un poco de intimidad?

Philip se puso de pie y se estiró perezosamente. Vistió la chilaba y los pantalones y se sentó en la cama para calzarse las botas.

—Maldición, ¿quieres contestarme? —gritó Christina.

Philip se volvió para mirar a Christina y sonrió al oír la cólera de la joven.

—Querida, no volverá a ocurrir. Es mi medio hermano, Rashid, y éste es uno de los juegos que practica para fastidiarme. Mi dormitorio es el único lugar donde puedes tener intimidad... excepto si se trata de mí. Ahora, vístete —dijo, y recogió las ropas de Christina y se las entregó—. Está esperando para conocerte.

Mientras salía del dormitorio, Philip no vio cómo Christina, en un gesto infantil, le sacaba la lengua. «Con que el hermano —pensó mientras se vestía de prisa—. ¿Cuántas sorpresas más tendré que soportar? Ahora tendré que conocer al hermano... sin duda, otro bárbaro.»

Se recogió los mechones de cabellos y los ató en la nuca con un pedazo de lienzo que había cortado de una de las telas traídas por Philip. Christina deseaba tener un espejo, pero no quería pedírselo a Philip.

Los dos hermanos estaban sentados en el diván, tomando el desayuno, cuando Christina abrió las cortinas. La joven pensó: son tan salvajes que ni siquiera se ponen de pie cuando una dama entra en la habitación. Cruzó la tienda y se detuvo frente a ellos.

—Yo soy Rashid Alhamar —dijo el hermano de Philip, y sus ojos la exploraron de la cabeza a los pies—. Y usted seguramente es Christina Wakefield.

Ella asintió, tomó un pedazo de pan y se sentó en el diván que estaba frente al que ocupaban ambos hermanos.

Excepto por la altura, Rashid no se parecía a Philip. Tenía la piel mucho más oscura, los cabellos negros y los ojos castaños. El rostro mostraba una expresión infantil, casi afeminada, con la piel lisa y suave; en cambio, Philip tenía el rostro áspero y la barba crecida. Philip era ancho y musculoso, y Rashid en realidad mostraba un cuerpo muy delgado.

—Su hermano ha ofrecido una recompensa muy considerable por usted, Christina —dijo Rashid—. Oí decir que él y sus hombres la buscan en todas las caravanas y en las tribus del desierto.

—Y usted, señor Alhamar, ¿desea cobrar esa recompensa? —preguntó agriamente Christina.

La pregunta movió a Philip a fruncir el ceño.

—No se hable más de recompensas —dijo Philip a Rashid, con la voz cargada de amenaza—. Te lo diré una sola vez. Christina permanecerá aquí porque yo así lo deseo. Soy el jefe de esta tribu y nadie se opondrá a mi decisión. Es mi mujer y se la tratará como corresponde a su condición. Y tú no volverás a entrar en mi dormitorio.

Rashid se echó a reír.

—Nura dijo que te mostrabas muy protector con esta mujer. Veo que no mintió. Como sabes, Nura siente celos de tu nueva esposa. Siempre quiso unirse contigo.

—¡Ah, las mujeres! —dijo Philip, encogiéndose de hombros—. Jamás di a Nura motivos para abrigar esperanzas matrimoniales.

—En realidad, en eso se parece a todas las restantes jóvenes de la tribu. Todas reclaman tu atención.

Christina tuvo la sensación de que en la voz del árabe había un matiz de envidia.

—Ya hemos hablado bastante de mujeres —replicó agriamente Philip—. ¿Dónde estuviste, Rashid? ¿Y por qué no te vi aquí cuando regresé al campamento?

—Estuve en El Balyana y allí me enteré de que se había detenido una importante caravana. También recibí la noticia de la desaparición de Christina. La caravana se retrasó dos días; si no hubiera sido así, me habrías encontrado aquí para darte la bienvenida.

Del interior de su túnica Rashid extrajo un saquito, lo abrió y volcó el contenido sobre la mesa.

—Ésta es la razón por la cual esperé tanto. Sabía donde las ocultaban, de modo que fue bastante fácil robarlas.

Christina miró asombrada las hermosas joyas depositadas sobre la mesa. Había enormes diamantes, esmeraldas, zafiros y otras piedras preciosas que ella no pudo identificar. Pero la piedra más bella era un enorme rubí cuyas facetas rojo sangre refulgían intensamente. Por sí solo el rubí valía una verdadera fortuna.

—Por supuesto, como eres el jefe de la tribu, te pertenece —dijo de mala gana Rashid.

—¿Qué haría con un saquito de joyas? —dijo Philip riendo—. Aquí no necesito riquezas. Y no las deseo. Puedes guardártelas, puesto que te tomaste el trabajo de robarlas.

—Abrigaba la esperanza de que dijeras eso, Abu.

Rashid colocó las joyas en el saquito, lo ocultó entre los pliegues de su chilaba.

—Sólo abrigo la esperanza de que uses provechosamente esas gemas —dijo Philip—. ¿Ya hablaste con nuestro padre?

—Ahora iré a verlo. Hace pocos meses enfermó gravemente. Maidi logró sanarlo, pero después nunca se sintió muy bien. Temo que no vivirá mucho —dijo secamente Rashid.

Philip acompañó a su hermano hasta la salida de la tienda y permaneció un momento allí mirando el campamento. Christina se preguntó qué clase de hombre era Philip, que con tanta indiferencia podía oír hablar de la cercana muerte de su propio padre. ¿Qué clase de hombre podría rechazar una fortuna en joyas, como si hubiesen sido piedras comunes? ¿Jamás lograría comprender a ese hombre que la había convertido en su amante? ¿Deseaba comprenderlo?

Con movimientos lentos Philip se volvió y alzó las dos manos para alisarse los cabellos que le habían caído sobre el rostro. Christina vio la tristeza en sus ojos verdeoscuro.

De modo que, después de todo, en efecto, sufría. De pronto, ella deseó acercarse y abrazarlo. Deseaba disipar esa tristeza. ¿Por qué sentía así? ¿Había olvidado que lo odiaba? Y además, si procedía de ese modo lo único que conseguiría sería que él se echase a reír.

—Creo que es hora de que conozcas a los miembros de mi tribu —dijo Philip tranquilamente, cruzando la tienda para detenerse ante Christina. Con una mano le alzó el mentón, obligándola a levantar la cara—. Es decir... si no tienes nada mejor que hacer.

—Mi costura puede esperar —replicó Christina.

La mano de Philip bajó hasta la angosta cintura de Christina cuando ella se puso de pie. Ahora, estaban separados por unos pocos centímetros y la proximidad de Philip aceleró los latidos del corazón de Christina. Sintió que algo cedía en su interior y que ya no podía dominarse. Detestaba esa influencia que él ejercía. Tenía que decir algo para destruir ese vínculo que los unía.

—¿Su Alteza desea que vayamos ahora mismo? —dijo sarcásticamente.

—Tina, aquí no hay altezas. Te dije que me llamases Philip.

La mano de Philip se cerró sobre la cintura de la joven.

—Sí, señor. Sí, Alteza —replicó ella con expresión sumisa.

—¡Basta! —rugió él—. Si quieres que te ponga boca abajo sobre mis rodillas y te enseñe una lección, puedes insistir. De lo contrario, cálzate de una vez las zapatillas.

Christina no esperó para comprobar si Philip estaba dispuesto a cumplir su amenaza. Entró en el dormitorio y después de retirar sus zapatillas, depositadas bajo la cama, las calzó de prisa y regresó a la tienda principal.

Con una mano en la cintura de Christina, Philip la acompañó afuera.

Se detuvieron frente a la primera de las tiendas que estaba a la izquierda de la que ocupaban ellos.

—¿Están allí? —llamó Philip.

—Entra, Abu. Me haces el honor de visitar mi hogar —dijo un hombre bajo y robusto, que había abierto la entrada de la tienda.

Cuando entraron, Christina vio que aparentemente ahí estaba reunida la familia entera. Las mujeres a un lado de la tienda: una amasaba, otra estaba sentada en el suelo y amamantaba a un niño, y una mujer de más edad preparaba sus rifles y un variado surtido de armas blancas.

—Ésta es Christina Wakefield —dijo Philip al grupo. Todos la miraron fijamente—. Christina, éste es mi viejo amigo Said y su esposa Maidi. —Con un gesto indicó a la mujer de más edad que preparaba la comida—. Ahora que está enfermo, cuida de mi padre, y también prepara nuestros alimentos. La joven que está a la derecha es su hija, Nura.

La bella joven de cabellos oscuros parecía tener la edad de la misma Christina. Le pareció que en sus ojos había una expresión hostil y recordó que esa muchacha había abrigado la esperanza de convertirse en la esposa de Philip.

—Y la joven con los niños es su cuñada Amine.

Christina retribuyó la sonrisa de la bonita morena que parecía tener poco más de veinte años. Era la que les había traído alimentos la víspera, y suyas eran la falda y la blusa que Christina vestía. Si se les ofrecía la oportunidad, quizá Christina y ella pudiesen llegar a ser amigas.

—Éstos son los hijos de Maidi. Ahmad, Saadi y Syed, el marido de Amine —concluyó Philip.

Cada uno de los varones asintió con un gesto de la cabeza. Christina reconoció a Ahmad y Saadi: eran los dos jóvenes que habían ayudado a Philip a secuestrarla. Syed tenía la edad de Philip y mostraba una larga cicatriz en la mejilla derecha.

—Me alegro mucho de conocerlos a todos —dijo Christina.

—Nosotros nos sentimos honrados de conocerte, Christina Wakefield —replicó Said, con una sonrisa cálida—. Comprendo por qué el jeque Abu se tomó tanto trabajo para traerte. Eres realmente bella.

—Me halagas, Said, pero yo...

Philip la interrumpió.

—No fue demasiado trabajo, como pueden atestiguarlo Ahmad y Saadi; pero Christina aún tiene que conocer a otros miembros de la tribu, de modo que nos marchamos.

Obligó a Christina a salir de la tienda.

—Comprendo. Ya hablaremos en otra ocasión —dijo Said, con expresión un tanto desconcertada.

Christina se volvió hacia Philip, las manos en las caderas y los ojos que echaban chispas.

—¿Por qué me interrumpiste así? —preguntó.

—Tina, si sabes lo que te conviene será mejor que bajes la voz. No bromeaba cuando te advertí que castigamos a nuestras mujeres cuando se muestran irrespetuosas —dijo Philip con aspereza—. Te interrumpí porque pensabas decir que estabas aquí contra tu voluntad. Todos los miembros de la tribu saben a qué atenerse. Pero si lo hubieses dicho en público, la situación habría sido muy embarazosa para mí. Unos buenos latigazos es probablemente lo que necesitas para mejorar tu conducta.

Philip le asió el hombro y la sacudió brutalmente.

—¡No! —jadeó Christina, apartándose de él—. Me comportaré bien... ¡Lo prometo! —dijo frenética, y todo el cuerpo le temblaba.

—Christina, cálmate —dijo Philip más amablemente—. No pienso pegarte ahora. Todavía no me has llevado a eso.

La sostuvo en sus brazos, y la apretó tiernamente contra su cuerpo hasta que ella dejó de temblar. Christina nunca lograría comprender a ese hombre. Primero amenazaba golpearla y después la abrazaba con amor y ternura.

¿Amor? ¿Por qué había pensado en amor? Philip no la amaba. Sólo la deseaba. Y el amor y el deseo eran tan diferentes como la noche y el día. Ella no podría abandonar ese lugar mientras el corazón de Philip no se ablandase y le permitiese partir, como su padre había concedido la libertad a su esposa.

—Tina, ¿te sientes bien? —preguntó él con voz grave, mientras con una mano la obligaba a levantar la cara y a mirarlo.

—Sí —replicó blandamente Christina, sin abrir los ojos.

La llevó a conocer a los dos hermanos de Said y a sus respectivas y numerosas familias.

Christina vio que todas las jóvenes miraban a Philip con deseo en los ojos. Pensó que en definitiva Rashid no había mentido. Todas habían abrigado la esperanza de atraer la atención de Philip pero había sido antes de que él urdiera el plan que la había inducido a viajar desde Inglaterra. Ahora, él la había capturado y la exhibía ante la tribu entera. Seguramente todas la odiaban... y Nura más que nadie.

Aquella tarde Christina terminó la falda que había estado confeccionando y se sintió bastante complacida con su labor. Había usado como modelo la misma prenda que estaba vistiendo; había utilizado una seda verde claro, y le había adornado el ruedo con encaje verde oscuro.

Podía vestir la falda de seda verde con la blusa verde oscura de Amine mientras confeccionaba una prenda que hiciera juego. Había llegado a la conclusión de que obtendría resultados más inmediatos si confeccionaba primero faldas y blusas sencillas, en lugar de vestidos. No le importaba que las prendas que confeccionaba fuesen excesivamente delicadas para la vida del campamento. A Christina le agradaba usar hermosas prendas. Cuando estaba bien vestida, se sentía cómoda, y para el caso poco importaba que estuviese viviendo en el centro de Londres o en un desierto. Antes del almuerzo, Philip fue a buscar a Christina para llevarla a bañarse; tenía un cuchillo al cinto, con fines de protección. Se reunió con ella en el agua tibia, pero esta vez no intentó tocarla.

Después del baño, Christina se puso la falda nueva. Pero Philip se limitó a comentar:

—Tina, trabajas rápido con las manos.

Rashid fue a comer con ellos, y mientras duró la comida no pudo apartar los ojos de Christina. Las atenciones del árabe irritaron a Philip, de modo que Christina decidió retirarse en seguida, dejando a los dos hermanos enfrascados en la discusión de los asuntos de la tribu. Después, Philip vino a acostarse, y ella fingió dormir; supuso que él intentaría poseerla nuevamente. Pero Philip se limitó a abrazarla y poco después se durmió.

11

Durante los días tranquilos que siguieron, Christina y Philip establecieron una rutina bastante regular. Él compartía con Christina todas las comidas, pero la dejaba sola durante la mañana y la tarde. La llevaba al estanque a bañarse todas las tardes, antes de la cena, y después de la comida la acompañaba, ocupado en limpiar sus armas, leer o simplemente meditar.

Todas las noches Philip le hacía el amor y cada vez ella se debatía con todas sus fuerzas hasta que la pasión derrumbaba sus resistencias. Christina no podía negar que esa relación amorosa le deparaba un placer muy intenso; pero precisamente por eso odiaba a Philip más que nunca.

Philip provocaba en Christina sentimientos extrañamente contradictorios. Cuando él estaba cerca, Christina se sentía nerviosa. Nunca podía prever lo que él haría. Conseguía que ella perdiese el control y provocaba su cólera, y después convertía este sentimiento en miedo. Porque ella le temía; en efecto, creía que él estaba dispuesto a golpearla si lo provocaba demasiado.

Había transcurrido una semana desde el día que Philip había traído a Christina al campamento. Como no tenía nada más que hacer, había terminado la blusa de seda verde y dos faldas más. Pero ya estaba fatigada de coser. También estaba hastiada de permanecer un día tras otro, la jornada entera, en el interior de la tienda.

Aquella mañana, después del desayuno, Philip salió sin decir palabra. Christina sabía que estaba encolerizado porque ella no había querido explicarle la razón de sus lágrimas la noche anterior, ¿cómo podía confesarle que lloraba porque su propio cuerpo la traicionaba? Se había jurado que sus caricias no la conmoverían y que yacería serena, imperturbable, al lado de su raptor. Pero Philip la había excitado con movimientos sabios y pacientes, y al fin la había dominado, como todas las noches.

Pero esta vez Philip no se contentó con dominarla una vez. Había reafirmado implacablemente su poder sobre ella por segunda y por tercera vez y Christina había compartido apasionadamente cada minuto de amor. Pero cuando él la dejó y descansó sobre el lecho, Christina se echó a llorar.

Cuando Philip trató de consolarla, Christina se limitó a llorar más intensamente que antes y le dijo que la dejase en paz. Estaba disgustada consigo misma más que con él porque aquel amor le daba tanto placer. Pero cuando ella no quiso explicarse, Philip mostró una cólera fría. Christina lloró hasta quedarse dormida.

Ahora, a medida que avanzaba la mañana, Christina se sentía sofocada por la inactividad. Apartó la labor y se acercó a la entrada de la tienda. La luz del sol filtrada a través de las plantas parecía tan grata, que Christina olvidó su temor a la reacción de Philip si descubría que había salido de la tienda. Se acercó al corral, reconfortada por el calor del sol.

Se detuvo bruscamente cuando vio a Philip. Estaba en el amplio corral acompañado por Ahmad, que montaba un hermoso caballo árabe. Los demás animales pastaban pacíficamente en la colina, con las ovejas. Ella continuó avanzando valerosamente. Cuando llegó a la empalizada del corral, el caballo se movió inquieto.

Philip se volvió para ver qué molestaba al animal y los ojos se le entrecerraron amenazadores cuando vio a Christina. Tranquilizó al caballo y luego se acercó a la joven con paso rápido.

—¿Qué estás haciendo aquí? —preguntó irritado Philip—. No te he autorizado a abandonar la tienda.

Christina trató de dominar la cólera que comenzaba a invadirla.

—Philip; no podía soportar un minuto más en esa tienda. No estoy acostumbrada a que me encierren. Necesito sentir el sol y respirar el aire de la mañana. ¿No puedo permanecer aquí y observarte? Me interesa saber lo que haces todos los días —mintió.

—Entre otras cosas, entreno a estos caballos —dijo Philip.

—¿Para qué? —preguntó Christina, tratando de ganar tiempo.

—¿Realmente quieres saberlo, Christina? ¿O estás jugando otro juego?

—Como bien sabes, no puedo ganar en un juego en el cual tú eres el antagonista —dijo Christina—. De veras, deseo saber cómo entrenas a tus caballos.

—Muy bien. ¿Qué quieres saber?

—¿Para qué los entrenas?

—Para que respondan a los órdenes del jinete con la presión de las rodillas y no de las manos. A veces las manos no pueden manejar las riendas, por ejemplo en combate o después de una incursión. También se obtienen otros resultados, porque nadie puede robar nuestros caballos... salvo que los lleven de la brida. No aceptan a los jinetes que usan las riendas para dirigirlos.

—Muy ingenioso —dijo Christina, ahora más interesada—. ¿Pero cómo le enseñas a los caballos a obedecer a la presión de las rodillas?

—Se induce al caballo a avanzar en cierta dirección, por ejemplo a la izquierda, mientras el jinete presiona en ese sentido. Continuamos en la misma dirección un rato, hasta que el caballo aprende.

—¿Cómo le ordenas que se detenga?

—Como no usamos montura, utilizamos los pies para detenerlos... Les clavamos las espuelas en los flancos mientras sujetamos fuertemente el bocado. ¿Estás satisfecha ahora?

—Sí. ¿Puedo permanecer aquí un rato para verlo? —preguntó ella con expresión sumisa.

—Si callas y no molestas al caballo —contestó Philip.

La miró inquisitivo un momento antes de apartarse.

¡Ajá!... lo había conseguido. Se había liberado un rato de esa maldita tienda. Dejó errar sus pensamientos mientras mantenía fijos en Philip los ojos verdeazules.

Deseó intensamente montar aquel bello animal. Tal vez pudiese convencer a Philip de que le permitiese montar uno de los caballos o mejor todavía que le entregase un animal aún sin domar. No sería como montar a *Dax* y recorrer los fértiles campos verdes de su patria, pero era mejor que privarse por completo del placer de la equitación.

De pronto, Christina comprendió que estaba pensando en un futuro en ese campamento. Maldición; ¿por qué John no venía a rescatarla? Pero era probable que John creyese que ya había muerto. Necesitaba hallar el modo de huir, pero no podía hacerlo sola. Necesitaba un guía que la ayudase a cruzar el desierto y la protegiese de las tribus de bandoleros. Necesitaba alimentos, agua y caballos.

¿Podía esperar a que Philip se cansara de ella? ¿Cuánto tardaría en llegar a esa situación? Y tal vez Philip no la devolviese a su hermano cuando ya no la deseara. Quizá la vendiese como esclava y la destinara al harén de otro hombre.

Si lograba enamorarlo, tal vez pudiera persuadir a Philip de que le permitiese abandonar la tribu. ¿Pero cómo conseguirlo si él sabía que Christina lo odiaba? Además, él mismo le había dicho que sólo deseaba su cuerpo.

—Christina.

Alzó los ojos hacia el rostro sonriente de Philip.

—Te he llamado dos veces. Extraño modo de demostrar interés en lo que hago.

—Disculpa —respondió Christina con una sonrisa—. Estaba pensando en mi caballo *Dax* y en que desearía cabalgar.

—¿Lo hacías a menudo en tu casa?

—¡Oh, sí! Cabalgaba todos los días y muchas horas cada vez —respondió Christina con entusiasmo.

Volvieron caminando a la tienda, donde los esperaban fuentes humeantes de avena, arroz y platos dulces: el almuerzo. Había un recipiente con té para Christina y un odre de vino para Philip.

—Esta tarde saldré un rato del campamento —dijo Philip cuando se sentaban a comer—. Diré a Ahmad que cuide la tienda mientras yo no estoy. Se trata de protegerte, y no de otra cosa.

—Pero, ¿adónde vas?

—A un *ghazw* —respondió Philip irritado.

Era evidente que ella había rozado algo que Philip no deseaba comentar. Pero su curiosidad femenina no le permitió callar.

—¿Un *ghazw*? ¿Qué es eso?

—Christina, ¿tienes que preguntarme siempre tantas cosas? —La voz de Philip trasuntaba cólera y Christina se estremeció a pesar del calor—. Si quieres saberlo, es una incursión. Syed descubrió una caravana esta mañana. Como nuestra provisión de alimentos es escasa, tendremos que apoderamos de lo que necesitamos para sobrevivir un tiempo. ¿Responde esto a tu pregunta o necesitas saber más?

—¡No hablarás en serio! —Christina estaba abrumada. Dejó de comer y contempló los fríos ojos verdes—. ¿Por qué no puedes comprar lo que necesitas? Rashid tiene las joyas que tú rechazaste. Seguramente tú mismo posees bastante riqueza. ¿Por qué tienes que robar a otra gente?

Philip la miró y los reflejos amarillos de sus ojos verdes desaparecieron cuando la contempló, dominado por la ira.

—Christina, no toleraré más preguntas. Te lo diré una vez y sólo una vez. El bandolerismo es la costumbre de mi pueblo. Robamos para sobrevivir, como lo hemos hecho siempre. Tomamos sólo lo que necesitamos. Aquí no tengo riquezas, porque no las necesito. Rashid me guarda rencor, y yo comprendo sus sentimientos; por eso no reprimo su anhelo de riquezas. Le permito conservar lo que roba. ¡No vuelvas a hacerme preguntas!

Giró sobre sus talones y salió foribundo de la tienda. Christina se sintió conmovida. Tenía la impresión de que caía en un pozo sin fondo.

¡Philip era un bandolero! Sin duda había asesinado implacablemente a muchos hombres durante sus incursiones. ¡Era probable que le agradase matar! Y ella —Christina Wakefield— estaba a merced de ese hombre.

Christina tembló incontroladamente, recordando la cólera que él acababa de mostrar. ¿Sería capaz de matarla si ella lo apremiaba excesivamente? Era un bandolero y ella conocía dónde solía acampar. ¿Era verosímil que, sabiendo lo que sabía, Philip le permitiese alejarse del lugar?

Oyó los caballos que salían al galope del campamento. Partían en busca de pillaje y saqueo y sólo Dios sabía de qué más. Christina sintió que no podía soportar ese nuevo miedo. Tenía que saber lo que Philip se proponía hacer con ella. Si estaba condenada a morir, quería saberlo.

Se acercó rápidamente a la entrada de la tienda y encontró a Ahmad sentado en el suelo, a un lado. Estaba limpiando meticulosamente una larga espada de plata con empuñadura curva.

—Ahmad —se atrevió a decir Christina—, ¿puedo hacerte una pregunta?

Él la miró con expresión de asombro.

—No está bien. Las mujeres no hacen preguntas. No les corresponde.

Eso era demasiado. ¡Esta gente era bárbara!

—Pero Ahmad, a mí no me educaron como a tus mujeres. Me criaron con la idea de que soy igual a los hombres, y ¿no comprendes? Sólo deseaba saber si Abu ha traído antes a otras mujeres —dijo, con la esperanza de que Ahmad creyese sencillamente que ella sentía celos.

Ahmad sonrió.

—No, eres la primera mujer que el jeque Abu ha traído al campamento.

—Gracias, Ahmad —dijo Christina con una sonrisa.

Regresó a la tienda, y comenzó a pasearse de un extremo al otro de la habitación. Lo que sabía de nada le servía. Si hubiese existido otra mujer, Christina habría podido descubrir cuál habría sido su destino cuando Philip se hubiese cansado del asunto. Ahora tendría que encararse a Philip con la pregunta que la torturaba. Rogó a Dios que él estuviese de mejor humor al regreso.

12

El sol aún estaba sobre el horizonte cuando el grupo llegó al pie de las montañas. Ahora cabalgaban a todo galope, pues la caravana se encontraba a muchos kilómetros de distancia. Philip abrigaba la esperanza de que no fuese una caravana de mercaderes de esclavos, porque éstas generalmente llevaban poco alimento.

¡Maldita la mujer y su curiosidad! ¿Por qué conseguía irritarlo tan fácilmente? Él siempre se había enorgullecido de la serenidad de sus propias reacciones frente a las mujeres... hasta que conoció a Christina.

Le había irritado la noche anterior, cuando rehusó decirle por qué lloraba. Philip no podía entender aquellas lágrimas. Christina nunca había llorado después de hacer el amor.

¿Conseguiría comprenderla alguna vez? Christina continuaba debatiéndose, pero Philip sabía que le agradaba hacer el amor. ¿Por qué se oponía a lo que era tan grato?

Aquella mañana, cuando Christina apareció en el corral, él comprendió que su fingido interés no era más que una excusa para abandonar la tienda. Pero, ¿podía criticarla? Él habría hecho lo mismo. Estaba seguro de que ella no intentaría huir de nuevo; le temía demasiado. Quizá pudiera confiar en ella en la medida necesaria para dejar que recorriese libremente el campamento.

Philip recordó la expresión de horror en el rostro de Christina cuando él le dijo que salía para participar en una incursión. No había deseado explicarle ese aspecto de su propia vida. Tampoco a él le agradaba y sabía que ella se sentiría abrumada. Pero estaba tan irritado por las preguntas que había querido impresionarla.

No estaba acostumbrado a que le formularan muchas preguntas acerca de su vida y especialmente si quien lo hacía era una mujer. Ah; ¡pero qué mujer! A Philip lo complacía sobremanera tenerla cerca. Era un verdadero goce nada más que contemplar su belleza virginal. Ansiaba que llegase el momento de entrar en la tienda, porque sabía que ella lo esperaba... de buena o mala gana. Antes, su tienda había sido un lugar solitario que él evitaba todo lo posible.

Cuando se aproximaron a la caravana, que había acampado a orillas de un oasis para pasar la noche, Philip vio cinco camellos, los bultos amontonados en el suelo, y seis hombres reunidos alrededor de un pequeño fuego. Philip y sus hombres rodearon el campamento, blandiendo las armas de fuego, y Syed disparó dos tiros para comprobar si la caravana se proponía combatir o entregar su mercadería.

Uno por uno, los guardias de la caravana arrojaron lentamente sus rifles. Philip desmontó y se acercó prudentemente, flanqueado por sus hombres, pero los seis guardias no opusieron resistencia. Preferían conservar la vida antes que luchar y morir por la propiedad de otro hombre.

Syed vigiló a los prisioneros, mientras el resto de la partida se ocupaba en abrir y saquear los bultos. Pronto todos se prepararon para pasar la noche, y abrieron algunos odres de vino y sirvieron carne seca.

A la mañana siguiente cargaron en uno de los camellos los alimentos y otros artículos que necesitaban, dejaron en libertad al resto de la caravana y partieron en dirección a las montañas. Llegaron al campamento alrededor de la media tarde y fueron aclamados por el resto de la tribu. Llevaron los caballos al corral, descargaron el camello cargado y lo empujaron hacia las colinas donde podía pastar. Philip permitió que los hombres se dividieran el botín y llevó a su tienda un gran arcón.

Abrigaba la esperanza de encontrar a Christina de mejor humor que la tarde de la víspera. La encontró tranquilamente sentada en el diván, la toalla cerca y sobre el regazo las prendas nuevas. La joven no dijo una palabra cuando Philip entró en el dormitorio para depositar el arcón.

—Preciosa, podemos ir a bañamos dentro de un minuto —dijo alegremente Philip.

Volvió a la habitación principal y del arcón retiró un pequeño bulto.

—Querida, ¿ocurre algo? —preguntó Philip, que confiaba en que el silencio de Christina no significara que aún estaba irritada con él. Pero ella se limitó a apartar los ojos y menear la cabeza. Bien, no la obligaría a responder. Sin más palabras, Philip la obligó a ponerse de pie y comenzó la marcha hacia la ladera de la colina, donde estaba el estanque de los baños.

Christina aún no había perdido su timidez cuando tenía que desvestirse en presencia de Philip. Volvió la espalda al hombre, y con movimientos lentos se quitó la blusa y la falda. Él dominó con mucho esfuerzo su deseo, y la contempló mientras entraba en el agua.

Luego Philip desvió la atención hacia el bulto que había traído; desenvolvió una navaja de doble filo, y procedió a afeitarse la barba que le había crecido durante la semana.

Tras sentirse satisfecho con el resultado, del bulto extrajo una nueva pastilla de jabón y se reunió con Christina en el agua.

Había oscurecido cuando al fin regresaron al campamento. El fuego recién encendido iluminaba la tienda y las llamas proyectaban sombras en los rincones.

Philip meditó acerca del aire hosco de Christina mientras ambos terminaban la cena. Esa actitud de la joven no podía continuar, porque él ansiaba llevarla a la cama. De todos modos, ella sucumbiría a sus avances después de la resistencia acostumbrada.

Reclinado en el diván, detrás de ella, Philip jugueteó con los rizos sueltos que cubrían la nuca de Christina. Se inclinó hacia adelante y con los labios rozó la piel suave detrás de la oreja y vio cómo ella se erizaba.

Después de beber el resto de su vino Philip se puso de pie y se apoderó de la mano de Christina.

—Ven, Tina —murmuró, y la condujo al dormitorio, sorprendido porque ella no oponía resistencia.

Mientras se desnudaba, observó a Christina que se acercaba al lado opuesto de la cama y se desataba la cabellera, que cayó esplendorosa sobre el cuerpo femenino. Asombrado, Philip vio que ella se desnudaba con movimientos lentos y seductores. Se sentó desnuda en la cama, como si lo invitase a reunirse con ella. Pero cuando Philip se acercó, ella alzó las manos para detenerlo.

—Philip, tengo que hablarte —dijo Christina, buscando los ojos del hombre con los suyos oscuros, como de zafiro.

—Después, querida —replicó con voz ronca Philip y silenció las palabras de Christina con un beso.

Pero haciendo un esfuerzo ella consiguió apartarlo.

—¡Por favor, Philip! Necesito saber algo.

Él la miró, y vio los labios temblorosos y los ojos muy azules, casi oscuros.

—¿De qué se trata, Tina?

—¿Qué te propones hacer conmigo?

—Pensaba hacerte el amor. ¿Creías otra cosa?

Philip sonrió con picardía y jugueteó con los rizos que colgaban sobre los pechos de la joven.

—Quiero decir en el futuro... cuando ya no me desees... ¿qué harás conmigo entonces?

—A decir verdad, no he pensado en ello —mintió Philip, porque en realidad no había nada en qué pensar.

Jamás permitiría que ella se marchase.

—¿No permitirás que regrese con mi hermano? —se aventuró tímidamente Christina.

Philip comprendió ahora qué inquietaba a Christina. ¿Creía realmente que estaba dispuesto a abandonarla? Por supuesto, lo pensaba, pues siempre se mostraba dispuesta a creer lo peor de él.

—Tina, cuando me canse de ti... bien, en ese caso puedes regresar con tu hermano.

—Philip, ¿me darás tu palabra?

—Tienes mi palabra. Lo juro.

Él vio que el rostro de Christina expresaba alivio, y ella aflojó los músculos sobre la almohada. Le dirigió una sonrisa tentadora.

—Y ahora, querida, olvidarás tus temores —murmuró él, marcándole todo el cuello con sus labios hambrientos.

—Casi todos —jadeó Christina.

Acercó el rostro de Philip al suyo propio, y aceptó de buena gana el beso apasionado.

Philip pensó fugazmente qué motivo tendría Christina para temerle. Pero ella ahora no se debatía y este cambio de actitud desconcertó y excitó a Philip. No meditó mucho tiempo, porque no estaba en condiciones de desaprovechar el momento formulándose interrogantes triviales.

Cuando comenzó la alborada Christina despertó lentamente, arrullada por el dulce canto de un ruiseñor. Una mueca se dibujó en su bonito rostro cuando recordó la noche anterior, y las cosas que había llegado a hacer.

No necesitaba representar el papel de prostituta. Ya había conseguido que Philip le prometiese devolverla a su hermano. Pero había hecho un trato con él y se había entregado sin resistencia para sellar el pacto. No era un sacrificio muy grande... de todos modos, él la habría poseído.

Christina sonrió al recordar cómo sus caricias habían enloquecido de deseo a Philip. La ferviente pasión de Philip los había elevado a ambos a alturas mayores que nunca. Y ella se había sentido atrapada por el mismo torbellino de deseo, hasta que la marea los había llevado a ambos a un océano de mutua felicidad.

Bien, ahora la noche había pasado. Se había entregado a Philip por una razón. Pero puesto que se habían disipado sus temores, Philip descubriría que en el futuro no estaba tan bien dispuesta. En realidad, se mostraría más obstinada que nunca.

Será un día maravilloso, pensó Christina mientras salía de la cama y se ponía la nueva falda de terciopelo malva y la blusa verde. Debería sentir repugnancia de sí misma, pero no era así. En realidad, se sentía feliz.

Pasó a la habitación principal para aplicar los últimos toques a la blusa malva antes de que Philip despertase, porque no estaba dispuesta a permitir que él la viese con prendas de colores inarmónicos.

Un rato después, Philip la llamó desde el dormitorio. Christina sabía que él la creía ausente y se disponía a contestar cuando oyó que Philip maldecía.

Irrumpió a través de las cortinas, y aún no había terminado de ponerse la túnica. Pero se interrumpió bruscamente cuando la vio, y la cólera de su rostro se convirtió en sorpresa.

—¿Por qué no has contestado?

—No me has dado la oportunidad —Christina rió de buena gana, mientras depositaba a un lado las tijeras—. ¿Creíste que te había abandonado de nuevo?

—Sencillamente, me preocupaba tu seguridad.

—Bien, no necesitas temer, estoy a salvo —replicó.

Temió echarse a reír otra vez si volvía a ver la expresión de disgusto en el rostro de Philip, de modo que se inclinó prontamente sobre la costura.

Philip se volvió y abandonó la tienda. Christina pensó en la preocupación que él había demostrado. No sabía si Philip estaba realmente inquieto por su seguridad, o si sólo le desagradaba perder un juguete apreciado.

Christina fue aquella tarde al corral. El sol no calentaba demasiado porque el invierno estaba próximo. Tendría que comenzar a confeccionar ropa de más abrigo.

Los caballos estaban todos en el corral. Miró alrededor, pero no vio a Philip. Sintió la presencia de una persona detrás, y se volvió bruscamente, creyendo que era Philip; pero le sorprendió ver que Amine la miraba tímidamente.

—No quise asustarte —dijo Amine.

—No me asustaste. Creí que era Abu.

—Ah, el jeque Abu te vigila como un halcón. Creo que está muy enamorado de ti.

—Qué ridículo. No me ama. —Christina se echó a reír ante la idea—. Sólo me desea.

—No entiendo —replicó Amine, con expresión de asombro.

—Está bien, yo tampoco lo entiendo.

—¿Puedo formularte una pregunta? —Amine parecía confundida, pero continuó hablando cuando Christina asintió—. ¿Es cierto que comes en la misma mesa con el jeque Abu?

Christina la miró, sorprendida.

—Por supuesto, como con él. Si no fuera así, ¿dónde podría comer?

Amine la miró con los ojos castaños agrandados por la sorpresa.

—No lo creí cuando Nura me lo dijo, pero ahora que tú lo confirmas, tengo que aceptarlo.

—¿Qué tiene de extraño que coma con Abu? —preguntó Christina con curiosidad.

—Está prohibido que las mujeres coman con los hombres —contestó Amine, meneando la cabeza—. Eso no se hace.

De modo que Philip infringía una regla cuando comía con ella. «Pero eso es ridículo —pensó Christina—. No soy una de ellas. Sus reglas no se aplican a mi persona.» De todos modos, no deseaba ofender a Amine.

—Amine, tienes que entender que me criaron de diferente modo. En mi país los hombres y las mujeres siempre comen juntos. Como ves, Abu sencillamente trata de que me sienta cómoda en este país.

—Ah, ahora comprendo —sonrió Amine—. Muy considerado de parte del jeque Abu. Tienes mucha suerte porque te eligió.

Christina sintió deseos de reír. ¡Suerte! ¡La habían secuestrado y poseído contra su voluntad! Pero Christina advirtió que Amine era una romántica y ella no deseaba destruir sus ilusiones.

—Abu es un hombre apuesto. Cualquier mujer se sentiría afortunada si él la eligiese —mintió Christina. Cualquier mujer menos ella—. Pero, Amine, ¿dónde están tus hijos? —preguntó.

—Maidi los vigila. Son sus únicos nietos y los mima mucho. Aquí es difícil casarse, porque no vienen muchos visitantes a nuestro campamentos.

—Entonces, ¿cómo os conocisteis tú y Syed?

—Ah, Syed me raptó —dijo orgullosamente Amine.

—¡Te raptó! —exclamó Christina.

¿Acaso todos aquellos hombres eran iguales?

—Antes de enemistarse, nuestras tribus solían compartir los pastos. Conocí a Syed cuando yo era niña y siempre lo amé. Cuando tuve edad suficiente para casarme Syed tuvo que raptarme. Mi padre habría prohibido el matrimonio.

—Pero, ¿por qué se enemistaron las dos tribus? —preguntó Christina, ahora más interesada.

—No lo sé, porque los hombres no explican esas cosas a las mujeres. Únicamente sé que el jeque Alí Hejaz de mi tribu guarda rencor a Yasir Alhamar. Tiene algo que ver con la madre de Rashid, que era la hermana de Alí Hejaz.

En ese momento Philip entró cabalgando en el campamento, con un rifle cruzado a la espalda y una larga espada ceñida al cinto.

—¡Ahora debo irme! —exclamó Amine cuando vio a Philip.

—Amine, me agrada conversar contigo. Por favor; ven a visitarme en mi tienda. Serás bienvenida, y trae contigo a los niños.

—Con mucho gusto —dijo tímidamente Amine.

Caminó de prisa hacia su tienda mientras Philip enfilaba el caballo hacia Christina y, al llegar donde estaba la joven, desmontaba.

—¿Por qué se fue Amine con tanta prisa? —preguntó Philip.

Los reflejos amarillos de los ojos reflejaban la luz del sol mientras se inclinaba sobre Christina.

—Creo que te teme —contestó Christina, con una leve sonrisa en los labios.

—¿Qué? —Él pareció incrédulo—. No tiene por qué temerme.

—En eso te equivocas, mi señor, pues tu misma presencia provoca temor —se burló Christina—. ¿No puedes ver como tiemblo?

Philip le respondió con una sonrisa perversa.

—Tú, querida mía, tienes mucho que temer —le dijo, y con el dedo dibujó una línea en el brazo de la joven.

Christina se sonrojó, porque entendió el sentido de las palabras de Philip. Tenía mucho que temer de él. Y el momento del día que más temía estaba aproximándose, porque se había puesto el sol.

Compartieron una deliciosa comida preparada por las manos hábiles de Maidi. Después, Philip se reclinó en el diván y se dedicó a leer uno de los libros que había traído para Christina, con un odre de vino al lado. Christina se fue al diván que estaba enfrente y ocupó su tiempo en cortar retazos de seda. Había decidido agregar mangas largas al vestido que ella misma diseñara. El tiempo era cada vez más frío y deseaba usar las chilabas de Philip para abrigarse.

Quizá pudiese confeccionarse su propia túnica... una túnica de grueso terciopelo, con una *kufiyah* haciendo juego. Se rió en voz alta cuando se imaginó vestida como un beduino.

—Querida, ¿algo te divierte?

—Me imaginaba en la túnica de terciopelo que me

propongo confeccionar. He observado que el tiempo es cada vez más frío —contestó Christina.

—Es sensato por tu parte prepararte, pero no le veo la gracia —observó Philip, depositando el libro sobre la mesa.

—Bien, no se trata sólo de la túnica, sino de la *kufiyah* que hará juego. No es exactamente lo que una inglesa elegante usa en estos tiempos.

Philip sonrió, los ojos blandos y cálidos.

—¿Deseas que traigan tu equipaje de El Cairo? Puedo arreglar eso.

Christina pensó un momento.

—No... la súbita desaparición de mi equipaje a lo sumo inquietaría a John. No deseo que se preocupe por mí, y por el lugar en que estoy. Puedo arreglarme con las telas que tú me trajiste.

Christina miró fijamente las tijeras que tenía en la mano. Pobre John. Abrigaba la esperanza de que acabase aceptando que ella había muerto, en lugar de preguntarse dónde estaba y cuánto sufría. La cólera la consumió al pensar en el hombre cuyos deseos habían descalabrado la vida de la propia Christina.

—¡Christina! —gritó Philip, sobresaltándola—. Te pregunté si deseabas que tu hermano te creyese muerta.

—¡Sí! —gritó a su vez Christina, el cuerpo rígido de cólera—. Mi hermano y yo estábamos muy unidos. John sabe cuánto sufriría viéndome dominada por un bárbaro como tú. Sería más humano que me creyese muerta hasta que pudiera regresar con él.

Philip se puso de pie, sorprendido ante la súbita cólera de la joven.

—Tina, ¿aquí sufres mucho? —preguntó Philip con voz neutra—. ¿Te castigo y te obligo a trabajar para mí?

—¡Me retienes prisionera! —replicó ella, los ojos oscuros mirando hostiles a Philip—. ¡Me violas todas las noches! ¿Pretendes que me agrade ser poseída contra mi voluntad?

—¿Lo niegas? —preguntó en voz baja, Philip, los ojos burlones.

Ella bajó la cabeza para evitar la mirada de Philip, temerosa del sentido de las palabras del hombre.

—¿De qué estás hablando? ¿Si niego qué? —preguntó ella.

Con la mano bajo el mentón, Philip la obligó a mirarlo a los ojos.

—¿Si niegas que te agrada hacer el amor conmigo? ¿Niegas que te doy tanto placer como tú me lo das? Tina, ¿sufres tanto cuando cabalgo entre tus piernas una noche tras otra?

La rabia de Christina se convirtió en humillación, y ella bajó los ojos, reconociendo la derrota. ¿Siempre tenía que ganar la partida? ¿Por qué necesitaba preguntarle precisamente eso?

¡Maldito sea! No le dejaba ni un resto de orgullo, porque sabía que ella no podía negarlo. Pero no estaba dispuesta a concederle la satisfacción de reconocer el placer que obtenía de la unión con él.

—No tengo nada más que decirte —contestó fríamente Christina—. De modo que si me disculpas, quisiera retirarme.

—Tina, no has respondido a mi pregunta —observó suavemente Philip.

—Ni pienso hacerlo —replicó altivamente Christina.

Se puso de pie para entrar en el dormitorio, pero Philip la detuvo y la obligó a dar media vuelta.

Christina embistió contra el hombro de Philip, para apartarlo del camino, y las tijeras olvidadas que sostenía en la mano se clavaron en el cuerpo del hombre. Ahogó una exclamación, horrorizada ante lo que había hecho. Él no reveló en su expresión el dolor que, según ella bien sabía, tenía que sentir, y se limitó a retirar del hombro las tijeras. La sangre brotó abundante.

—Philip, lo siento... yo... no quise hacer eso —murmuró—. Olvidé que tenía las tijeras en la mano... ¡tienes que creerme! ¡Jamás he pensado en matarte! ¡Lo juro!

Philip se acercó al gabinete sin decir palabra. Abrió las puertas y retiró un pequeño bulto. Con movimientos lentos regresó adonde estaba Christina, le aferró la mano y entró con ella en el dormitorio. No le ofreció ningún indicio de lo que se proponía hacer.

Pero Christina le quitó la camisa y lo obligó a acostarse. Él la miró con expresión fatigada mientras Christina le aplicaba la camisa al hombro para contener el flujo de sangre.

Christina salió de prisa de la tienda y encontró a Maidi. Consiguió inmediatamente agua y toallas limpias y regresó donde estaba Philip. Las manos le temblaban sin control mientras limpiaba la herida y aplicaba el ungüento y las vendas que había encontrado en el bulto. Sabía muy bien que él vigilaba todos sus movimientos mientras aplicaba torpemente el vendaje al pecho y el hombro.

Christina aún experimentaba un terrible temor al pensar en lo que él podía hacerle. ¿Creía que ella había intentado deliberadamente matarlo? ¿Por qué no decía algo... lo que fuera? Christina no le miró a los ojos por temor de la cólera que podía ver reflejada en ellos.

Cuando terminó de vendar la herida Philip le asió de pronto las muñecas y la obligó a cubrirlo con su cuerpo.

—¡Tienes que estar loco! —jadeó Christina, tratando de liberarse—. Conseguirás que la herida sangre nuevamente.

—Entonces, Tina, dime lo que deseo oír —murmuró—. Di que te agrada hacer el amor conmigo, porque de lo contrario te poseeré otra vez y lo demostraré con tu propio cuerpo.

Los ojos verdes de Philip estaban un tanto vidriosos a causa de la pérdida de sangre, pero él tenía voluntad suficiente para cumplir su amenaza.

¡De modo que ése era el castigo por la herida que el había infligido! Tenía que reconocer que el amor de Philip era para ella una fuente de placer. Pero ella no quería aceptarlo... ¡no podía!

El dolor de las muñecas a causa del fuerte apretón infundió coraje a Christina, que miró enfurecida a Philip.

—¡Maldito seas, Philip! ¿Por qué necesitas oírlo de mis propios labios, cuando ya conoces la respuesta?

—¡Dímelo! —exigió con voz dura.

Christina nunca lo había visto tan cruel e implacable. Asió sus muñecas con una sola mano y con la otra comenzó a levantarle la falda. Comprendió que si él cumplía su amenaza, podía desangrarse mortalmente al abrirse de nuevo la herida. Y si él moría, Yasir ordenaría su muerte.

—¡Muy bien! —sollozó—. Lo reconozco. Reconozco todo. Maldito seas, ¿ahora estás satisfecho?

Cuando él la soltó, Christina rodó hacia un extremo de la cama y con el rostro hundido en la almohada sollozó suavemente.

—Cedes muy pronto, amor mío —sonrió apenas Philip—. Por muy grato que me parezca, no te habría hecho el amor. Prefiero gozar de muchas noches futuras, antes que morir hoy en tus brazos.

—¡Oh! ¡Te odio, Philip Caxton. Te odio, te odio! —gimió Christina.

Él sonrió y poco después se adormeció.

«Maldito sea... maldito sea», pensó ella en silencio rechinando los dientes para evitar el grito. Casi sin esfuerzo, la obligaba a abandonar sus decisiones más firmes. Ella cedía con expresiva rapidez, como él había observado burlonamente. ¿Habría sido mejor permitir que se desangrase? Pero en ese caso ¿qué habría sido de ella? ¿De veras deseaba verlo muerto?

Había sentido una náusea profunda en el estómago cuando vio las tijeras que se hundían en el hombro de Philip, y cuando creyó que lo había matado. Pero, ¿por qué? ¿Miedo por Philip, o por sí misma? No lo sabía, pero se prometió que en futuro él no la engañaría tan fácilmente.

13

Durante la semana que siguió al accidente, Philip permaneció casi siempre en la tienda. Christina se resignó a vivir con él un tiempo y decidió aprovechar lo mejor posible la situación. Induso comenzó a gozar de la compañía de Philip, puesto que ahora él nada le pedía. Conversaba y reía con ella, e incluso le enseñó a jugar a los naipes. Christina llegó a dominar con bastante facilidad el juego de póquer y pronto fue capaz de derrotar al propio Philip.

Comenzó a sentirse cómoda en presencia de Philip, como si lo hubiese conocido toda la vida. Él le habló de su venida a Egipto, en busca de su padre, y de la vida que había llevado con la tribu. Le explicó que viajaban de un oasis a otro, o recorrían el desierto en busca de pastos para los rebaños, y de vez en cuando atacaban a las caravanas o a otras tribus de beduinos.

Ella le preguntó por qué prefería esta vida y él se limitó a decir:

—Mi padre está aquí.

Cuatro días después del accidente, Philip comenzó a mostrarse irritable, a causa del encierro y de la inactividad. La reprendía por cosas nimias, pero ella no prestaba atención a su malhumor. Había reaccionado del mismo modo cuando al principio él la había confinado a la tienda. Cuando el humor de Philip se hacía insoportable Christina escapaba de la tienda y visitaba a Yasir.

Yasir Alhamar recibía con agrado las visitas de la joven. Sus viejos ojos castaños se encendían y en su rostro se dibujaba una sonrisa cuando la veía aparecer en la tienda. Yasir era tan diferente del padre de Christina, que al morir aún era un hombre joven y vital. Pero Christina sabía que Yasir no tenía, ni muchos menos, la edad que aparentaba. El tiempo tórrido de Egipto y las privaciones de la vida que llevaba lo habían envejecido prematuramente.

Ahora el padre de Philip estaba muriéndose. Estaba pálido, más débil que el día que ella lo había conocido, y a menudo su atención se dispersaba.

Christina le leía fragmentos de *Las mil y una noches*, un texto que agradaba mucho al anciano. Pero Yasir dormitaba después de una hora o casi así, o simplemente miraba fijamente el espacio, como si ella ni siquiera estuviese allí.

Cuando Christina mencionó a Philip la debilidad cada vez más acentuada de Yasir, él se limitó a contestar:

—Lo sé. —Pero ella vio que el dolor se reflejaba en sus ojos verde oscuro. Philip sabía que su padre no viviría mucho más.

El séptimo día después de la curación de Philip, Christina despertó de un profundo sueño a causa de la mano de Philip, que la acariciaba audazmente. Somnolienta, se volvió y enlazó los brazos alrededor del cuello de Philip, arqueando su cuerpo contra el cuerpo masculino, para corresponder cálidamente al beso.

—¡No! —gritó, cuando comprendió que no estaba soñando. Trató de apartarlo, pero él le sujetó los brazos.

—¿Por qué no? —preguntó bruscamente—. Mi hombro se ha curado bastante. La semana pasada, antes de herirme, te entregaste sin resistencia. Ahora me he curado casi por completo, y necesito satisfacer el deseo.

Acercó los labios hambrientos a la boca de Christina, y su beso largo y ardiente la dejó sin aliento.

—Philip, basta —imploró Christina—. Me entregué una vez a ti por cierta razón, pero no volveré a hacerlo. ¡Ahora déjame en paz!

Trató de liberar los brazos, pero era inútil. Philip había recuperado todo su vigor.

—Bien... de modo que esa noche sólo estabas jugando conmigo. Pues mira, querida, no escaparás... de modo que lucha si quieres. ¡Resiste hasta que mueras de gozo!

Aquella tarde, Christina oyó voces irritadas frente a la tienda. Corrió hacia la entrada, y vio a Philip y a Rashid discutiendo acaloradamente. Tres mujeres estaban sentadas en el suelo, al lado de los dos hombres. Philip se apartó bruscamente de Rashid y caminó hacia la tienda con una expresión sombría en su rostro.

—Entra, Christina —rezongó Philip al entrar en la tienda.

Fue directamente al gabinete, llenó de vino una copa y bebió.

—¿Qué pasa, Philip? —preguntó Christina. Se preguntaba por qué él estaba tan irritado, y abrigaba la esperanza de que ella no fuese la causa—. Veo que tenemos visitantes.

—¡Vaya visitantes! —explotó Philip, paseándose de un extremo al otro de la habitación—. Esas mujeres no son visitantes. Son esclavas que Rashid robó anoche de una caravana de traficantes. Se propone llevarlas mañana al norte, para venderlas.

—¡Esclavas! —exclamó Christina, horrorizada. Corrió hacia Philip, y tomándolo de los hombros lo obligó a mirarla—. Te educaste en Inglaterra. No puedes aceptar este comercio de seres humanos. ¡Dime que no lo aceptas!

—No lo acepto, pero eso nada tiene que ver con el asunto.

—¿Las dejarás libres? —preguntó, buscando la mirada de Philip para asegurarse.

Pero él rehusaba mirarla a los ojos.

—No —replicó secamente—. Maldita sea, sabía que ocurriría esto.

Si Philip permitía que Rashid vendiese las mujeres, ¿qué le impediría vender a la propia Christina? Todas sus esperanzas volvieron a esfumarse.

—¿Por qué no las liberas? —preguntó con voz serena.

—Mujer, ¿siempre tienes que interrogarme acerca de mis motivos? Las esclavas son propiedad de Rashid. Él las robó. Como ya te dije una vez, le permito conservar lo que roba. No vuelvas a preguntarme acerca de Rashid. ¿Me entiendes?

—Entiendo lo siguiente —explicó Christina—. Eres un bárbaro cruel e implacable. ¡Si llegas a ponerme las manos encima otra vez, mis tijeras sí que tocarán un lugar más vital!

Corrió a la tienda de Yasir, y abrigó la esperanza de que Philip no la siguiese allí. Pero Rashid compartía la tienda con su padre y Christina cayó directamente en los brazos del árabe.

—Usted —murmuró indignada Christina—. Es peor que Philip. Son todos una pandilla de bárbaros.

Rashid la soltó y retrocedió un paso, fingiendo no entender.

—Christina, ¿qué hice para ofenderte? —preguntó.

—¿No siente el más mínimo respeto por otros seres humanos? —exclamó la joven, las manos firmemente en la cintura—. ¿Por qué tiene que vender a esas mujeres?

—No necesito hacerlo —dijo Rashid, examinándola con ojos hambrientos de la cabeza a los pies—. Nada deseo menos que hacer algo que irrite a una mujer hermosa. Si deseas que libere a esas esclavas, lo haré.

Christina lo miró fijamente. De modo que Rashid no era el individuo codicioso que Philip describía.

—Gracias, Rashid, y siento lo que dije. Parece que lo juzgué mal. —Sonrió—. ¿Cenará con nosotros esta noche? Creo que prefiero no estar sola con Philip.

—Ah, ¿no eres feliz aquí? —preguntó Rashid con voz suave—. ¿No todo está bien entre tú y Abu?

—Vaya, ¿acaso creyó que nos llevábamos bien? —preguntó ella riendo.

Quizás había encontrado a un amigo en Rashid.

—Qué lástima, Christina —dijo Rashid.

Ella leyó el deseo en los ojos oscuros, pero el rostro tenía una expresión tan blanda y juvenil, que casi podía imaginárselo más joven que ella misma.

Esa noche Christina representó el papel de amable anfitriona, dispuesta a atender todas las necesidades de Rashid. Entretuvo a su huésped con relatos de Inglaterra y de su niñez.

Rashid no podía apartar los ojos de Christina, y no le importaba que su deseo se manifestase de un modo tan franco. Rashid pensaba que difícilmente habría en el mundo entero una mujer que pudiese compararse con aquélla por su belleza. Vestía con una falda y una blusa de seda verde claro, y se había cubierto los hombros blanquísimos con un chal de la misma tela. Tenía los cabellos recogidos sobre la nuca, y los rizos dorados descendían sobre su espalda. Cuando la miraba casi podía olvidar sus planes; pero en realidad había esperado demasiado tiempo el momento de realizarlos.

Philip miraba también a Christina, pero por una razón diferente. Lo dominaba una cólera silenciosa cuando veía cómo ella coqueteaba francamente con Rashid. Con cada vaso de vino Philip pensaba en un modo diferente de matarlos a los dos. Se había enojado cuando ella abandonó la tienda, esa tarde; pero ahora no era sólo enojo, sino el deseo de retorcerle el bonito cuello. Philip no había dicho una sola palabra cuando Christina le informó que Rashid pensaba liberar a las mujeres. Ahora él esperaba, y su humor se agriaba cada vez más; quería ver hasta dónde se atrevía a provocarlo.

Durante la comida y después Christina ignoró del todo a Philip. Sabía que él estaba furioso, porque tenía en los ojos una expresión sombría e irritada, Christina deseaba verlo tan encolerizado como ella había estado aquella tarde. A su propio modo estaba ajustándole las cuentas y la situación le complacía enormemente.

Después que Rashid se retiró, Christina se sentó frente a Philip y se dedicó a beber su té y a esperar que él dijera o hiciera algo. Pero se sentía un poco nerviosa, porque él continuaba mirándola fijamente, en absoluto silencio.

—Christina, ¿te agradó que esta noche hiciera el papel de tonto?

Sobresaltada, ella lo miró con cautela.

—Por favor, dime de qué modo te obligué a representar el papel de tonto —inquirió con expresión inocente.

Un escalofrío le recorrió la columna vertebral cuando él contestó:

—Mujer, ¿no sabes cuándo has ido demasiado lejos?

—Me temo que llegarás aún más lejos antes de que termine la noche —murmuró ella.

Cuando Philip se puso de pie, Christina se apoderó rápidamente de las tijeras que había escondido bajo la falda. Pero Philip vio el movimiento y adivinó la intención. Antes de que ella pudiese agarrar las tijeras, le aprisionó las dos manos con una de las suyas. Con un gesto brusco obligó a Christina a ponerse de pie, le desató la falda y arrojó las tijeras al fondo de la habitación.

—Tina, ¿de veras estarías dispuesta a matarme? —le preguntó, en el rostro una expresión dura.

A decir verdad, había subestimado a esta mujer.

—¡Sí, podría matarte! —gritó Christina. ¡Qué humillante estar semidesnuda e impotente frente a él!—. Te odio.

Él la asió todavía con más fuerza que antes.

—Dijiste lo mismo muchas veces. Christina, ahora has llegado demasiado lejos y mereces un castigo.

Con movimientos lentos, en apariencia serenos, se sentó y cruzó el cuerpo de Christina sobre las rodillas.

—¡Philip, no! —gritó ella, pero él descargó la mano con toda su fuerza sobre las nalgas desnudas.

Christina profirió un grito de dolor, pero él descargó de nuevo la mano poderosa, esta vez con más fuerza, y dejó otra marca roja sobre la carne blanca.

—¡Por favor, Philip! —exclamó Christina—. Sería incapaz de matarte. ¡Lo sabes!

Pero él no le prestó atención y la castigó por tercera vez.

—¡Philip, juro que jamás volveré a intentarlo! —exclamó ella, y las lágrimas le corrían por las mejillas. Ahora estaba rogándole, pero eso ahora no le importaba—. ¡Lo juro, Philip! ¡Por favor, basta!

Con movimientos tiernos y gentiles Philip la obligó a cambiar de postura y la acunó en sus brazos. Christina se sentía como una niña, y sollozaba sin control. Nadie, ni siquiera los padres, jamás la había golpeado así. Pero por humillante que hubiese sido la experiencia, Philip tenía razón; se lo había merecido. Tenía que haber previsto que Philip trataría de comprobar si hablaba o no en serio. Y ella no quería apuñalarlo; no tenía valor para eso.

Finalmente, Christina dejó de llorar y apoyó la cabeza sobre el ancho pecho de Philip. Aún temblaba cuando él la llevó al dormitorio. No tenía fuerza para protestar y no le importaba lo que él se proponía hacer. La depositó en la cama y le quitó la blusa y la tela que ella había envuelto alrededor de su pierna para sostener las tijeras. Cubrió con las mantas el cuerpo tembloroso y apartó del rostro los cabellos dorados. Se inclinó sobre Christina, la besó tiernamente en la frente y salió del cuarto; pero tampoco ahora ella le prestó mucha atención.

Philip cruzó la habitación, tomó el vaso de vino y bebió tratando de olvidar los hechos del día. Se recostó en el diván y miró a la mujer que dormía en la cama.

Toda la noche había pensado que sería muy grato obligarla a sufrir por sus coqueteos con Rashid. Había querido forzarla a pedir piedad a gritos. Pero después que ella le había ofrecido un motivo válido para castigarla, Philip se sentía avergonzado. Le molestaba la idea de que la había obligado a gritar de dolor. Pero maldición, ¡ella lo había enfurecido y merecía lo que había recibido! Esa actitud tan estúpida... pero ahora era él quien sufría, no ella. En el curso de su vida jamás había pegado a una mujer y por cierto que no se sentía cómodo después de hacerlo. ¡Y ella había parecido dispuesta a apuñalarlo si la tocaba! ¡Maldita sea, esa mujer comenzaba a perturbarlo!

Philip se preguntó qué clase de juego estaba haciendo ahora el tonto de Rashid. Philip le había pedido que liberase a las esclavas o las llevase fuera del campamento. Pero Rashid se había negado, y después había cambiado de actitud y había aceptado libertar a las mujeres... a petición de Christina.

Philip sabía que Rashid estaba fascinado por Christina y no lo criticaba por eso. Christina era tan hermosa que todos los hombres tenían que desearla. Quizá intentaba conquistar el afecto de la joven... algo en lo cual Philip había fracasado. Tendría que vigilar a Rashid. Christina le pertenecía. Y aunque ella lo odiase, Philip no estaba dispuesto a permitir que nadie se la quitase.

14

Hacía calor cuando al fin Christina comenzó a despertarse bajo las mantas. La habitación estaba vacía y ella se preguntó si en realidad Philip se habría molestado en acostarse en la misma cama durante la noche. En realidad, ella no podía criticarlo, porque le había ofrecido renovados motivos para desconfiar. Seguramente ahora la odiaba; pero quizá eso era mejor. Christina se frotó suavemente las nalgas, pero no sintió dolor. Lo que estaba lastimado era su orgullo. Se preguntó qué actitud adoptaría hoy Philip, porque después de castigarla no le había dicho una palabra. Abrigaba la esperanza de que no decidiera continuar pegándole.

Amine fue a visitar a Christina antes del almuerzo y llevó consigo a su hijo mayor. El pequeño Syed tenía unos dos años y Christina se sintió muy complacida cuando lo vio explorar la habitación, mirando y tocándolo todo. Pero se sentía avergonzada en compañía de la muchacha, pues Christina sabía que Amine tenía que haber oído los gritos proferidos la noche anterior.

Amine le dirigió una sonrisa de mujer que sabe.

—Christina, te diré algo porque sé lo que te inquieta. No debes avergonzarte de lo que el jeque Abu te hizo anoche. Demuestra solamente que le interesas mucho, porque de lo contrario no se habría molestado. Anoche Nura ardía de celos, porque ella también lo sabe.

—El campamento entero seguramente oyó mis gritos —exclamó Christina—. Jamás podré mirar a la cara a nadie.

—La mayoría de los habitantes del campamento dormía. Aun así, no es nada de lo cual debas avergonzarte.

—A decir verdad, no me enorgullece —dijo Christina—. Pero sí, sé que anoche merecía que me castigasen.

En ese instante entró Philip y sobresaltó a las dos mujeres. Entró en el dormitorio sin decir palabra. Christina confiaba en que no habría oído la última frase.

—Ahora me marcho —dijo Amine, y recogió al pequeño Syed—. Estoy segura de que el jeque Abu desea estar solo.

—Amine, no tienes por qué irte aún —observó nerviosamente Christina.

—Volveré.

—Me agradó conversar contigo —dijo Christina. Acompañó a Amine hasta la entrada y le oprimió la mano mientras murmuraba—: Gracias, Amine. Ahora me siento mucho mejor.

Amine le devolvió la sonrisa y se alejó. Christina pensó que Amine parecía muy feliz, pese a que también a ella la habían raptado, arrancándola del seno de su familia.

Christina notó la presencia de Philip a su espalda, pero antes de que ella pudiese volverse, él la rodeó con sus brazos y la atrajo con fuerza. Philip cerró las manos sobre los senos de Christina y las rodillas de la joven comenzaron a aflojarse cuando sintió la proximidad del hombre. Luchó contra la debilidad y el placer que el contacto suscitaban en ella.

—Basta, Philip. ¡Déjame ahora mismo! —exigió, tratando desesperadamente de apartar de su cuerpo las manos enormes.

Pero Christina dejó de debatirse cuando él la sostuvo todavía con más fuerza.

—Me haces daño —jadeó Christina.

—Tina, no es ésa mi intención —murmuró Philip al oído de la muchacha.

Aflojó el apretón y jugueteó con los pezones, oprimiéndolos suavemente con los dedos. Se irguieron firmes bajo la tenue tela de seda de la blusa, exigiendo satisfacción.

Pero ella no podía permitirle que continuase. Había jurado que jamás volvería a ceder.

—Oh, por favor, Philip —rogó, mientras él deslizaba los labios ardientes por el cuello de Christina.

En su interior se avivaba un deseo ardiente, una sensación que la obligaba a temblar a causa de su misma intensidad; y de pronto, ella deseó que Philip no aflojara su abrazo.

—¿Por qué debo detenerme? Eres mía, Tina, y te acariciaré cuándo y dónde me plazca.

Ella endureció el cuerpo al oír esto.

—No soy tuya. ¡Sólo a mí misma me pertenezco!

Apartó las manos de Philip y se volvió para enfrentársele. Estaba de pie y clavaba su mirada orgullosa en los ojos verde oscuro del hombre, y su actitud era de franco desafío.

—En eso te equivocas, Tina. —Le sostuvo el rostro entre las manos, de modo que ella no pudo apartarse de la mirada penetrante—. Te rapté. Por lo tanto, me perteneces... eres exclusivamente mía. Te sentirías mejor si me demostrases un poco de afecto.

—Philip, ¿cómo puedes hablar de afecto cuando eres la causa de mis dificultades? Sabes que deseo volver a casa, pero me retienes aquí.

—Te deseo aquí, e importa mucho lo que yo deseo.

Pensé que te sentirías más feliz si ablandases un poco tu corazón.

Se apartó de la joven y se dispuso a salir de la tienda.

—¿Y tú, Philip? —preguntó Christina—. ¿Cuáles son tus sentimientos hacia mí? ¿Me amas?

—¿Si te amo? —Se volvió para mirarla y rió por lo bajo—. No, no te amo. Jamás amé a una mujer, salvo quizás a mi madre. Te deseo y eso basta.

—¡Pero eso no es suficiente! Puedes satisfacer tu deseo con otras mujeres... ¿por qué debo de ser yo?

—Porque otras mujeres jamás me agradaron tanto como tú. —Sus ojos exploraron detenidamente el cuerpo de Christina—. Tina, me temo que me he aficionado mucho a ti.

Y salió de la tienda sonriendo.

La tarde era cálida y pegajosa. No había llovido desde el regreso de Philip a Egipto, y el pozo de agua se secaba paulatinamente; pero muy pronto tendría que llover; siempre era sí esa época del año.

Philip estaba domando a un caballo de tres años cuando vio a Christina cruzar el campamento y entrar en la tienda de Yasir. Sonriendo, recordó que esa mañana había visitado a su padre.

—Abu, esa joven es buena y gentil —le había reprendido Yasir—. Y deberías tratarla bien. Me dolió el corazón oírla gritar anoche. ¡Si no estuviese tan débil, yo mismo habría ido a detenerte!

A Philip le dolía la cabeza a causa de todo lo que había bebido durante la noche, y las palabras de su padre lo habían irritado. Había pensado replicar acremente explicando el verdadero carácter de Christina; pero en definitiva cambió de idea. Era evidente que su padre sentía mucho afecto por Christina y eso le complacía. Christina era como un soplo de aire fresco para Yasir. Cuando lo deseaba, podía ser encantadora.

Pasó una hora antes de que Philip volviese a verla. La miró con cautela mientras ella se acercaba lentamente, asomándole una sonrisa en los labios. Vio que los ojos de la joven eran de color turquesa. «Bien, por lo menos no está enojada conmigo», pensó Philip, recordando el azul oscuro de los ojos de Christina la última vez que ambos habían hablado.

—Philip.

Ella habló con voz serena con sus manos suaves apoyadas en la empalizada del corral. «Seguramente necesita algo», supuso Philip mientras desmontaba y se acercaba a Christina.

—Querida, ¿qué puedo hacer por ti? —preguntó.

—Estaba preguntándome si tienes caballos no entrenados aún.

—Sí, pero ¿por qué lo preguntas?

—Quiero montar —dijo Christina, con los ojos bajos.

Philip la miró, dubitativo.

—¿Me pides que te entregue uno de mis caballos después de lo que ocurrió anoche?

—Oh, por favor, Philip. No puedo soportar más la ociosidad. Estoy acostumbrada a cabalgar todos los días —rogó.

Philip la miró a los ojos.

—¿Cómo sé que puedes dominar a un caballo? Sí, dices que sabes montar, pero...

—¡Me insultas! He montado desde que era niña, y el caballo que tengo en casa es dos palmos más alto que todos los que veo aquí.

—Muy bien, Tina —rió Philip, y señaló hacia el caballo que él había estado adiestrando—. ¿Ése puede servir?

—¡Oh, sí! —dijo alegremente Christina.

El hermoso caballo árabe tenía el pelo negro como ala de cuervo, y le recordaba a *Dax*, excepto que no era tan corpulento. Tenía el cuello orgullosamente arqueado, el pecho ancho y las patas largas y esbeltas. Le parecía increíble que pudiera montarlo.

—¡Necesito un minuto para cambiarme! —exclamó Christina y corrió hacia la tienda.

—Tendrás que montar sin silla —gritó Philip.

En efecto, los árabes no la utilizaban.

—De acuerdo —gritó Christina por encima del hombro—. Podré arreglarme.

Christina irrumpió en el dormitorio y se apoderó de los pantalones de montar que acababa de confeccionar. Se alegraba de haber decidido que confeccionaría primero una túnica y no un vestido.

Arrojó su falda sobre la cama y rápidamente se puso los pantalones de seda negra. Ajustó una faja de tela oscura a la cabeza, para ocultar los cabellos dorados. Se puso la ancha túnica de terciopelo negro, la aseguró a la cintura con una cinta ancha, y después se cubrió la cabeza con la *kufiyah* de terciopelo negro, asegurándolo con una gruesa cuerda negra.

Se echó a reír al pensar lo que diría Philip apenas la viese. Pero no le importaba, porque se sentía gloriosamente feliz.

Philip se mostró sorprendido cuando la vio salir de la tienda. Parecía un jovencito, hasta que se acercaba y uno podía ver sus curvas voluptuosas realzadas por el suave terciopelo.

—Estoy lista. —Se volvió hacia el caballo, le acarició el hocico y murmuró a su oído—: Seremos buenos amigos, mi belleza negra, y te amaré como si fueses mío. ¿Tiene nombre? —preguntó a Philip mientras él la depositaba sobre la manta que cubría el lomo del caballo y le entregaba las riendas.

—No.

—Te llamaré *Cuervo* —dijo alegremente Christina, inclinada de modo que el caballo pudiese oírla—. Y cabalgaremos con el viento, como el cuervo.

Philip montó a *Victory* y así descendieron muy lentamente por la ladera de la colina. Él estaba asombrado de la mansedumbre que *Cuervo* demostraba con Christina, después de todo el trabajo que había dado para domarlo.

Christina muy pronto se acostumbró a cabalgar sin montura. Manejó bien a *Cuervo* mientras descendían por el sendero sinuoso.

Cuando al fin llegaron al pie de la montaña, Christina obligó a *Cuervo* a iniciar un trote corto y después un galope más veloz; Philip quedó atrás. Atravesó sin destino fijo la vasta extensión del desierto, y se sentía como un espíritu liberado que volara con el viento. Era inmensamente feliz, como si hubiera estado de regreso en Haistead, cabalgando en su propiedad; y de pronto Philip la alcanzó.

Asió las riendas de *Cuervo*.

—Si insistes en aventajarme, Tina, quizá deberíamos apostar y arriesgar algo.

—Pero no tengo nada que apostar —respondió ella.

Sin embargo, le hubiera agradado mucho sentir que por lo menos en algo podía derrotarlo.

—Apostaremos lo que cada uno desea del otro —propuso Philip, sus ojos fijos en el rostro de Christina—. Correremos hasta el pie de la montaña y, si yo gano, en adelante te entregarás a mí siempre que lo desee.

Christina pensó un minuto en su propia apuesta.

—Y si yo gano, me devolverás a mi hermano.

Philip la miró extrañado. Sabía montar. Podía derrotarlo y él no estaba dispuesto a correr ese riesgo.

—Pides demasiado, Tina.

—También tú, Philip —replicó ella con sequedad. Obligó a girar al caballo y emprendió el regreso al campamento.

Sonriente, él movió la cabeza, los ojos fijos en la figura de la joven. Ella había sabido que él no estaba dispuesto a aceptar semejante riesgo. Bien, había sido un intento. La alcanzó y ambos regresaron en silencio.

Las nubes se agruparon repentinamente y descargaron un torrente de lluvia que suavizó la temperatura. Christina y Philip estaban empapados cuando llegaron al campamento. Los hombres trabajaban febrilmente para asegurar las tiendas, de modo que el agua no se filtrase por debajo: Alguien estaba sentado bajo la lluvia, frente al fuego, disipando el humo que se acumulaba en el refugio construido sobre las llamas.

Philip desmontó frente a su tienda y acompañó a Christina al interior.

—Quítate estas ropas húmedas y haz lo que tengas que hacer ahora. Pronto oscurecerá y esta noche no habrá fuego. —La instaló sobre el diván y agregó—: Tengo que ocuparme de los caballos, pero volveré enseguida.

Cuando Philip salió, Amine pidió permiso para entrar. Había traído la comida y algunas toallas limpias.

—Christina, tienes que cambiarte de prisa. La lluvia trae frío y enfermarás si no te abrigas ahora mismo.

—Precisamente, estaba preguntándome qué podía hacer con estas prendas húmedas —respondió Christina, con una sonrisa en los labios—. No puedo colgarlas de un árbol para que se sequen.

—Ven —dijo Amine, y llevó a Christina al dormitorio—. ¿Tienes esas agujas con las cuales estuviste cosiendo?

—Sí.

—Bien, las usaré para colgar tus ropas dentro de la tienda. Tardarán algunos días, pero finalmente se secarán.

Mientras Christina se quitaba la túnica, Amine miraba asombrada los pantalones de montar. Christina se echó a reír cuando vio la expresión de asombro en el rostro de Amine.

—Los confeccioné para montar. Me permiten cabalgar sin que la falda agitada por el viento me golpee la cara.

—Ah, pero seguramente no son del agrado del jeque Abu —rió Amine mientras Christina le entregaba los pantalones y la blusa.

—Todavía no los ha visto, pero imagino que no le agradarán —dijo Christina, riendo ante la idea de que los pantalones pudiesen frustrar los propósitos amatorios de Philip.

Mientras Amine colgaba las ropas húmedas, Christina se frotó vigorosamente el cuerpo con una toalla. Tenía frío a causa de la corriente de aire que atravesaba la tienda. Decidió ponerse una de las túnicas de Philip, puesto que no tenía nada de más abrigo. Se soltó los cabellos, que estaban apenas húmedos, y estaba peinándose los rizos dorados cuando Amine regresó al cuarto.

Ahora debo ir a alimentar a mis hijos.

—Gracias, Amine. No sé qué haría si no contase con tu amistad —dijo sinceramente Christina.

Amine sonrió tímida ante el cumplido de Christina y salió rápidamente de la tienda. Christina depositó el peine sobre el armario y pasó a la habitación principal, para cenar antes de que oscureciera tanto que no pudiese ver lo que comía.

Ingirió lentamente el guiso de cordero y arroz, mientras se preguntaba a que obedecía el cambio total en la actitud de Philip, tras lo ocurrido la noche anterior. Christina se había sentido sorprendida y feliz cuando él le permitió montar. *Cuervo* era un animal excelente. Ansiaba que llegara el día siguiente para cabalgar otra vez. Por otra parte, Philip no había dicho que ella podía montar todos los días.

—Cuelga esas ropas, ¿quieres?

Las primeras palabras sobresaltaron a Christina, que dejó caer el cubierto en el plato. No había visto entrar a Philip y ahora él estaba detrás suyo, sosteniendo en la mano las prendas mojadas. Ya se había cambiado y con la mano libre sostenía una toalla y se secaba los cabellos.

—No te vi entrar —dijo Christina, que recibió las prendas y fue á buscar más agujas.

—Dentro de poco no me verás de ningún modo —dijo Philip.

Sonrió, pensando en el descanso de la noche, en el lecho tibio. ¡Ah, quizás ella no se sentiría tan feliz como el propio Philip!

Christina colgó las ropas de Philip en el estrecho espacio que mediaba entre la tienda y las cortinas. Después, se reunió con él para terminar su cena, mientras Philip hacía otro tanto.

—¿Están bien los caballos? —preguntó ella.

Estaba preocupada por *Cuervo*.

—Los potrillos parecen un poco nerviosos, pero los caballos más viejos están acostumbrados a las tormentas repentinas.

—¿Llueve así a menudo? —le preguntó Christina, sobresaltada cuando un rayo iluminó el interior de la tienda.

—Sólo en las montañas —dijo él riendo—. Pero esta tormenta es más intensa que lo usual... se ha retrasado mucho. Tina, ¿te atemorizan los truenos? —preguntó Philip mientras terminaba de comer el guiso.

Apenas podía verla.

—¡Claro que no! —replicó ella con altivez. Vació una copa de vino que se había servido para calentar su cuerpo—. Muy pocas cosas me atemorizan.

—Bien —replicó Philip con voz vibrante, mientras se desperezaba—. Propongo que nos acostemos, porque ya hay muy poca luz.

—Si no te importa, prefiero esperar un rato.

Estiró la mano hacia el odre de vino, pero él interrumpió el movimiento.

—Pues sí, me importa.

La obligó a ponerse de pie y, aunque ella se resistía, la arrastró hacia el dormitorio. Pero Christina tenía más valor gracias al vino. Hundió los dientes en la mano de Philip, se liberó y corrió a esconderse detrás de las cortinas.

—¡Maldita seas, mujer! ¿No acabarás nunca con tus triquiñuelas? —exclamó Philip encolerizado.

Pero Christina sabía que él no podía verla.

En ese instante el rayo volvió a surcar el cielo e iluminó el cuerpo encogido de Christina recortado sobre el trasfondo de las cortinas. Casi inmediatamente, se vio tendida de espaldas y con el cuerpo de Philip que presionaba fuertemente sobre ella y la hundía en la espesa alfombra.

Philip rió cruelmente mientras la desnudaba con movimientos bruscos, sin molestarse en desatar las prendas. Sus labios la oprimieron ásperos y hambrientos, y silenciaron los gritos de Christina cuando él la penetró con un solo movimiento. Ella había perdido por completo la razón cuando su cuerpo aceptó el de Philip como un animal salvaje y el dolor se convirtió en oleadas de extático placer.

—Lo siento, Tina —dijo más tarde Philip—. Pero siempre me asombras cuando veo hasta dónde puedes llegar para evitar el amor. ¡Y lo deseas tanto como yo!

—No es cierto —exclamó Christina: apartó el cuerpo de Philip y corrió hacia el interior del dormitorio.

Se arrojó sobre la cama y dejó que las lágrimas fluyeran libremente.

Sintió el peso de Philip en el lecho, y en la oscuridad de la habitación volvió hacia él su rostro.

—Philip, deseo volver a casa. Quiero regresar con mi hermano —rogó entre sollozos.

—Oh —replicó Philip secamente—. Y yo no quiero oír hablar más de eso.

Lloró incansable sobre la almohada, pero Philip se mostró indiferente a sus lágrimas y al fin ambos se adormecieron.

15

Pasó rápidamente un mes, y después otro. Aunque era invierno, había días cálidos, con suaves brisas del este; pero las noches eran sumamente frías. Christina lamentaba necesitar del cuerpo de Philip para tener calor durante las noches prolongadas y frías. Despertaba por la mañana y se encontraba acurrucada al lado de Philip, o él tenía su cuerpo abrazado a la espalda de la joven.

El tiempo actuaba contra Christina, porque el estrecho contacto de los cuerpos deseosos de calor excitaba el deseo de Philip. Si él despertaba primero, Christina no tenía modo de escapar.

A Philip le complacían esos encuentros matutinos porque así no necesitaba perseguir a Christina por toda la tienda y contrarrestar sus golpes y puntapiés. Por la mañana, le sujetaba los brazos antes de que ella despertase del todo y supiese qué estaba ocurriendo. Después, se tomaba su tiempo, y a lo sumo tenía que afrontar unas débiles protestas antes de que ella se entregase por completo a las caricias.

Philip pasaba los días cazando; era buen cazador. Rara vez erraba el tiro y a menudo llevaba a su tribu un bienvenido refuerzo de carne.

Los días de Christina eran bastante atareados y ella se ajustaba ahora a una rutina. Pasaba las mañanas en la tienda cosiendo o leyendo. Amine solía visitarla. A Christina le gustaban los niños y se complacía en jugar con los hijos de Amine, especialmente con el menor.

Cuando Christina veía jugar a los niños, a veces se preguntaba qué ocurriría si llegaba a quedar embarazada. Le habría encantado tener un hijo, pero no deseaba un hijo de Philip. Lo odiaba demasiado.

¿Y cómo reaccionaría el propio Philip? ¿La expulsaría de su tienda si ella perdía su belleza y ya no lograba satisfacerlo? Había dicho que ella no estaba allí para engendrar niños. Quizá no le agradaban los hijos. Pero si ella le daba un hijo, ¿lo aceptaría? ¿O decidiría expulsarla sin el pequeño? De todos modos, tales interrogantes carecían de sentido, de modo que ella no cavilό demasiado tiempo acerca del asunto.

Después del almuerzo, todos los días Christina iba a visitar a Yasir. Su salud había mejorado mucho. Podía concentrar mejor la atención y hablaba más con ella; su tema preferido era Philip. Cuando comenzaba a hablar de su hijo nada podía detenerlo. Le habló de la infancia de Philip y cómo había crecido en el desierto. También le explicó que había enseñado a Philip a caminar y hablar.

—La primera frase de Abu fue medio árabe y medio inglesa —dijo Yasir—. ¡No sabía que eran dos idiomas diferentes!

Christina compadecía un poco a Rashid. Era evidente que Yasir reservaba todo su afecto para Philip. Quizá Philip también compadecía a Rashid y por eso siempre le permitía salirse con la suya.

Después de visitar a Yasir, Christina salía a cabalgar. Esperaba ansiosamente el momento de montar. Si Philip no estaba, partía con Ahmad o Saadi, y a veces incluso con Rashid, si éste se encontraba en el campamento, lo cual no era frecuente.

Mientras Christina atravesaba el desierto montada en *Cuervo*, imaginaba que estaba sana y salva en Halstead y que no tenía problemas ni preocupaciones. No existía Philip, no afrontaba dificultades, y nada provocaba la añoranza de una felicidad pasada. Sólo *Dax* bajo su cuerpo y Tommy o John con ella corriendo a través de los prados, el viento fresco acariciándole el rostro. Pero el soplo árido del desierto siempre destruía sus sueños y le recordaba el perfil de la realidad.

Christina rogaba desesperadamente que Philip se fatigase muy pronto de ella. Pero el deseo de su secuestrador parecía insaciable. Ella consagraba las tardes a idear modos de evitar lo inevitable, pero muy pronto se le agotaban las ideas y nada parecía eficaz. Se mostraba irritable y estaba descontenta. Fingía somnolencias y jaquecas. Pero él siempre adivinaba sus planes.

Si provocaba la cólera de Philip, de ese modo sólo conseguía que él la poseyera brutalmente. Una noche fue a acostarse con los pantalones de montar puestos, pero después lo lamentó porque la prenda terminó en el suelo desgarrada de un extremo al otro. El único respiro que tenía Christina era cuando él estaba agotado; pero en general, Philip lo compensaba a la mañana siguiente.

Christina no había visto a Philip durante el día entero. Rashid había cenado con ellos la noche anterior y había regalado a la joven un hermoso espejo con mango tallado. Ella le había dado un beso fraternal en la mejilla, como reconocimiento por el regalo. Philip se había mostrado hosco y taciturno el resto de la velada.

Se preguntaba cuál era la causa de la reacción de Philip mientras caminaba de prisa hacia el corral donde Saadi esperaba para acompañarla en su paseo diario. En la prisa no vio a Nura que se apartaba del fuego; Christina chocó con la joven y la arrojó al suelo.

—Lo siento —jadeó Christina, mientras extendía la mano—. Vamos, permíteme ayudarte.

—No me toques —zumbó Nura, la voz cargada de odio—. ¡Mujer perversa! Con tu magia conseguiste que Abu te desee. Pero yo romperé el encanto. Abu no te ama. Pronto te echará de su lado y me desposará. Aquí nadie te quiere. ¿Por qué no te marchas?

Christina no supo qué decir. Necesitaba evitar el odio que veía en los ojos de Nura. Nunca había imaginado que los celos podían provocar un sentimiento tan intenso. Corrió hacia los caballos y vio a Saadi que esperaba; en su rostro se veía una expresión de asombro ante las palabras de su hermana. Comenzó a decir algo a Christina, pero ella montó de prisa a *Cuervo* y sin perder un segundo salió del campamento.

Saadi montó e hizo todo lo posible para alcanzar a Christina. Sabía que el jeque Abu lo despellejaría vivo si algo le ocurría a su mujer. Ella descendía tan velozmente la colina que fácilmente podía caer del caballo y herirse. Sería culpa de Nura, que la había perturbado; pero Saadi tendría que afrontar la responsabilidad.

¡Ah, esa Nura! Saadi le haría pagar caro su desplante. La obligaría a comprender que el jeque se sentía feliz con esta extranjera, a pesar de que aún no la había desposado. Nura debía renunciar a sus esperanzas.

Christina tenía la visión enturbiada por las lágrimas. No lloraba a causa de las palabras de Nura, porque poco le importaba que Philip la amase o no. Lloraba porque Nura la odiaba y porque ella no tenía la culpa de lo que ocurría. De buena gana Christina habría dejado a Nura el lugar de esposa o amante de Philip. De buena gana se habría marchado del campamento. No había pedido a nadie que la secuestrasen.

Christina contuvo a *Cuervo* al pie de la colina, para enjugarse las lágrimas antes de continuar la marcha. Deseaba internarse en el desierto hasta donde *Cuervo* pudiese llevarla, y no le importaba lo que le ocurriese.

De pronto, a lo lejos vio a dos jinetes. Se habían detenido, y eran dos figuras inmóviles al pie de las montañas. Christina pensó cabalgar hacia ellos, y de pronto el más alto de los dos hombres se acercó. Podía ser Philip o Rashid, porque era demasiado alto para tratarse de otra persona. No podía reconocerlo, porque aún estaba lejos y la *kufiyah* disimulaba los rasgos.

Si era Philip, ella no podría evitarlo. Oyó el ruido de los cascos del caballo que montaba Saadi y al volverse vio los ojos inquietos del joven.

—Deseo pedir disculpas por mi hermana —consiguió decir Saadi cuando recuperó el aliento—. No tenía derecho de decir lo que te dijo, y por eso la castigaré.

—Está bien, Saadi. No deseo que castigues a Nura por mí. Comprendo sus sentimientos.

Cuando volvió los ojos hacia el lugar donde había visto a los dos hombres, Christina advirtió que ambos habían desaparecido. Continuó el paseo acostumbrado con Saadi y antes del anochecer regresó al campamento.

Cuando Christina entró en la tienda encontró a Philip que la esperaba para ir al pozo del baño. Philip parecía estar de buen humor, y cuando ella pasó a su lado, para buscar las toallas y el jabón, le aplicó una palmada en las nalgas. Christina no le preguntó si él era uno de los hombres a quienes ella había visto en el desierto. Philip había dicho muchas veces que no le agradaba que lo interrogasen.

Hacia el final de la mañana siguiente, Christina estaba remendando el ruedo de una de sus faldas cuando Amine entró en la tienda. Se detuvo frente a Christina, retorciéndose las manos.

Una angustia terrible oprimió el corazón de Christina. Comprendió que tenía que haber ocurrido algo muy grave, pero ella misma no sabía por qué experimentaba un dolor tan profundo.

—¿Qué pasa, Amine? —exclamó—. ¿Le ocurrió algo a Abu?

—No —contestó Amine, y una lágrima se deslizó en su mejilla—. Es su padre... el jeque Yasir Alhamar ha muerto.

—¡Pero es imposible! —exclamó Christina, que se incorporó de un salto—. Yasir estaba muy bien ayer, y todos estos meses se ha recuperado mucho. Yo... ¡no lo creo!

Christina salió corriendo de la tienda, indiferente a los gritos de Amine. Pero antes aún de entrar en la tienda de Yasir y encontrarla vacía, comprendió que Amine había dicho la verdad. En efecto, estaba muerto. Christina lloró y las lágrimas cayeron incontenibles mientras ella miraba las pieles de oveja sobre el suelo que apenas la víspera habían sido el lecho del anciano. Se arrodilló, y acarició los suaves vellones. Ella había acabado por amar a Yasir y él había muerto.

Notó los brazos de Amine, que la ayudó a incorporarse.

—Ven, Christina, no es bueno que permanezcas aquí. —Amine la condujo de regreso a su tienda, y se sentó con ella en el diván, apretándola fuertemente contra su propio cuerpo para reconfortarla. Guardó silencio mientras Christina lloraba—. El jeque Yasir murió mientras dormía, durante la noche. Rashid lo descubrió por la mañana temprano y él y el jeque Abu fueron a enterrarlo al desierto.

—¿Por qué no me lo dijeron antes? —le preguntó Christina.

—Era un asunto privado entre dos hijos y su padre. El jeque Abu no deseaba que te molestasen.

—¿Dónde está ahora Abu? —preguntó Christina, que comprendía muy bien cómo debía sentirse Philip.

Recordó el sufrimiento que ella había experimentado cuando había perdido a sus dos padres. Por extraño que pareciese, deseaba reconfortar a Philip, abrazarlo y compartir su dolor.

—Cuando Rashid volvió al campamento dijo que Abu fue a cabalgar por el desierto, y después... después también Rashid se marchó.

Christina esperó pacientemente el regreso de Philip. Trató de mantenerse atareada, para evitar pensar en Yasir; pero era imposible. Veía constantemente su rostro, como se le aparecía siempre que ella entraba en la tienda del anciano. Continuaba oyendo su voz cuando él conversaba afectuosamente de Philip.

La luna se elevó sobre las montañas y proyectó una suave luz grisácea que se filtraba suavemente a través de los árboles de enebro que rodeaban el campamento. Philip estaba de pie frente al fuego y calentaba sus miembros agotados.

Había necesitado la mayor parte del día, horas y horas de desenfrenada cabalgada a través del desierto, para reconciliarse con la muerte de Yasir. Ahora pensaba que era mejor que el fin hubiese sobrevenido. Yasir siempre había vivido una vida muy activa, y los meses que habían transcurrido después de su enfermedad lo habían convertido en un inválido irritado por su propio encierro.

Philip hubiera deseado pasar más tiempo con Yasir; pero se sentía agradecido por esos años que la vida le había concedido. Tenía muchos recuerdos afectuosos que lo sostendrían el resto de su vida, pues él y Yasir habían tenido una relación más estrecha de la que suele darse entre padre e hijos; habían sido buenos amigos; y compartido muchas cosas.

Después de alimentar y cepillar a *Victory*, Philip atravesó con paso rápido el campamento dormido, y se acercó a su tienda. Se sentía física y mentalmente agotado, y ansiaba sentir la presencia cercana de Christina.

Philip fue directamente al dormitorio, pero lo halló vació. Muchos sentimientos se expresaban en su rostro... sufrimiento, cólera, pesar; en efecto, se preguntaba por qué había elegido precisamente ese momento para huir.

Pensó: Maldición, cuánto más tendré que sufrir antes de que acabe este día. Se volvió con su movimiento brusco, y salió corriendo de la tienda mientras se preguntaba qué delantera llevaba Christina. Una voz suave lo detuvo antes de que hubiese llegado a la entrada.

—Philip, ¿eres tú?

Philip sintió que había apartado de su pecho un terrible peso, y se acercó lentamente al diván. Christina estaba recostada, la cabeza apoyada en una mano, los pies protegidos por una gruesa piel de oveja. Lo miraba con una expresión inquieta en el hermoso rostro.

Se sentó al lado de la joven y vio que tenía los ojos enrojecidos por el llanto. Christina extendió lentamente una mano y habló en voz baja.

—Lo siento, Philip.

—Ahora estoy bien, Tina. Lo lloraré un tiempo, pero lo peor ha pasado y tengo que continuar viviendo mi vida.

Miró los ojos de Christina y comprendió que también ella sufría. No sabía que había amado tanto a Yasir. Philip la abrazó y la sostuvo tiernamente contra su pecho, y Christina volvió a llorar.

Durante los días que siguieron, el campamento mantuvo una extraña suerte de duelo. No había gritos de alegría ni conversaciones en voz alta.

A su modo Amine trató de reconfortar a Christina. Y Christina se sentía agradecida de tener una amiga con quien poder conversar. De no haber sido por Amine y sus hijos, se habría sentido realmente muy sola.

Aparentemente, Christina no lograba arrancar a Philip del abismo de depresión en que había caído. Christina charlaba acerca de esto y aquello siempre que él estaba cerca, pero Philip se limitaba a permanecer sentado y a mirar fijamente el vacío, como si ella no estuviese allí. Contestaba a las preguntas de Christina y la saludaba, pero eso era todo. Christina recordaba que ella había pasado por lo mismo después de la muerte de sus propios padres; pero John la había ayudado a superar el momento. Ella misma no sabía cómo ayudar a Philip.

De noche, cuando se acostaban, Philip la abrazaba y eso era todo. Christina comenzaba a sentirse cada vez más nerviosa. Se preguntaba a cada momento cuándo volvería a poseerla. Pensaba que la situación actual no le agradaba, porque no estaba acostumbrada a esta actitud de Philip.

Trató de imaginar modos de arrancarlo de su depresión, pero no los halló. Además, ¿no había deseado que él sufriera? Sí, era lo que ella había deseado antes; pero ahora no lo quería. Le dolía ver desgraciado a Philip y ella misma no comprendía la razón de su propia actitud.

16

Habían pasado cinco días después de la muerte de Yasir, y la tensión comenzaba a agotar a Christina. Philip había salido a cazar, y ella no sabía cuándo podría regresar. Había preferido permanecer en la tienda los últimos días, pero ahora ya no podía soportar más el encierro.

Salió de la tienda, buscó a Ahmad, y le pidió que preparase a *Cuervo*. Después, se puso rápidamente la túnica y los pantalones de montar y cuando llegó al corral Ahmad ya estaba preparado para partir.

—Es bueno que reanudes tus actividades —dijo el joven con una ancha sonrisa, mientras la ayudaba a montar.

—Sí, así es —replicó Christina. Pero no todas las actividades, pensó para sí, recordando las noches tranquilas que había pasado últimamente.

Marcharon al paso de los caballos hasta la ladera, pero cuando llegaron a las primeras estribaciones Christina obligó a *Cuervo* a iniciar un rápido galope. Ahmad estaba acostumbrado al modo de cabalgar de Christina y consiguió permanecer al lado de la joven.

Habían cabalgado por lo menos media hora y se habían internado bastante en el desierto cuando Christina divisó a cuatro hombres a caballo que se acercaban rápidamente. Habían aparecido súbitamente y muy pronto estuvieron cerca.

Christina detuvo a *Cuervo*, y al volverse vio que Ahmad empuñaba el rifle. Pero antes de que el joven hubiese tenido tiempo de oprimir el disparador, un tiro atravesó el aire, y Christina sintió una oleada de náusea cuando Ahmad cayó lentamente del caballo, el pecho cubierto de sangre.

—¡Oh, Dios mío... no! —gritó, pero Ahmad yacía inmóvil sobre la arena caliente.

Christina obligó a *Cuervo* a volver grupas y lo lanzó al galope. Hubiera deseado auxiliar a Ahmad, pero ahora tenía que pensar en sí misma. Oyó el ruido de los cascos detrás y comprendió que se acercaban y convergían sobre ella. Un brazo se cerró alrededor de su cintura, la arrancó del caballo, y la tiró sobre otro. Se debatió fieramente, y se sintió un poco mejor cuando cayó de espaldas sobre la dura arena.

El hombre que la había arrancado del caballo desmontó y se aproximó con paso lento a Christina. Tenía una expresión irritada y feroz en su rostro barbudo.

Christina sintió que el corazón le latía dolorosamente cuando se incorporó y echó a correr, pero antes de que hubiese avanzado tres o cuatro metros el hombre la alcanzó y de una bofetada brutal la derribó. Asiéndola por la túnica la levantó y la golpeó dos veces más, y después la soltó como si hubiese sido una cosa repugnante. Christina lloraba histéricamente cuando hundió el rostro en la arena, de modo que éste no pudiese pegarle otra vez.

Christina oyó voces lejanas que disputaban, pero parecían sonidos muy distantes. Estaba aturdida, y durante un momento no supo dónde se encontraba, o por qué lloraba. Pero la conciencia de su situación se restableció cuando con gesto cauteloso alzó la cabeza y vio el cuerpo inerte de Ahmad a pocos metros de distancia.

Dios mío, ¿por qué habían tenido que matarlo? Unos

metros más lejos, tres de los hombres esperaban montados en sus caballos y uno de ellos hablaba con dureza al individuo que la había golpeado.

Amair Abdalla desmontó y se acercó a la mujer que yacía sobre la arena. Se compadeció cuando la obligó a volverse y le vio la cara ya descolorida e hinchada. Le habían dicho que esa mujer era muy bella, pero ahora tenía el rostro sucio de arena y surcado por varias heridas donde habían corrido las lágrimas. ¡Ese bastardo de Cassim! Todo había ocurrido con tal rapidez, que Amair no había podido impedirlo. Tenían prisa, de modo que no podía castigar ahora a esa bestia. Cassim siempre había sido un hombre cruel. Su esposa había estado dos veces al borde de la muerte a causa de la crueldad y los golpes de Cassim.

El jeque Alí Hejaz no vería con buenos ojos que hubiesen golpeado a esta mujer. Christina Wakefield era muy importante en muchos sentidos para el jeque Alí; y había impartido órdenes rigurosas de que no se la dañara.

Se ocuparían de Cassim cuando regresaran al campamento... y él lo sabía. Pero ahora, tenían que darse prisa. El plan no contemplaba un enfrentamiento con los hombres del jeque Abu, y Amair no deseaba una lucha mano a mano con aquel hombre. Hubiera significado una muerte segura.

Habían pasado unos instantes desde el momento en que el joven había obligado a Christina a volverse. Le había mirado el rostro, y ella vio compasión en sus ojos castaños. ¿Qué ocurría ahora? Quizá no volverían a golpearla... por lo menos no ahora. Christina trató instintivamente de evitar el contacto con el hombre que se inclinaba para alzarla. El árabe la llevó adonde estaban los caballos, la depositó sobre un pequeño corcel y montó detrás. Los tres hombres restantes estaban esperando y un momento después el grupo se alejé al galope.

Christina cerró los ojos cuando pasaron al lado del cuerpo de Ahmad. Pobre Ahmad. Era apenas un poco mayor que ella, y ahora su vida había terminado. Los cuatro hombres abandonaron a su suerte a *Cuervo* y al caballo de Ahmad. Si eran ladrones, ¿por qué no se llevaban también los caballos?

¿Quiénes eran? No podían saber que Christina era mujer, a causa del modo en que vestía. Entonces, ¿por qué no habían disparado contra ella? No era posible que hubiesen venido a rescatarla, porque nadie sabía que estaba aquí. Además, si el propósito hubiera sido devolverla a su hermano, no la habrían golpeado. En realidad, el asunto no tenía sentido.

Era muy probable que esos hombres perteneciesen a la tribu vecina acerca de la cual Philip la había advertido. ¿Quizá todos la usarían, y después la venderían como esclava? ¡Philip nunca lograría encontrarla!

Philip; ¿dónde estás? ¡Tienes que descubrirme! Pero, ¿qué estaba pensando?, ¿acaso no había ansiado separarse de Philip?

Por lo menos, mi nuevo amo jamás podrá obligarme a ceder sólo con tocarme, como hace Philip. Otro hombre no excitará mis deseos como Philip. Y de pronto comprendió lo que acababa de pensar.

¡Lo amo! Siempre lo amé, y no lo sabía. Christina, eres una tonta, una perfecta tonta. Luchaste contra Philip todos estos meses y quisiste volver a casa, y en realidad siempre lo amaste. Tal vez nunca vuelvas a verlo, y Philip todavía cree que lo odias.

Pero, ¿qué ocurrirá si él no acude a salvarme? ¿Qué ocurrirá si se alegra de mi desaparición, porque ahora nunca más podré molestarlo? ¿Podría criticarlo, después del modo en que lo traté? Oh, no, tiene que venir a buscarme; es necesario que me salve, porque así podré decirle que lo amo. ¡Y tiene que llegar muy pronto, antes de que sea demasiado tarde!

Cuando Yasir murió y yo sentí deseos de reconfortar a Philip tendría que haber comprendido que lo amaba. Se necesitó una pesadilla para que yo viese la verdad, y ahora quizá sea demasiado tarde. ¡Oh, Dios mío, dame otra oportunidad!

Estaba oscureciendo, y el grupo continuaba avanzando al galope, como si el demonio en persona los persiguiera. Tampoco esa actitud tenía sentido. Si estos cuatro hombres pertenecían a la tribu vecina, de la cual Philip había hablado, hubieran debido internarse en las montañas, y ya habrían llegado a su campamento.

Seguramente ella se equivocaba. Habían cabalgado junto a las montañas, pero ahora, cuando la luna vino a iluminar el camino, se desviaron y comenzaron a internarse en el desierto. ¿Adónde la llevaban? ¿Y qué le ocurriría cuando llegasen a su destino?

Christina recordaba el día, de eso hacía mucho tiempo, en que se había formulado las mismas preguntas; pero entonces el secuestrador había sido Philip. Ella lo había odiado realmente esas primeras semanas, después de llegar al campamento. Philip la había despojado de todo lo que ella amaba. Había manipulado a muchas personas para atraerla a este país. Pero todas las jóvenes dejan detrás lo que conocen cuando se casan. Lleva tiempo acostumbrarse a la nueva vida.

Bien, se había acostumbrado... demasiado, a decir verdad. Y en su corazón experimentaba un sentimiento de temor y de vacío ante la perspectiva de no ver jamás de nuevo a Philip. Era algo peor que el dolor que sentía en el rostro hinchado con cada movimiento del caballo. Cerró los ojos para evitar el sufrimiento y al rato se adormeció.

El sonido de voces estridentes despertó a Christina. La bajaron del caballo. Se preguntó qué había ocurrido hasta que vio los rostros desconocidos alrededor y sintió el dolor en la cara. El sol estaba muy alto, y hacía un calor intenso que brotaba de la arena misma, y obligaba a Christina a entornar los párpados para evitar el encandilamiento.

Antes de que introdujesen a Christina en una pequeña tienda, examinó rápidamente el campamento. Estaba en un oasis del desierto. Dos enormes palmeras se elevaban sobre seis tiendas pequeñas, y la joven alcanzó a ver cabras, ovejas y camellos pastando a pocos metros de distancia.

En el interior de la tienda, Christina necesitó unos instantes para acostumbrarse a la oscuridad. Vio a un anciano sentado sobre un almohadón, detrás de una mesa baja cubierta de cuencos con alimentos.

El viejo ni siquiera la había mirado todavía. Continuaba comiendo, y Christina examinó la tienda. Había algunos almohadones aquí y allá, y ella vio un gran arcón en un rincón, pero no había sillas para sentarse ni alfombras que cubriesen la arena.

Cuando Christina volvió los ojos hacia el anciano, advirtió que estaba hundiendo los dedos en un pequeño cuenco de agua, como ella hacía muchas veces después de concluir una comida con Philip. Ahora él la miró, y los ojos castaños expresaron irritación cuando vio el rostro lastimado. Christina se sobresaltó cuando el viejo descargó el puño sobre la mesa y todo los cuencos saltaron en el aire.

Estaba vestido con una túnica de colores y en la cabeza tenía la *kufiyah*, y Christina vio que bajo la mesa asomaban sus pies desnudos. Cuando el hombre se puso de pie, pareció que no era más alto que la misma Christina, pero cuando habló, su voz tenía acentos autoritarios.

Habló duramente al joven que estaba con Christina, y ella llegó a la conclusión de que ese anciano era el jeque de la tribu. El viejo y el joven intercambiaron frases acaloradas, incomprensibles para Christina; y después, el joven la llevó detrás de una cortina, en un rincón de la tienda.

El pequeño espacio apenas alcanzaba para acostarse. Una piel de oveja cubría la arena, y Christina quedó allí, a solas.

Pocos minutos después una anciana apartó las cortinas y trajo una bandeja con un gran cuenco con comida y una copa de vino. La mujer depositó la bandeja en la arena, entregó a Christina una toalla húmeda, con un gesto le señaló la cara, y después se marchó.

Christina se limpió la cara con la toalla, pero no pudo eliminar toda la suciedad pegada a los párpados hinchados. La comida tenía mucha grasa, pero felizmente era blanda, porque también le dolía masticar. El vino tenía un excelente sabor, pero ella se sintió extrañamente fatigada después de beberlo. Christina hizo todo lo posible para mantenerse despierta, porque deseaba estar preparada para lo que podría ocurrirle; pero no logró mantener abiertos los ojos ni pensar de un modo coherente y poco después se sumió en profundo sueño.

Cuando Amair Abdalla dejó a la mujer en la tienda del jeque Alí Hejaz, fue a decirle a Cassim que el jeque deseaba verlo; después, caminó directamente hacia la tienda de su propio padre. No compadecía a Cassim, porque lo que le ocurriera sería por su propia culpa. El jeque Alí estaba más enojado de lo que Amair había previsto, y era probable que Cassim pagara con la vida su brutalidad.

—Amair, ¿todo fue bien? —preguntó su padre, Cogia Abdalla, cuando Amair entró en la tienda que ambos compartían.

—Sí, padre, todo se hizo de acuerdo con el plan —replicó Amair con expresión de desagrado. Se sentó sobre el cuero de oveja que era su lecho, y se apoderó del odre de vino que estaba al lado—. Pero te diré lo siguiente... no me agrada lo que me ordenaron hacer. Esa mujer no cometió ningún delito, y no debe convertirse en objeto de venganza. Ya sufrió bastante, pues Cassim la golpeó antes de que yo pudiese impedirlo.

—¡Cómo! Ese maldito...

—¿Comprendes, padre? —lo interrumpió Amair—. Nada de todo esto debió ocurrir. Cassim hirió de un balazo al hombre que acompañaba a Christina Wakefield. Ojalá lo encuentren antes de que muera, porque es Ahmad, el hermano del marido de Amine. Si Ahmad muere, Syed nos odiará y jamás volveremos a ver a mi hermana Amine.

—Yo tendría que haber previsto que este plan no era bueno —dijo Cogia, con expresión de desaliento en el rostro—. Nunca debí permitir que participaras. Ojalá este odio termine de una vez, y yo pueda ver nuevamente a mi hija. Amine seguramente ya tiene hijos y yo no los conozco. ¡Tal vez nunca vea a mis nietos!

—Aun así, padre, jamás debimos aceptar este plan. El jeque Abu nada tuvo que ver con lo que ocurrió todos estos años. Él vivía del otro lado del mar. No creo que deba ser víctima de la venganza del jeque Alí, ahora que el jeque Yasir ha muerto.

—Lo sé, hijo mío, pero, ¿qué podemos hacer? Quizá el jeque Abu no caiga en la trampa —dijo Cogia.

Miró hacia la puerta de la tienda. En el centro del campamento, tres niños jugaban con un corderito. Cogia deseaba intensamente ver a su propia hija y a los nietos.

—Vendrá —replicó Amair—. Y si trae a los hombres de su tribu, se derramará inútilmente mucha sangre por algo que ocurrió hace veinticinco años. Y ninguno de los hombres que muera habrá tenido nada que ver con eso.

Y en efecto, Philip llegó menos de una hora después. Vino solo, y se maldijo por eso cuando comprendió el peligro que afrontaba.

Philip había regresado al campamento, y allí le dijeron que Christina había salido a caballo con Ahmad. Se alegraba de que ella hubiera decidido reanudar sus cabalgatas diarias, y comprendía que era hora de que él dominase su propia depresión. Su padre había muerto, pero él aún tenía a Christina.

Pensó en Christina mientras se paseaba de un extremo al otro de la tienda, esperando su regreso. Pero cuando el sol comenzó a ocultarse y no tuvo noticias de la joven, un horrible temor comenzó a dominarlo. Salió corriendo de la tienda y al ver a Syed junto al corral le ordenó que lo siguiese.

Philip obligó a su caballo a galopar frenéticamente cuesta abajo, mientras Syed trataba de mantener la misma velocidad. Después de cabalgar un rato en la dirección que solía tomar Christina, Philip vio dos caballos detenidos, uno al lado del otro. Palideció intensamente cuando se acercó un poco y vio un cuerpo inmóvil en la arena.

Desmontó del caballo y corrió adonde estaba Ahmad. El proyectil había entrado en la región inferior del pecho de Ahmad; había perdido mucha sangre, pero aún vivía. Llegó Syed, y los dos hombres consiguieron que

Ahmad bebiese un poco de agua. Finalmente, abrió los ojos. Miró primero a Philip, y después a Syed, y trató de sentarse, pero estaba demasiado débil a causa de la pérdida de sangre.

—¿Puedes hablar, Ahmad? —preguntó Philip—. ¿Puedes decirme qué ocurrió?

Ahmad miró a Philip con ojos vidriosos.

—Cuatro hombres del desierto se acercaron velozmente. Yo... apunté el rifle, pero me dispararon. Sólo eso recuerdo. —Ahmad trató de mirar alrededor, y cuando vio el caballo de Christina volvió a apoyar la cabeza en la arena—. ¿Se la llevaron?

—Así parece —replicó Philip. Tenía el cuerpo tenso, preparado para combatir. Miró al hermano mayor—. Syed, lleva a Ahmad de regreso al campamento. Maidi sabrá qué hacer por él. No sé cuánto tardaré, pero no me sigáis. Encontraré a Christina, y el hombre que hirió a tu hermano morirá.

—Alá sea contigo —replicó Syed mientras Philip montaba su caballo.

Aún eran visibles las huellas de los cuatro caballos de los secuestradores, porque no había soplado viento que las cubriese con arena. Philip siguió las huellas con una velocidad que *Victory* jamás había alcanzado antes. Imaginaba constantemente el rostro atemorizado de Christina y rogaba que la hallase a tiempo, antes de que los hombres la violasen y la vendieran.

Jamás hubiera debido permitirle que cabalgase en el desierto. Si la hubiese obligado a permanecer en el campamento, ahora la tendría con él, y no temería por la vida de la muchacha. ¡Dios mío, haz que la encuentre a tiempo!

Philip sintió que se le encogía el corazón cuando trataba de imaginar lo que sería su vida sin Christina. Imaginó el lecho vacío que había compartido con ella, la tienda vacía adonde siempre ansiaba regresar, el cuerpo bello y suave que lo tentaba tan fácilmente. ¿Acaso era posible que otra mujer ocupase jamás el lugar de Christina? No podía soportar la idea de que nunca volvería a verla.

Si sentía así, seguramente era porque la amaba.

Philip nunca había creído que podía llegar a enamorarse. ¡Qué tonto había sido! Pero, ¿qué ocurriría si no podía hallar a Christina? Lo que era peor, ¿qué ocurriría si ella no deseaba que la encontrase? Bien, la hallaría o moriría en el intento, y si era necesario la obligaría a regresar con él. Prefería vivir con su odio que sobrevivir sin ella. Quizás un día ella llegase a devolverle ese amor.

Philip agradeció al destino la luna llena que iluminaba bastante bien las huellas. Las horas pasaban lentamente, dominadas por sombríos pensamientos, y el sol estaba alto cuando Philip vio a lo lejos el campamento de una tribu del desierto. Las huellas que él seguía conducían directamente al campamento. Pensó: Ahora falta poco, Christina. Te encontraré y volveremos a casa.

Philip acortó la marcha de su caballo y entró al campamento. Cuando contuvo a *Victory* en el centro del campamento se acercaron varios hombres.

—Busco a cuatro hombres y una mujer —dijo Philip en árabe—. Vinieron aquí, ¿no es así?

—Abu Alhamar, has llegado al lugar justo. Desmonta y ven conmigo.

Philip se volvió para mirar al hombre que había hablado. Un rifle le apuntaba a la espalda, de modo que no tenía mucho que elegir.

—¿Cómo sabes quién soy?

—Te esperábamos. Ven conmigo.

Philip desmontó, y el hombre lo empujó con el rifle

en dirección a la entrada de una tienda. Otros hombres armados caminaron detrás, preparados para responder al más mínimo movimiento de Philip. Éste se preguntó: ¿Cómo demonios saben quién soy?

Un anciano que estaba al fondo de la tienda se puso de pie y miró a Philip.

—Jeque Abu, no tardaste mucho en llegar. Esperé mucho tiempo este momento.

—¿Qué demonios significa esto? —preguntó Philip—. ¿Cómo sabes quién soy? Jamás te había visto antes.

—Me has visto antes, pero no lo recuerdas. ¿No oíste hablar de mí? Soy Alí Hejaz, jeque de esta tribu, y tío de Rashid, tu medio hermano. ¿Ahora me conoces?

—Oí mencionar tu nombre, pero eso es todo. ¿Por qué me esperabas?

—¡Ah, veo que tu padre te ocultó la verdad! Ahora te relataré la historia completa, y así comprenderás por qué voy a matarte en venganza por la muerte de mi hermana.

—Seguramente estás loco —dijo Philip riendo—. Nada te hice. ¿Por qué quieres que yo muera?

—No estoy loco, Abu Alhamar. —Alí Hejaz habló con voz serena, saboreando su momento de triunfo—. Pronto sabrás por qué tienes que morir. Sabía que caerías en mi trampa, porque tengo a tu mujer.

—¿Dónde está? —estalló Philip—. Si la has herido...

—Todo a su tiempo, Abu —lo interrumpió Alí Hejaz—. La verás más tarde, y por última vez. No temas por ella, porque en mi campamento no sufrirá ningún daño. Estoy agradecido a Christina Wakefield que te atrajo aquí. Después, la devolveré a su hermano a cambio de la recompensa.

—¿Cómo sabes acerca de ella? —preguntó Philip.

—¡Cuántas preguntas haces! Mira, Rashid me visita de vez en cuando. Mencionó que habías regresado de Inglaterra, y que tenías por amante a una extranjera. ¡Y ahora parece que he salvado de su secuestrador a Christina Wakefield! —Alí hizo una pausa. Cuando volvió a hablar, su voz expresaba profunda cólera—. Hace poco me enteré de la muerte de Yasir. Me he sentido frustrado, porque deseaba matarlo personalmente. Y bien, tú, su hijo bienamado, ocuparás su lugar.

—¿De qué acusas a mi padre? —preguntó Philip.

Alí Hejaz sirvió dos copas de vino y ofreció una a Philip. Éste rehusó, y Alí sonrió.

—Será tu último sorbo de vino... propongo que lo bebas. Te aseguro que no está envenenado. Me he propuesto matarte con métodos más lentos y crueles.

—Acaba con tus explicaciones, Hejaz. Deseo ver a Christina —replicó Philip.

Aceptó el vino, y con gesto burlón ofreció un brindis al anciano.

—Veo que aún no me tomas en serio. Sin embargo, cambiarás de actitud cuando comience tu muerte lenta. Sea como fuere, tienes derecho a saber por qué morirás.

Alí hizo una pausa y bebió un sorbo de la copa que sostenía en la mano.

—Hace mucho tiempo, tu padre y yo éramos íntimos amigos. Yo habría hecho lo que fuese necesario por Yasir. También conocía a tu madre, y estaba con Yasir cuando tú naciste. Entonces, me alegré por tu padre. Había tenido dos hermosos hijos y una mujer a quien amaba más que a su propia vida. Recuerda que yo te tenía sobre mis rodillas cuando apenas habías cumplido tres años, y te contaba cuentos, ¿lo recuerdas?

—No.

—No creí que recordaras. Fueron años felices... hasta que tu madre se marchó. Era una buena mujer, pero destruyó a Yasir. Él jamás volvió a ser el mismo. Se había ido su esposa, y con ella los dos hijos. Yasir sintió que ya no tenía motivo para vivir. Compartí su sufrimiento tres años, porque yo amaba a Yasir como a un hermano. Abrigaba la esperanza de que olvidaría a tu madre, y de que nuevamente hallaría la felicidad. Yo tenía una hermana llamada Margiana, una bella muchacha que adoraba a Yasir, y propuse a Yasir que se casara con ella.

—Pero mi madre y mi padre aún estaban casados. ¿Cómo podría desposar a tu hermana? —interrumpió Philip.

Tu madre se había marchado y no pensaba regresar. Era como si hubiese muerto. Yasir tenía derecho a casarse nuevamente. Podía iniciar una nueva vida y engendrar hijos, hijos que crecerían hasta convertirse en hombres. Yasir aceptó desposar a mi hermana. Por entonces yo tuve que salir de viaje y pedí a Margiana que no se casara hasta mi regreso. Pero ella rehusó esperar.

»Fui herido mientras viajaba y guardé cama varios meses. Me llevó casi dos años encontrar a mi hermana y a la tribu de Yasir. Rashid, hijo de mi hermana, tenía entonces un año.

»Y así pasaron los años y yo creía que mi hermana era feliz. Yasir aún se sentía muy desgraciado. No amaba a Rashid como te había querido a ti. Sin embargo, cuando yo visitaba a mi hermana, ella se comportaba como si hubiera sido una mujer satisfecha y feliz.

»Hace varios años vino a verme mi hermana y al fin dijo la verdad acerca de su supuesto matrimonio. En el último momento Yasir había rehusado desposarla. Pero la noche que ellos hubieran debido casarse él se emborrachó y la violó. Cuando unos meses después ella descubrió que estaba embarazada rogó a Yasir que la desposara. Pero él continuó negándose. No podía olvidar a tu madre. Margiana se sintió avergonzada, porque no estaba casada y por eso mintió y me indujo a creer que era feliz. Yasir nunca volvió a poseerla, pero permitió que ella y Rashid viviesen en su tribu. Ella lo amaba y él la trataba como si ella hubiese sido la última escoria.

»Después que mi hermana me reveló la verdad, se suicidó. Fue como si el propio Yasir le hubiese clavado el cuchillo. Mató a mi hermana, y aquel día juré venganza. Esperé, pero Yasir conocía el odio que yo le profesaba y nunca se aventuraba solo fuera de su campamento. Nunca olvidó que yo estaba esperándolo, y por mi parte esperé demasiado. Yasir murió siendo un hombre feliz, sin sufrir como sufrió mi hermana.

—Pero todo eso nada tiene que ver conmigo. ¿Por qué quieres matarme? —preguntó Philip.

Creía en esa historia. Yasir había vivido con el recuerdo de su primera y única esposa hasta el día de su propia muerte. Probablemente nunca había sabido que Margiana lo amaba y que por eso padecía.

—Ocuparás el lugar de Yasir —dijo Alí Hejaz—. Tú, su hijo bienamado, el que era todo para él, como mi hermana era todo para mí. Tú, que complaciste a Yasir los últimos años, cuando él hubiera debido sufrir. Tú, el hijo de la mujer que fue culpable de la muerte de mi hermana. Tú, que te pareces en todo a tu padre, pues te posesionas de las mujeres sin matrimonio y las obligas a sufrir. Morirás, y yo al fin seré vengado. —Alí rió, con una risa breve y satánica—. Ah, pero la venganza es dulce; si Yasir estuviese aquí para ver tu muerte, mi felicidad sería perfecta. Y ahora, incluso estoy dispuesto a concederte un último deseo, si es razonable.

—Eres demasiado bondadoso —dijo sarcásticamente Philip—. Bien, ahora quiero ver a Christina Wakefield.

—Ah, sí, la mujer. Te dije antes que la verías, ¿verdad? Pero primero quiero advertirte. Me temo que sufrió un pequeño accidente antes de llegar aquí.

—¿Accidente? ¿Dónde está? —preguntó Philip.

Alí Hejaz hizo un gesto a uno de los hombres que estaban detrás de Philip. El individuo alzó una cortina que colgaba al fondo de la tienda.

Philip vio a Christina acurrucada en el suelo.

—¡Oh, Dios mío! —exclamó.

Se inclinó para tocarla, pero ella no se movió.

—Me pareció que era mejor drogarla unos días, hasta que se aliviase la inflamación —dijo detrás la voz de Alí.

Philip se incorporó y se volvió con movimientos muy lentos para encararse con el anciano. Los músculos de las mejillas se le contraían a causa de la cólera violenta que estaba consumiéndolo.

—¿Quién hizo esto? —dijo con voz contenida, tratando de dominar sus sentimientos—. ¿Quién le hizo esto?

—No debió ser así. El hombre que la golpeó siempre se mostró cruel con las mujeres. Cuando ella huyó, ese hombre se enfureció y la golpeó antes de que mis hombres pudiesen detenerlo. Naturalmente, morirá. Di orden estricta de que no dañasen a la mujer, y él me desobedeció. Todavía no he decidido cómo morirá, pero está condenado.

—Entrégamelo —dijo sombríamente Philip.

—¿Qué?

—Entrégame al hombre que hizo esto. Me concediste un ruego. Quiero al hombre que la golpeó.

Alí miró incrédulo a Philip y los ojos ancianos cobraron una expresión fija.

—¡Por supuesto! Es justo que se te conceda ese honor. No dudo de que vencerás, pero será una lucha justa.

Combatiréis con cuchillos, ahora mismo, en el centro del campamento. Cuando Cassim haya muerto, tú morirás de muerte más lenta.

Philip salió de la tienda en pos del anciano. Un solo pensamiento dominaba su mente: matar al hombre que se había atrevido a lastimar a Christina.

—Traigan a Cassim y explíquenle lo que le espera —ordenó Alí.

Alí extrajo del cinto su propio cuchillo y se lo entregó a Philip.

—Terminada la pelea arrojarás el cuchillo sin ofrecer resistencia. Si no procedes así, Christina Wakefield nunca volverá con su hermano y será vendida como esclava. ¿Me comprendes?

Philip asintió y tomó el cuchillo. Lo fijó en su cinturón, y tras quitarse la túnica empuñó el cuchillo con la mano derecha. Retiraron a Cassim de una tienda vecina; en su rostro se manifestaba claramente el miedo. Lo arrastraron hacia el lugar donde estaba Philip.

—No combatiré contra este hombre —gritó Cassim—. ¡Si tengo que morir, dispárame un tiro!

—Pelea como un hombre. ¡De lo contrario te arrancaré el corazón del cuerpo! —gritó Alí.

Philip no experimentó compasión por el hombre que lo miraba temeroso. El rostro hinchado de Christina era lo único que él veía.

—¡Prepárate para morir, torturador de mujeres!

Dejaron en libertad a Cassim, que retrocedió unos pasos, y después se abalanzó sobre Philip. Pero éste estaba preparado. Saltó hacia un lado y su cuchillo tocó el brazo derecho de Cassim, hiriéndolo bajo el hombro. Después, cada uno describió un círculo alrededor del otro, con los brazos extendidos. Cassim amagó de nuevo, con la intención de herir a Philip en el pecho. Pero

Philip se movió como el rayo e hirió otra vez a su víctima. El cuchillo cortó el brazo extendido de Cassim, y abrió la carne hasta el hueso. Cassim soltó el cuchillo y miró atónito la herida. Philip descargó una bofetada sobre el rostro de su antagonista y lo derribó al suelo.

Dio tiempo a Cassim para que recuperase el cuchillo, y volvió a atacar. Era evidente que Cassim no sabía manejar bien el cuchillo y su miedo lo convertía en fácil víctima de la destreza de Philip.

Philip conocía muchos trucos que había aprendido de su padre, pero ahora no los necesitaba. El cuchillo de Philip hirió una y otra vez a Cassim, hasta que el árabe quedó cubierto con su propia sangre. Finalmente Philip se cansó del juego y rajó la garganta. Cassim cayó de bruces sobre la arena.

Philip estaba mareado. Jamás hubiera imaginado que había en él tanta violencia. ¿Cómo podía matar así a un hombre? De todos modos el hombre hubiese muerto y lo merecía porque había golpeado a Christina; pero haber sido su verdugo repugnaba a Philip. Arrojó el cuchillo al lado del cuerpo de Cassim y se acercó a Alí Hejaz.

—Abu, no pareces nada complacido. Quizá te sientas mejor si sabes que Cassim también hirió de un tiro a tu compañero de tribu.

—No hay modo de sentirse mejor después de matar a un hombre —replicó Philip.

—Cuando has esperado muchos años para matar a un hombre, como en mi caso, la venganza puede ser agradable —dijo Alí—. Ahora, acompañarás a mis hombres. Recuerda que tienes en tus manos el futuro de Christina Wakefield. Además, he ordenado a mis hombres que disparen si tratas de huir. Una herida en el brazo o la pierna hará más dolorosa tu muerte.

Los hombres se apoderaron de Philip y lo llevaron

detrás de la tienda de Alí Hejaz. Allí había cuatro estacas clavadas en la arena y se habían atado cuerdas a cada una de ellas. Philip comprendió entonces cómo moriría.

No ofreció resistencia. Los hombres lo tumbaron de espaldas y lo ataron a las estacas de brazos y piernas. Philip oyó que un hombre murmuraba «Perdóname» y después se alejaba. Otro guardia se acercó a la sombra de la tienda de Alí, y se sentó para vigilar a Philip.

¿Vigilarlo de qué? Philip hubiera deseado saberlo. No podía escapar. Era tarde ya, pero habría sol por lo menos dos horas más. Sintió un poco de hambre, pero aquella era la menor de sus preocupaciones.

Por el momento no sufriría mucho, pero al día siguiente comenzarían sus verdaderos padecimientos. ¿Podría soportarlo? ¿Tendría la voluntad necesaria para morir?

Trataría de permanecer despierto durante la noche; era el único modo. Las dos noches y los dos días que había cabalgado sin descanso le permitirían dormir al día siguiente, y quizá moriría muy pronto, por los efectos del sol, sin despertar siquiera.

Pasó una hora, y Philip ya estaba esforzándose para continuar despierto. Una sombra se proyectó sobre él y cuando abrió los ojos vio a Alí Hejaz.

—Creo que es irónico que mueras así ¿verdad? Quisiste vivir bajo nuestro sol y hacer feliz a Yasir; por eso, es propio que mueras bajo nuestro sol. No es un modo agradable de morir. Se te hinchará la lengua. Pero no quiero que te asfixies demasiado pronto. Se te dará agua suficiente para impedirlo. Sufrirás mucho mientras el sol te quema vivo. Y si has pensado permanecer despierto toda la noche y pasar durmiendo la tortura que te espera mañana, tengo que decepcionarte. He añadido una droga suave a tu vino y esta noche dormirás. —Alí se echó a reír porque acababa de destruir la única esperanza de

Philip—. Pareces sorprendido, Abu. Pero mira, lo he pensado todo. Sí, mañana despertarás al amanecer. Duerme bien, Abu. Será tu última noche.

Dicho esto dejó a Philip entregado a sus pensamientos.

Philip tiró con todas sus fuerzas de las sogas pero no había modo de huir. Poco después se durmió.

17

El dolor en los ojos despertó a Philip. Cuando los abrió, contempló el sol de mediodía y durante un instante la luz lo cegó. Se preguntó un momento por qué había dormido al aire libre hasta que intentó incorporarse y sintió el dolor en los hombros.

«Bien... el sol ya estaba haciendo su efecto», pensó. Se miró el pecho y los brazos quemados. Por lo menos Hejaz se había equivocado en una cosa... no había despertado para ver el amanecer. Philip permaneció perfectamente inmóvil.

Ahora, tenía el sol directamente sobre la cabeza. Sentía un sabor extraño en la lengua; le parecía que ésta se había convertido en un pedazo de lienzo seco. El sudor de su cuerpo le ardía en la piel quemada. ¿Cuánto duraría? Trató de pensar en cosas agradables, y recordó la figura de Christina.

Philip oyó una voz que lo llamaba desde lejos, y que lo arrancaba de la inconsciencia a medida que cobraba más volumen. Con un esfuerzo abrió los ojos y vio a Alí Hejaz de pie, a escasa distancia. Trató de hablar, pero tenía la boca demasiado seca y los labios estaban agrietados y con ampollas.

—De modo que aún vives. Sin duda amas mucho la vida. —Alí se volvió hacia el guardia que estaba de pie al lado—. Dale unas gotas de agua, pero nada más.

El guardia vertió unas gotas de agua en la boca de Philip y Alí dijo:

—Mañana por la mañana acabaremos contigo. Si aún vives, diré a uno de mis hombres que te mate porque necesitamos levantar el campamento y trasladarnos. Aquí empieza a escasear el agua. Te llevaría conmigo para clavarte en estacas otra vez, pero tu tribu vendría a buscarte. Sea como fuere, morirás mañana. Que tengas sueños agradables.

Cayó el sol, pero Philip sentía que le quemaba el cuerpo. El agua que le había suministrado acentuaba todavía más su sed. Pensó en Christina, que yacía a pocos metros de distancia, en la tienda de Hejaz. Por lo menos, ella pasaba durmiendo esas horas de pesadilla. Pero quizá le agradara ver que Philip estaba cocinándose vivo. Después de todo, ella lo odiaba. Bien, pronto regresaría con su hermano, como siempre había querido hacerlo.

La luna estaba alta cuando Philip sintió una presencia a su lado.

—Todos duermen, pero debemos guardar silencio y evitar que alguien dé la alarma —murmuró el hombre, que se inclinó sobre Philip—. Soy Amair Abdalla, hermano de Amine, que vive en tu campamento. Pido tu perdón para mi padre y para mí por todo esto. Mi padre es un anciano y sólo deseaba ver que se disipaba de una vez el odio de nuestro jeque, y recuperar a su hija. Comprende ahora que fue un error capturar a tu mujer. Ni ella ni tú merecíais sufrir. Aplicaré un ungüento a tu piel. No debes gritar.

El cuerpo de Philip se estremeció cuando la grasa refrescante le tocó la piel. Contuvo los gritos de dolor mientras el hombre extendía el ungüento sobre el pecho y el rostro.

—Te hubiera libertado anoche, pero estabas narcotizado. Después de un rato el ungüento aliviará el dolor —dijo Amair. Se limpió la grasa de las manos.

Cortó las cuerdas, ayudó a incorporarse a Philip, y le entregó una cantimplora llena de agua. Philip bebió con prudencia.

—Tu caballo espera oculto en las sombras —le dijo Amair—. La mujer todavía está drogada, y no podrá cabalgar sola. La traeré inmediatamente. ¿Puedes hablar?

Philip bebió un poco más de agua y pudo murmurar con voz ronca:

—¿Qué ocurrirá...?

—Mañana, antes de que despierte el jeque Alí, mi padre se reunirá con los ancianos. Impedirán que Alí te persiga y me protegerán de su cólera. Te ruego comprendas que me ordenaron apresar a la mujer. No me agradó hacerlo, pero no tenía otra salida. ¿Puedes perdonarme?

—Serás bienvenido a mi campamento —le replicó Philip.

—Ahora, iré a buscar a tu mujer. Dispones de cinco horas antes de que salga el sol. Cuando llegue el momento, podrás vestir de nuevo la túnica.

Amair se acercó a un lado de la tienda y cortó la tela con su cuchillo. Se arrastró hacia el interior y un momento después apareció con Christina en brazos. La depositó al lado de Philip y fue a buscar el caballo.

Amair ayudó a Philip a montar en *Victory* y después depositó a Christina delante del jinete.

—¿Podrás cabalgar?

—Tendré que hacerlo —dijo Philip.

Amair llevó al caballo hasta la salida del campamento dormido.

—Jeque Abu, te deseo una vida larga y fecunda. Alá sea contigo.

—Adiós, amigo mío. Te debo la vida —murmuró Philip.

Obligó a *Victory* a marchar al trote e inició el camino de regreso.

Cada movimiento del caballo provocaba agudos dolores en Philip; pero, después de un rato, el ungüento comenzó a aliviarlo. Aunque pareciera extraño, no podía odiar a Alí Hejaz. Compadecía a ese hombre que había vivido tantos años dominado por el odio.

Philip agradecía a Dios estar aún vivo. Pronto curaría y había recuperado a Christina. Sí, tenía muchas cosas que agradecer.

Si Christina llegaba a amarlo, Philip se sentiría el hombre más feliz de la tierra. Pero no podía obligarla. Si ahora él le declaraba su amor, ella reaccionaría burlonamente. No; debía conquistar poco a poco el afecto de la muchacha. Ahora que la había recuperado tenía que mostrarse paciente con ella.

Christina comenzó a despertar lentamente, y de pronto comprendió que cabalgaba en un caballo que avanzaba al trote.

Ya era día. Alcanzó a ver el cuello del caballo y, en frente, el desierto. Recordaba un campamento en el desierto, una comida, que había bebido un poco de vino; pero nada más. ¿Cómo había llegado a este caballo? ¿Adónde la llevaban ahora?

Necesitaba escapar. Tenía que regresar con Philip. Christina pasó la pierna sobre el cuello del caballo y cayó a la arena. El hombre gimió cuando ella le aplicó un vigoroso empujón; pero a Christina eso no le importó. Se incorporó rápidamente y echó a correr.

—¡Christina!

Christina se detuvo. No podía creerlo. Philip había venido a buscarla y la llevaba de regreso a casa. La muchacha pronunció el nombre de Philip y se volvió en redondo.

—¡Oh, Dios mío! —contuvo una exclamación cuando vio el rostro de Philip lleno de ampollas.

—Es precisamente lo que dije la primera vez que te vi, pero ahora no perdamos tiempo en explicaciones. Por favor, sube otra vez al caballo. Tina, necesitamos llegar a casa cuanto antes.

—Pero Philip, tu cara...

—Imagino qué aspecto tiene —la interrumpió Philip—. ¿Pero, todavía no has visto tu propia cara? Ninguno de nosotros está... digamos reconocible; pero curaremos. Vamos, Tina.

Christina consiguió montar sin ayuda delante de Philip. Estaba confundida y preocupada. ¿Cómo había llegado a quemarse de ese modo? Por lo menos, ahora estaban reunidos, y por eso se sentía agradecida.

Una hora después entraron en el campamento y fueron recibidos por un grupo de rostros sorprendidos e impresionados. Ayudaron a desmontar a Christina y a Philip. Amine se adelantó llorando y abrazó tiernamente a Christina.

—Creí que habíais muerto... todos lo creíamos. Y, al no regresar el jeque Abu, supusimos que lo habían matado cuando intentó salvarte. Pero tu cara... Oh, Christina, ¿te duele? ¿Cómo sucedió? —preguntó Amine. Asió fuertemente las manos de Christina—. Y el jeque Abu, ¡qué horribles quemaduras!

—Me golpeó un árabe de una tribu del desierto y me llevaron a su campamento. Pero no sé por qué lo hicieron. Es todo lo que puedo recordar. Ni siquiera sé cómo me salvó Philip, ni por qué está tan quemado. —Volvió los ojos hacia su amiga—. Amine, siento mucho lo de Ahmad.

—Ahmad curará, pero ahora debo ayudar a Maidi a cuidar del jeque Abu.

—¡Ahmad vive! —exclamó complacida Christina.

—Sí, dentro de pocos días estará bien. Una costilla detuvo la bala y la herida está curando perfectamente. Ahora iré a buscar a Maidi.

—Por supuesto. Después hablaremos —dijo Christina.

También ella entró en la tienda.

Cuando ella entró en el dormitorio, Syed estaba desnudando a Philip. Christina se detuvo cuando vio las quemaduras.

—Oh, Philip, ¿también el pecho? —exclamó.

—Me temo que sí, Tina. Pero no temas. No es tan grave como parece. Más o menos una semana y ya no habrá dolor y comenzaré a cambiar la piel. No pienso permanecer toda la vida como un hombre de dos colores.

—¡Oh, Philip! ¿Cómo puedes bromear con esto? —Se acercó y le examinó atentamente el pecho y los brazos. Frunció el ceño cuando vio la horrible piel rojo oscura—. ¿Te duele mucho? ¿Cómo fue? —preguntó.

—Cálmate, querida. No tienes por qué preocuparte. Yo soy la persona ofendida.

Philip gimió cuando con movimientos lentos, comenzó a recostarse en la cama.

—Pero, Philip, ¿cómo ha podido suceder? —preguntó de nuevo Christina, completamente desconcertada.

—Tina, es una historia bastante larga, y tengo la garganta tan dolorida que no deseo contarla ahora. Estoy cansado, dolorido y hambriento como un lobo. ¿Por qué no tratas de conseguir un poco de alimento?

—¡Oh, maldito seas! —explotó Christina y salió de la tienda.

Amine estaba junto al fuego, llenando dos cuencos con un guiso de delicioso aroma. Christina se acercó enfurecida.

—¡Es insoportable! No quiere responder a mis preguntas. ¡Solamente quiere comer! —gritó Christina.

—Christina, el jeque Abu seguramente sufre mucho. Y no desea que tú sepas que está grave.

—Tienes razón. Está sufriendo y yo pienso únicamente en mí misma. Se necesitó esta pesadilla para que yo comprendiese cuánto lo amo.

—Es evidente que te profesa mucho afecto —dijo Amine—. Ten paciencia, Christina. Cuando haya descansado te relatará todo lo que ocurrió. Ahora ambos necesitáis comer. Ven conmigo.

—Tienes razón. Me parece que llevo varios días sin comer.

—Estuviste fuera del campamento tres días con sus noches.

—¡Tres días! Pero, ¿cómo es posible? —dijo Christina—. ¿Cómo puedo haberme ausentado tanto tiempo?

—El jeque Abu seguramente podrá explicarlo. Todos deseamos saber lo que ocurrió. Pero ahora ven; tienes que comer.

Christina no pudo oponerse a la invitación y volvió a la tienda con Amine. Ésta llevó el alimento de Philip al dormitorio, donde Maidi continuaba curándolo, y después se marchó.

«Me siento tan avergonzada —pensó Christina mientras devoraba el guiso—. Philip debe de sufrir muchísimo, y yo pretendo explicaciones cuando él no está en condiciones de ofrecerlas. Tengo que olvidar eso y ocuparme de que él se cure. Me lo dirá cuando se sienta mejor... ¿o no? No le agrada responder a las preguntas. Bien, ahora tendrá que hablar. ¡Este asunto también me concieme a mí!»

Christina había olvidado sus propias heridas y los golpes recibidos. Tenía los ojos y las mejillas aún hinchados y doloridos, pero eso no la molestaba para comer o para hablar.

Su túnica era un desastre... estaba completamente cubierta de tierra. Se sentía pegajosa, pero ¿cómo podía bañarse cuando Philip estaba obligado a permanecer acostado? Era muy peligroso ir sola. Cuando ella terminó de comer, Syed entró en la tienda trayendo en cada mano un cubo de agua.

—El jeque Abu ordenó que te trajese agua. Dijo que durante unos días tendrás que lavarte así —dijo Syed mientras depositaba en el suelo los cubos.

Era evidente que la misión no le agradaba y Christina sintió deseos de reír, pero no lo hizo.

—Gracias, Syed. Eres muy amable.

Maidi salió del dormitorio y al fin Christina quedó sola en la tienda con Philip. Decidió lavarse en el dormitorio. Alguien podía entrar en la tienda y verla desnuda, pero por otra parte ella deseaba estar cerca de Philip. Se acercó al gabinete para retirar toallas y jabón, y después llevó los cubos a la habitación contigua.

—Philip, ¿duermes? —preguntó.

—No.

—Deseo bañarme aquí, donde estoy más protegida; pero si te molesto, me iré.

—No me molesta. En realidad, deseaba que te lavases aquí. Más aún, deseaba verte cuanto antes.

—¡Oh, qué hombre! —replicó ella, enojada.

Pero cuando vio la grasa que en una espesa capa le cubría la mitad superior del cuerpo, se echó a reír.

—¿Qué demonios te parece tan divertido? —preguntó él.

—Disculpa —rió Christina—. Pero tienes un aire tan ridículo. ¿Aún no te has visto en un espejo?

—No, no me he visto... ¿y tú?

—¿Qué quieres decir? —preguntó Christina.

—Sugiero que mires tu propia imagen en un espejo antes de reírte de la mía.

Christina se apoderó del espejo y contuvo una exclamación cuando vio su propio rostro.

—¡Oh, Dios mío... ésta no soy yo! ¡Qué rostro tan horrible! ¡Me agradaría pegar con un látigo al bastardo que me golpeó!

—Caramba, Tina... ¿es necesario que uses un lenguaje tan grosero? No creo que sea propio de una dama.

—¡Propio de una dama! Mírame la cara, Philip. ¿Este rostro hinchado y lastimado es la cara de una dama? No se golpea a las damas; pero a mí me castigaron.

—Y ahora que pienso en eso, además de que no hablas como una dama, con esa túnica y esos pantalones tampoco lo pareces —sonrió Philip.

—Philip, estás exagerando. Antes de insultarme por mi apariencia, ¿por qué no miras un poco la tuya? —replicó la joven con expresión altiva, mientras le entregaba el espejo—. Ahora, dime quién de los dos tiene peor aspecto.

—Tienes razón, querida. Esta vez tú ganas. ¿Por qué no te lavas? Así podremos terminar esta ridícula discusión y descansar un poco.

—Lo que tú digas, amo. Pero puesto que ya no parezco una dama, no veo motivo para comportarme como si lo fuera.

Se desató la túnica y la dejó caer al suelo. Con movimientos lentos se quitó las demás prendas.

—¿Qué demonios significa lo que acabas de decir? —preguntó Philip.

—Oh... nada —sonrió Christina, y comenzó a frotarse el cuerpo de la cabeza a los pies. Sabía que Philip la miraba, y por extraño que pareciera, eso no la molestaba en lo más mínimo. Antes la avergonzaba desvestirse frente a Philip, pero ahora le agradaba el efecto que tenía en él la contemplación de su cuerpo.

—Christina, quizá sea mejor que te laves en la habitación contigua.

Él parecía fastidiado y Christina adivinó la razón.

—Pero, ¿por qué, Philip? —replicó con aire inocente—. Casi he terminado, y de todos modos, si te molesta mirarme, puedes cerrar los ojos.

Christina oyó gemir a Philip, y de pronto se irritó consigo misma; no estaba bien burlarse de Philip. Un mes, e incluso una semana atrás, le habría agradado ensañarse con Philip. Pero ahora deseaba únicamente que él se curase. Deseaba sentir nuevamente la fuerza de sus, brazos.

Después de secarse, Christina se soltó los cabellos, y los peinó un poco antes de acercarse a la cama.

—Christina, espera. Creo que será mejor que yo duerma unos días en el diván... hasta que este maldito dolor desaparezca.

Ella pareció ofendida un momento, pero después su rostro mostró una expresión decidida.

—No harás nada por el estilo. Yo seré quien duerma en el diván. No tiene sentido que te muevas después de haber hallado una postura cómoda.

Se acercó al arcón y retiró una de las túnicas que usaba para dormir.

—Christina, no permitiré que duermas sola en esa habitación.

—No estás en condiciones de discutir conmigo. —Se puso la túnica y la aseguró a la cintura, y después comenzó a subirse las largas mangas—. Ahora, cálmate, y descansa bien. Te veré por la mañana.

—¿En serio?

Christina se volvió y lo miró con expresión afectuosa.

—¿Eso es lo que te molesta... la posibilidad de que huya durante la noche? Qué vergüenza, Philip. No estaría bien que yo me fugara ahora, justo cuando tú no puedes moverte. Además, no confío en tu condenado desierto. Te doy mi palabra de que estaré aquí por la mañana.

—¿Tu palabra tiene valor?

—¡Oh, eres insoportable! Tendrás que esperar hasta mañana para descubrir la respuesta a tu pregunta. Y ahora, buenas noches.

Dicho esto, salió del dormitorio y se acostó en el diván solitario. Bien, por lo menos era cómodo. No, no deseaba dormir allí; hubiese querido dormir en la cama, con Philip. Pero por supuesto, él tenía razón. Podía tocarlo durante la noche y lastimarlo, y ella no deseaba que eso ocurriera. Quería que él mejorase cuanto antes.

Ahora que sabía que amaba a Philip todo era distinto. Ya no podía rechazarlo o negarle nada. Pero, ¿cómo podía explicar su cambio de actitud sin hablarle de su amor? Tal vez él creyera que Christina estaba agradecida porque la había salvado. Sí, era posible que creyese eso. O quizá simplemente no supiese a qué atenerse.

Pero ya que habla cedido, ¿qué ocurriría si Philip se cansaba de ella en vista de que al fin se había impuesto? No... Philip no era así. Seguramente la querría un poco, porque de lo contrario no habría acudido a salvarla. Christina no soportaría que ahora él la rechazara. Ni siquiera le importaba el matrimonio. Sólo deseaba permanecer con Philip.

Quizá tuvieran hijos. Eso los uniría más. Un niño... ¡un hijo! Así todo se arreglaría, pues Philip no podría alejar de su lado a la madre de su hijo. ¡La vida podría ser tan maravillosa!

18

A Christina le parecía que hacía una eternidad que estaba corriendo. Los kilómetros se sucedían interminables, pero ella no llegaba a ninguna parte. Sólo alcanzaba a ver arena... arena por doquier y un sol implacable que la golpeaba. Pero detrás estaba la muerte y ella no tenía modo de huir. Las piernas le dolían terriblemente, y le parecía que se habían desprendido de su cuerpo. El pecho le dolía cada vez que respiraba, pero la muerte continuaba persiguiéndola. Tenía que correr más velozmente... ¡escapar de allí! Oyó que la muerte pronunciaba su nombre. Miró hacia atrás, y el miedo la dominó, porque ésta se acercaba más y más. El cuerpo se le cubrió de sudor a causa del miedo. Volvió a oír su nombre, pero Christina continuó corriendo y rogando que un milagro la salvase. Ahora la voz de un hombre era cada vez más estridente e insistía en pronunciar el nombre de Christina. Ella volvió a mirar hacia atrás. Dios mío, ya estaba encima, y extendía las manos; y de pronto, ella vio su rostro. Era ese individuo horrible que la había golpeado, y ahora quería matarla. ¡Philip! ¿Dónde estás?

—¡Christina!

Christina se incorporó bruscamente en el diván, los ojos asustados muy abiertos. Pero se serenó cuando vio el ambiente conocido de la tienda.

Sonrió. Había sido un sueño... un sueño estúpido. Se

enjugó la transpiración de la frente. Maldición, hoy hará mucho calor.

—Qué estúpido fui. No debí confiar en ella.

Christina se preguntó con quién estada hablando Philip. Se levantó de prisa y entró en el dormitorio. Cuando abrió las cortinas vio a Philip sentado sobre el borde de la cama, tratando de ponerse los pantalones.

—Philip, ¿qué demonios estás haciendo? Aún no debes levantarte —lo reprendió Christina. Paseó la mirada por la habitación, pero no vio a nadie—. ¿Y con quién estabas hablando?

Philip la miró, en el rostro una expresión sorprendida, que un segundo después se convirtió en irritación.

—¿Dónde demonios estabas?

—¿Qué?

—¿Dónde estabas, maldita sea? Hace diez minutos que estoy llamándote. ¿Dónde estabas? —gritó.

—De modo que hace un momento no hablabas solo. Bien, eres un estúpido si no puedes tenerme ni siquiera un poco de confianza. Estaba en el diván, durmiendo. Te dije que no me iría y mi palabra vale tanto como la tuya.

—Entonces, ¿por qué no me has contestado?

—Philip, tuve una pesadilla. Soñé que ese hombre que me golpeó me perseguía a través del desierto. El sueño era tan vívido... pensé que él pronunciaba mi nombre. Cuando desperté, oí que tú estabas murmurando.

—Está bien, lamento haber pensado mal.

Philip se levantó de la cama y trató de calzarse los pantalones.

—Philip, no deberías levantarte —se apresuró a decir Christina cuando vio la expresión dolorida en el rostro de él.

—Tina, permaneceré acostado, pero en esta tienda hace demasiado calor. Y la decencia exige que me vista.

Christina se acercó y le ayudó a ponerse los pantalones, y después lo obligó a recostarse nuevamente.

—Philip, ¿puedo traerte comida?

—Por eso te llamaba. Tengo mucho apetito.

Christina comenzó a salir de la habitación y de pronto se volvió.

—Después que te haya traído la comida, ¿me dirás cómo te quemaste?

—Ahora te diré una sola cosa. No necesitas tener pesadillas con ese hombre... está muerto.

—¡Muerto! —exclamó Christina—. ¿Cómo?

—Yo lo maté.

—¡Philip! ¿Por qué tuviste que matarlo? ¿Por mí?

—¡Suponía que deseabas verlo muerto!

—Hubiera sido necesario castigarlo con un látigo, no asesinarlo.

Christina experimentó una sensación de náusea... Philip había matado a un hombre por ella.

—Ese hombre también hirió a Ahmad, y yo prometí a Syed que pagaría por lo que había hecho. Ahora no me complace haberlo muerto, pero de todos modos lo habrían ejecutado por desobedecer órdenes. Esperaba su muerte cuando llegué al campamento. Por lo menos conmigo tuvo una oportunidad... los dos estábamos armados.

—Pero, ¿por qué has tenido que hacerlo tú?

—¡Maldita sea, Tina! Cuando vi cómo te había castigado, me dominó la cólera. Y cuando descubrí que era el mismo hombre que había herido a Ahmad... tuve que hacerlo. De todos modos, ese individuo habría muerto a manos de sus propios tribeños. Además, y a me habían dicho que yo moriría de muerte lenta, de modo que si ese hombre vencía hubiera podido ahorrarme la tortura.

—¿Por qué tenías que morir? ¿Quizá por eso estás quemado... querían quemarte vivo?

—Sí.

—¿Por qué?

—Tina, como dije anoche es una historia bastante larga. Por favor, ¿puedo comer antes de hablar?

Ella asintió sin decir más, y salió de la habitación.

Pero no tuvo que abandonar la tienda, porque sobre la mesa la esperaba una bandeja con alimentos. Christina sonrió: Esa Amine, siempre se adelanta a mis pensamientos. Christina llevó la comida al dormitorio, e insistió en alimentar personalmente a Philip. Sabía que el movimiento mismo de los brazos lo hacía sufrir.

También ella comió, y esperó a que él se hubiera saciado antes de decir palabra. Era necesario responder a muchas preguntas. ¿Por qué querían matar a Philip?

Cuando terminaron de comer, Christina retiró la bandeja, volvió y se puso una falda y una blusa. Philip la miró sin decir palabra. Cuando terminó, se sentó en la cama, al lado de Philip.

—¿Estás dispuesto ahora? —preguntó la joven.

Philip le relató la historia completa. Al principio ella reaccionó con cólera... sobre todo cuando supo que la habían usado para atraer a Philip a su propia destrucción. Pero después compadeció a Hejaz, que había vivido todos esos años dominado por el odio. Quizás era mejor que ella hubiese pasado esos días en el sueño provocado por drogas. No hubiera podido soportar el espectáculo del sufrimiento de Philip.

Cuando él le relató cómo había escapado, Christina agradeció a Dios que Amair hubiese tenido valor para ayudarlo. Philip le había mencionado la angustia y el dolor que había soportado bajo el sol ardiente. Había una dificultad: No podía agradecer a Philip que la hubiese salvado. Eso hubiera equivalido a reconocer que prefería estar con él; en efecto, sus secuestradores la hubiesen devuelto a John, y ahora ella no se atrevía a decirle cuánto lo amaba, puesto que él no le devolvía ese sentimiento.

Christina miró tiernamente a Philip. Cuánto había sufrido para salvarla. Sintió que tenía cierta esperanza... ¡Quizá la amase!

—Philip, ¿por qué viniste a buscarme? —preguntó.

—Eres mía, Tina. Nadie me quita lo mío.

A Christina se le endureció el rostro. Se apartó de la cama y con pasos lentos salió de la habitación. Eso era lo que significaba para él. Una propiedad que podía usar hasta que se cansara; pero no permitía que nadie se la quitara. Había sido una estúpida. ¿Qué esperaba que dijese... que había venido a buscarla porque la amaba? ¿Que no podía soportar la idea de perderla?

De pronto, se detuvo. No tenía derecho a enojarse ante la respuesta de Philip. Pretendía demasiado. Por lo menos, Philip había dicho que ella era suya, y eso era lo que Christina deseaba ser. Sólo necesitaba tiempo... tiempo para conseguir que él la amase, tiempo para darle un hijo que los uniese.

Christina necesitaba algo que apartase su mente de Philip. Se acercó al gabinete y tomó uno de los libros que él le había traído; después se sentó en su lecho provisional y comenzó a leer.

Unos minutos después Rashid entró en la tienda. Cuando vio a Christina, en su rostro se dibujó la sorpresa. Christina se mostró igualmente sorprendida, porque desde la advertencia de Philip su hermano Rashid no entraba directamente en la tienda.

—¿Qué... haces aquí? —preguntó Rashid después de un silencio extrañamente prolongado.

—Vivo aquí... ¿acaso podría estar en otro sitio? —dijo ella riendo.

—Pero tú... ¿Cómo llegaste?

—¿Qué te pasa, Rashid? ¿Nadie te explicó lo que ha ocurrido? Me secuestraron, y tu tío casi mató a Philip; pero consiguió escapar y me trajo de regreso. Creí que lo sabías.

—¿Está aquí?

—Por supuesto. Rashid, tu conducta es extraña. ¿Te sientes bien?

—¡Rashid! —llamó Philip desde el dormitorio.

—Ahí lo tienes —dijo Christina, que tenía la extraña sensación de que Rashid no le creía—. Será mejor que entres, porque él no puede caminar.

—¿Qué le pasa?

—Tiene graves quemaduras, de modo que será mejor que permanezca un tiempo en cama —replicó Christina.

Tras vacilar un momento, Rashid entró en el dormitorio. Christina lo siguió y se sentó en la cama, al lado de Philip.

—¿Dónde has estado, Rashid? —preguntó serenamente Philip.

—Bien... he explorado el desierto, buscando a Christina. Regresé la noche que se la llevaron, y Syed me relató lo que había ocurrido.

—¿Y Christina no te explicó nuestra aventura?

—Habló de mi tío.

—Dime una cosa, Rashid. ¿Sabías del odio de tu tío a nuestro padre?

—Sí, pero mi tío es un anciano. No creí que intentara hacer algo al respecto —contestó Rashid, un tanto nervioso.

—Cuando dijiste a Alí Hejaz que nuestro padre había fallecido, él volcó sobre mí su odio.

—No lo sabía —murmuró Rashid.

—Como resultado de tu charla imprudente, usaron a Christina para atraerme al campamento de tu tío. La golpeó un hombre de su tribu y tu tío casi consiguió matarme. —Philip hizo una pausa y miró fijamente a Rashid—. En el futuro te agradeceré que evites mencionar mi nombre o nada que tenga que ver conmigo a tu tío... o para el caso, a nadie. Si llegara a ocurrir algo que perturba mi vida como resultado de tus comentarios, lo tomaré a mal. ¿Está claro?

—Sí —contestó nerviosamente Rashid.

—Ahora, puedes marcharte. Necesito descansar.

Christina observó a Rashid mientras éste salía de la habitación, y después se volvió a mirar a Philip.

—¿No crees que te has mostrado demasiado duro con él? En realidad, no tiene la culpa de nada de lo que ocurrió.

—¡Siempre tienes que defender a Rashid! La culpa puede corresponder a muchos... a Amair, que me liberó, pero comenzó por secuestrarme; al padre de Amair, que aceptó el plan; a Hejaz, que me odia; y a Rashid, que suministró la información. Que la culpa recaiga sobre uno y otros, mientras no se repita el episodio. ¿No estás de acuerdo, Tina?

—Sí —sonrió sumisamente Christina.

—Bien, no hablemos más de esto. Ahora, ¿quieres tener la bondad de traerme dos odres de vino? Cuando me haya vencido el sopor del alcohol, me harás el favor de quitarme esta condenada grasa.

—Pero la necesitas para calmar el dolor.

—Necesito varias cosas, pero esta grasa no es una de ellas. El dolor ya no es tan intenso, pero la grasa me molesta mucho.

—Oh, está bien; puedo quitártela ahora, si lo deseas —propuso ella con aire de inocencia.

—¡No! Primero beberé el vino. El dolor se ha atenuado, pero no ha desaparecido.

—Sí, amo, lo que tú digas —se burló ella, y salió de la habitación.

«Bien —pensó—, por lo menos su actitud está mejorando.»

19

Habían pasado diez días desde que Philip llevó a Christina al campamento. Diez días de sufrimiento, quejas y frustraciones. Diez noches miserables en su lecho solitario. El dolor ya había desaparecido por completo, y quedaba a lo sumo una piel parda que comenzaría a caer pocos días después. Abrigaba la esperanza de que muy pronto recuperase su aspecto anterior. Y aquella noche... trataría de que Christina volviese a compartir el lecho con él. Aquella noche volvería a tenerla, después de esperar tanto tiempo.

Philip se sentía como un niño que espera la Nochebuena. De hecho, faltaban pocos días para Navidad. Pero aquella noche él recibiría su regalo y era difícil soportar la espera. Hubiera podido poseer a Christina aquella misma mañana, pero deseaba hacer las cosas bien, de modo que ella no tuviese excusas.

Philip había reanudado su vida rutinaria e incluso había llevado al baño a Christina. Contemplar a la joven en el estanque había sido una prueba suprema para la fuerza de voluntad de Philip. Pero ya había llegado la noche.

Christina se hallaba acurrucada en el diván, frente a Philip. Cosía una túnica para el pequeño Syed y casi había terminado; pero su mente estaba distraída. Se preguntaba qué le ocurría a Philip. Él ya se sentía bien, pero ella continuaba durmiendo en el diván. Una idea ingrata comenzaba a agobiarla... ¿qué ocurriría si él ya no la quería más?

Pronto sabría a qué atenerse, porque había decidido que esa noche dormiría en la misma cama que Philip.

—Philip, voy a acostarme —dijo.

Se puso de pie y entró en el dormitorio, como había hecho las últimas diez noches... para desnudarse y ponerse la túnica de Philip con la cual dormía. Pero esta noche no pensaba usar la túnica, ni regresar al cuarto contiguo.

Cuando Christina se quitó la blusa y la depositó sobre el arcón que guardaba sus ropas, sintió una corriente de aire; se habían abierto las cortinas. Pero no se volvió. Comenzó a desatarse los cabellos. Lo hizo con movimientos lentos porque los dedos le temblaban nerviosos.

Era el momento que ella había esperado. Sabía que Philip estaba en la habitación, pero ignoraba que haría. Quizás él se acostara... sin pedirle nada o se acercase a ella. ¡Oh, Dios mío, ojalá viniese!

De pronto, Christina sintió detrás la presencia masculina. Se volvió lentamente para mirarlo, los ojos dulces y amantes, y los de Philip dominados por un anhelo intenso.

—Christina.

Ella se acercó a Philip y le rodeó el cuello con los brazos, y acercó sus labios a los del hombre. Los brazos de Philip la oprimieron estrechamente. Cuando la depositó sobre la cama, ella se preguntó si jamás volvería a ser tan feliz.

Después de hacer el amor, Christina descansó con la cabeza apoyada en el hombro de Philip. Con los dedos dibujó pequeños círculos sobre el vello de su pecho. Ahora estaba segura de una cosa... Philip todavía la deseaba. Y mientras la deseara, no la obligaría a alejarse.

Se sentía demasiado feliz para dormir, y le pareció sorprendente no sentirse culpable después de haberse entregado sin resistencia a Philip. Pero, ¿por qué sentirse culpable de su propia entrega? Lo amaba y era muy natural que deseara hacerlo feliz. Deseaba entregarse por completo al hombre a quien amaba. Y era un goce más que cuando ella se entregaba a Philip él a su vez le ofreciera el mayor placer concebible.

Y de todos modos, ¿qué era el matrimonio? Nada más que un contrato firmado que podía mostrarse a la civilización. Bien, ella no estaba viviendo precisamente en un mundo civilizado y lo que importaba era lo que sentía. ¡Al demonio con el mundo civilizado! No estaba aquí para condenarla, y ella no pensaba regresar a él. Pero tenía que pensar en John.

—Philip, ¿estás despierto?

—¿Cómo puedo dormir si estás acariciándome? —replicó él con buen humor.

Christina se sentó en la cama y lo miró.

—Philip, ¿puedo escribir a mi hermano para decirle que estoy bien?

—¿Esto te haría feliz? —preguntó.

—Sí.

—Entonces, escríbele. Ordenaré a Saadi que entregue tu carta; pero no digas a tu hermano dónde estás. No me agradaría que todo el ejército británico apareciese en la montaña.

—¡Oh, Philip, gracias! —exclamó, y se inclinó y lo besó tiernamente.

Pero Philip la rodeó con los brazos y no le permitió apartarse.

—Si hubiese sabido qué resultados obtendría, te habría permitido antes escribir a tu hermano —dijo sonriendo.

Rodó en la cama con Christina en los brazos, y ninguno de los dos pudo pensar ya en otra cosa.

A la mañana siguiente, Christina despertó consciente de que tenía ante sí una tarea urgente. Después recordó que había pensado en escribir a John. Entusiasmada comenzó a levantarse. Y entonces sintió la mano de Philip que descansaba perezosa entre sus pechos y una excitación diferente la apresó.

Philip continuaba durmiendo y no había nada tan importante que la indujese a apartarse de su lado. Christina pensó en la posibilidad de despertarlo, pero entonces los ojos de Philip se abrieron lentamente y él le sonrió.

—Pensé que ya estarías escribiendo tu carta —dijo somnoliento y la mano se movió un poco, aferrando el seno firme y redondo.

—Dormías con tanta serenidad que no quise molestarte —mintió ella—. ¿Tienes apetito?

—Sólo de ti, querida.

Philip sonrió y puso los labios en el otro pecho, y una oleada de fuego recorrió el cuerpo de Christina.

—No quisiera negar alimento a un hombre hambriento —murmuró ella, y lo abrazó mientras él estrechaba su cuerpo.

Después, Amine pidió permiso para entrar; en ese mismo instante, Christina y Philip salían del dormitorio. Cuando Amine entró con el desayuno y vio la alegría en el rostro de Christina, se sintió muy feliz por su amiga.

—Creo que será un hermoso día —observó alegremente Amine, mientras depositaba sobre la mesa la bandeja.

—Si, un bello día —suspiró satisfecha Christina, sentándose en el diván. Se sonrojó profundamente cuando vio que Philip la miraba con aire inquisitivo, pues ella aún no había salido de la tienda y no podía tener idea del tipo de día que era—. Ah... ¿cómo está el pequeño Syed? —preguntó, tratando de ocultar su embarazo.

—Muy bien —dijo Amine, a quien la pregunta no engañó—. Ahora va a todas partes con su padre, y Syed se alegra de tenerlo consigo.

—También yo me alegro —replicó Christina, que había conseguido recuperar el aplomo—. Así tiene que ser. Oh... casi he terminado la túnica del pequeño Syed. Se la llevaré después.

—Eres muy amable, Christina —Amine sonrió tímidamente. Nunca había tenido una amiga como Christina, que se mostraba tan bondadosa y le dedicaba mucho tiempo. La quería mucho, y habría hecho cualquier cosa por ella—. Te veré más tarde.

Durante todo el desayuno Philip miró fijamente a Christina, y ésta se sintió nerviosa y embarazada. Cuando terminaron de comer, él se decidió a hablar.

—Antes de regresar a Inglaterra solía escribir a Paul, y en mi armario encontrarás los útiles necesarios para escribir. Iré a decir a Saadi lo que tiene que hacer y después regresaré.

Apenas Philip abandonó la tienda, Christina entró en el dormitorio. La colmaba de felicidad la idea de volver a comunicarse con John y decirle que estaba bien. Encontró la caja que contenía los útiles de escribir, y regresó a la habitación principal. Se sentó y, a los pocos minutos, comenzó la carta.

> Querido hermano:
>
> Perdóname, John, por no haberte escrito antes, pero hace poco tuve la idea de hacerlo. Comenzaré diciéndote que me siento perfectamente bien, tanto de cuerpo como de espíritu, y que soy muy feliz.
>
> Probablemente creíste que había muerto, porque han pasado tres meses. Lamento haber provocado tu angustia, pero deseaba que pensaras así. Al prin-

cipio no sabía qué sería de mí, de modo que era mejor que tú no supieras que yo vivía. Pero ahora todo ha cambiado.

No pienses mal de mí cuando sepas que estoy viviendo con un hombre. No deseo decirte quién es, porque eso no importa. Lo que importa es que lo amo y deseo continuar con él. No estamos casados, pero tampoco eso importa. Mientras yo sepa que él me desea, me sentiré feliz.

El hombre a quien amo es el mismo que me separó de ti y al principio lo odié. Pero la convivencia diaria convirtió lentamente el odio en amor. Ni siquiera sabía que había ocurrido este cambio hasta que hace dos semanas él casi me perdió. Pero después he aprendido que deseo continuar siempre con él. No sé si me ama o no, pero espero que a medida que pase el tiempo llegue a quererme.

Quizás en el futuro se case conmigo, pero aunque no lo haga permaneceré con él hasta que ya no me desee. Te diría dónde estoy, pero él no quiere. En el fondo de mi corazón sé que un día volveré a verte. Hasta ese momento, te ruego no te preocupes por mí. Me siento feliz aquí y no necesito nada.

John, te ruego que no me juzgues con dureza porque no pueda evitar lo que mi corazón siente por este hombre. Haría lo que fuera por él. Por favor, compréndeme y perdóname si te hice sufrir. Sabes que no lo habría hecho intencionadamente. Me deseaba y me tomó. Y como dice él, es la costumbre de este país, y ahora yo lo amo y lo deseo más que a nada. Trata de comprender mi situación.

Te quiere
CRISSY

Christina cerró la carta. Lo que había escrito la satisfacía, pero no podía permitir que Philip viese la carta. Se preparó para salir de la tienda y buscar a Saadi, y en ese momento entró Philip.

—Querida, si has terminado tu carta la entregaré a Saadi. Espera afuera.

—No —dijo ella con voz un tanto tensa—. Yo se la daré.

Philip la miró con expresión interrogante.

—No le habrás explicado a tu hermano dónde estás, ¿verdad?

—Philip, me pediste que no lo hiciera, y no lo hice. Te doy mi palabra. Si no confías ahora en mí, jamás lo harás.

—Está bien. Puedes entregar la carta a Saadi —dijo él, y le dio paso.

Saadi esperaba montado en su caballo. Christina le entregó la carta y murmuró:

—Ve con Dios.

Él le dirigió una tímida sonrisa, los ojos colmados de admiración, después espoleó al caballo y comenzó a descender la ladera de la montaña. Christina lo miró hasta que desapareció de la vista. Después, se volvió hacia Philip, que estaba a su lado, y apoyó la mano nerviosa en el brazo del hombre.

—De nuevo gracias, Philip. Me siento mucho mejor ahora que John sabrá que estoy bien.

—Querida, ¿eso no justifica otro beso?

—Sí, lo justifica —replicó ella.

Y le rodeó el cuello con los brazos y obligó a Philip a bajar la cara para acercarla a sus propios labios.

20

Christina estaba acurrucada en el diván y contemplaba distraída la taza agrietada que tenía en las manos y que contenía el té de la mañana. Trataba desesperadamente de recordar qué le había dicho Philip aquella mañana antes de salir. Había sido muy temprano y ella estaba tan fatigada a causa de la noche pasada, que no se había despertado del todo para escucharlo.

Había dicho algo acerca de la firma de un acuerdo con el jeque Yamaid Alhabbal, con el fin de asegurar que las dos tribus no disputaran por el agua que compartían. Seguramente se proponía concertar un encuentro de las tribus, con objeto de celebrar la renovada amistad de los dos grupos. Se ausentaría todo el día y quizá también la noche.

Todo parecía tan impreciso a Christina que se preguntó si no lo habría soñado. Pero, si había sido un sueño, ¿dónde estaba Philip? No lo había visto en la cama cuando logró despertar por completo. Y Amine le dijo después que lo había visto conversando con Rashid a primera hora de la mañana, junto al corral, y que luego Philip había salido del campamento a caballo.

De pronto Christina se sintió muy sola. Philip nunca se había ausentado un día entero... con la única excepción de la vez que la habían secuestrado. Era bastante temprano y ya ella lo echaba de menos. ¿Qué demonios podía hacer durante todo el día?

Quizás hubiera olvidado leer alguno de los libros de la colección que le había traído Philip. Se acercó al gabinete donde guardaba los libros y comenzó a repasarlos. Pero, antes de que pudiese terminar el examen, Rashid pidió permiso para entrar.

Christina se incorporó y se alisó la falda antes de que el árabe entrase. Comenzó a sonreír, contenta de que hubiese venido alguien con quien charlar un rato; pero no lo hizo cuando vio la expresión grave en el rostro de Rashid.

—¿De qué se trata, Rashid? ¿Qué ha ocurrido? —le preguntó con voz premiosa.

—Christina, tengo algo para ti. De parte de Abu.

Corrió hacia Rashid y con un movimiento nervioso recibió el pedazo de papel que él le entregó. Pero temía abrirlo. ¿Por qué estaba tan nervioso Rashid? ¿Por qué le había dejado una nota Philip? Pero estaba adoptando una actitud tonta. Probablemente era una sorpresa, o quizá una disculpa porque esa mañana la había abandonado tan bruscamente, cuando todavía estaba medio dormida.

Christina se acercó al diván y se sentó con la nota en la mano. Con movimientos lentos desplegó el papel y comenzó a leer:

> Christina:
>
> He pedido a Rashid que te lleve de regreso con tu hermano. No creí que pudiera ocurrir esto, pero los fuegos se han apagado y no tiene sentido que continuemos. Te devuelvo tu libertad, que es lo que siempre deseaste. Quiero que te marches antes de que yo regrese. Será mejor así.
>
> PHILIP

Christina movió lentamente la cabeza, mirando incrédula la nota. No... ¡No era cierto! Tenía que tratarse de una especie de broma cruel. Pero, ¿por qué se sentía tan mal? Ni siquiera tenía conciencia de las lágrimas que comenzaban a brotarle en los ojos, pero notaba un nudo sofocante en la garganta y una opresión en el pecho. Tenía las manos frías y pegajosas cuando arrugó el pedazo de papel y lo convirtió en una menuda bola.

—Dios mío, ¿porqué... por qué tiene que hacerme esto? —murmuró con voz ronca.

Las lágrimas fluyeron libremente por sus mejillas y las uñas se le hundieron profundamente en la palma de la mano cuando apretó el pedazo de papel que había destruido su vida. Pero no sentía nada, sólo la angustia que la consumía.

Rashid permanecía frente a ella y apoyó suavemente la mano en el hombro de la joven.

—Christina, debemos partir ahora.

—¿Qué?

Christina lo miró como si ni siquiera supiese quién era. Pero poco a poco se recobró, y de pronto sintió que odiaba intensamente a Philip. ¿Cómo podía despedirla así, tan cruelmente?

—¡No! —exclamó, con la voz cargada de emoción—. No me marcho. No me arrojarán como si fuese una camisa vieja. Aquí me quedaré y hablaremos. Que me diga personalmente que no desea verme. No le facilitaré las cosas.

Rashid la miró, sorprendido.

—Pero creí que deseabas volver con tu hermano. Tú misma me dijiste que las cosas no marchaban bien entre tú y Abu.

—Pero eso fue hace mucho tiempo. Después, todo cambió. Rashid, lo amo.

—¿No se lo dijiste?

—No —murmuró Christina—. ¿Cómo podía decírselo si no sabía cuáles eran sus sentimientos? Pero ahora sé a qué atenerme.

—Lo siento, Christina. Pero no puedes quedarte aquí. Me ordenó que salieras antes de su regreso.

—Bien, no me iré. Que me diga en la cara que ya no me desea.

Rashid parecía desesperado.

—¡Christina, tenemos que partir! No quería decírtelo, pero tú me obligas. Abu ya no te desea. Quiere alejarte y casarse con Nura apenas regrese.

—¿Te lo dijo así?

—Sí —dijo Rashid con voz neutra y los ojos bajos.

—¿Cuándo?

—Esta mañana... antes de partir. Pero lo ha mencionado otras veces. Era sabido que se casaría con Nura. Ahora, partamos de una vez. Te ayudaré a reunir las cosas.

No tenía sentido prolongar la tortura. Christina pasó al dormitorio y abrió las cortinas. Deseaba mirar por última vez la habitación donde había pasado tantas noches felices. ¿Por qué tenía que sentir así... por qué se había enamorado de Philip? Si hubiese continuado odiándolo, ahora se habría considerado la mujer más feliz del mundo. En cambio, tenía la impresión de que su vida había terminado.

Después, recordó que no podía cabalgar en el desierto tal como vestía ahora. Se acercó al arcón que guardaba todas sus ropas, retiró la túnica de terciopelo negro y la *kufiyah*, y se vistió de prisa.

No deseaba llevar consigo nada, excepto las ropas que vestía... ni siquiera la peineta tachonada de rubíes. Recordó su sorpresa cuando Philip se la regaló en Navidad. La arrojó sobre la cama porque no deseaba nada que le recordase a Philip. Pero cuando vio el espejo que Rashid le había regalado, Christina pensó en Amine. Lo recogió y salió del dormitorio.

—Christina, debemos reunir tus cosas.

La joven se volvió para mirar a Rashid.

—No llevaré nada que haya regalado Philip. Deseo únicamente despedirme de Amine... y entregarle esto —dijo Christina, mostrando el espejo—. No quiero nada que me recuerde este sitio. Pero Amine fue una buena amiga y deseo regalarle algo. Me comprendes, ¿verdad?

—Sí.

Después de dirigir una mirada al cuarto principal, Christina salió con paso rápido. Se detuvo frente la tienda de Amine y llamó. Pocos momentos después, la joven árabe salió a recibirla y Christina se echó a llorar de nuevo.

—¿Qué ocurre? —preguntó Amine, que corrió a abrazar a su amiga.

Christina tomó la mano de Amine y depositó en ella el espejo.

—Quiero regalarte esto. Recuerda que te amo como a una hermana. Me marcho y vengo a despedirme.

—¿Adónde vas? ¿Regresarás pronto? —le preguntó Amine, pero en realidad ya había adivinado que jamás volvería a ver a su amiga.

—Regreso con mi hermano y no volveré. Te echaré de menos, Amine. Has sido una buena amiga.

—Pero, ¿por qué, Christina?

—Eso no importa. No puedo permanecer más tiempo aquí. Despídeme de Syed y sus hermanos y diles que les deseo felicidad. Besa por mí al pequeño Syed y al niño. Yo lloraría demasiado si los besara. —Sonrió débilmente a Amine y después la abrazó—. A menudo pensaré en ti. Adiós.

Christina corrió al corral, donde Rashid esperaba con

los caballos. El árabe la ayudó a montar a *Cuervo* y ambos salieron del campamento. Cuando habían descendido parte de la ladera, Christina se detuvo y volvió los ojos hacia el campamento. A través de las lágrimas vio la figura de Amine, de pie en la cima de la colina, agitando la mano en la que sostenía el espejo.

Después, Christina clavó los talones en los flancos de *Cuervo*, e inició una carrera desenfrenada. Rashid la llamaba a gritos, pero ella no se detenía. Deseaba morir. Sentía que ya no le quedaba nada por lo cual vivir. Si moría en la montaña de Philip tal vez él se sintiera culpable el resto de su vida. Pero, ¿por qué tenía que decirle que no podía vivir sin él? Si ya no la deseaba, no podía considerarse culpable a Philip. Y ella continuaba amándolo. Abrigaba la esperanza de que fuera feliz con Nura, si era aquello lo que él deseaba.

Christina obligó a *Cuervo* a marchar más lentamente. Pensaría en otro modo de acabar con su propia vida. Pero tenía que esperar, de modo que Philip no se enterase. Pensó en Margiana, y en que se había suicidado a causa de Yasir. Ahora Christina comprendía cabalmente la angustia y el sufrimiento que una mujer podía sentir.

El calor del desierto era abrumador, pero Christina no lo sentía. Estaba tan agobiada por el sufrimiento que en ella no había lugar para otra cosa. No podía entender por qué le había ocurrido aquello.

La noche llegó, pasó y volvió a salir el sol, pero Christina no podía hallar paz.

Las preguntas la atormentaban. Se devanaba los sesos para hallar respuestas, pero no encontraba ninguna. ¿Por qué... por qué no la deseaba ya? Era la misma que cuatro meses atrás. Su apariencia era la misma... sólo sus sentimientos habían cambiado. ¿Por qué Philip le había hecho aquello?

¿Quizá porque ella había cedido? ¿Él la había apartado porque ya no le ofrecía resistencia? Pero eso no era justo... además, no podía ser la razón, porque en este caso la habría despedido un mes antes.

¿Y qué podía decir de este último mes? Todo había sido tan hermoso... tan maravilloso y perfecto por donde se lo mirase. Philip había parecido un hombre feliz y satisfecho, exactamente lo mismo que podía decirse de ella. Había pasado más tiempo con Christina. Juntos habían salido a cabalgar todos los días. Él le había hablado de su propio pasado y le había revelado muchas cosas de sí mismo. Entonces, ¿qué significaba aquello? ¿Por qué había cambiado? ¿Por qué? ¿Por qué?

Los interrogantes no le permitían dormir. Permaneció despierta durante el calor del día, descansando y dándole vueltas y más vueltas al mismo pensamiento, sin poder hallar la paz. Aceptó el pan y el agua que Rashid le ofreció y comió mecánicamente, pero su mente no le permitía descansar volvía una y otra vez a los mismos interrogantes, tratando desesperadamente de hallar una solución. Volvió a caer la tarde; Rashid y Christina continuaron viaje.

21

«Condenación; amenaza otro día pejagoso», pensó irritado John Wakefield sentado frente a su escritorio mientras revisaba la correspondencia de la mañana. Era invierno. No hacía tanto calor como los primeros tiempos de estar en este país horrible, pero aquella última semana sin lluvia había traído días calurosos y húmedos. El maldito tiempo comenzaba a irritarlo.

Por lo menos, se le ofrecía la perspectiva de ver aquella noche a Kareen Hendricks. La dulce y bella Kareen. John agradeció a su buena suerte que lo había inducido a aceptar la invitación de William Dowson para ir a la ópera; si hubiera rehusado ir no habría podido conocer a Kareen.

Un escalofrió recorrió el cuerpo de John cuando recordó el infierno que había soportado durante los primeros tres meses en Egipto. Pero todo había cambiado después de recibir la carta de Crissy... y también su suerte había variado.

Unos golpes en la puerta de John interrumpieron sus pensamientos.

—¿Qué hay? —rezongó John.

Se abrió la puerta y el sargento Towneson entró en el invernadero sofocante que era el despacho de John. Era un hombre apuesto, que doblaría la edad de John, de cabellos rojizos y espeso bigote del mismo rojo intenso.

—Teniente, fuera un árabe quiere hablar con usted. Dice que es un asunto importante —explicó.

—¿No es lo mismo que dicen todos? Entiendo que estamos aquí para mantener la paz, pero ¿esa gente no podría acudir a otros con sus mezquinas disputas?

—Así debería ser, señor. Estos malditos egipcios no entienden que estamos aquí sobre todo para evitar que vengan los franceses. ¿Le traigo a este hombre?

—Imagino que no hay otra alternativa, sargento. Maldita sea... me alegraré cuando pueda salir de este país.

—Lo mismo digo, señor —dijo el sargento Towneson, saliendo en busca del árabe.

Un momento después John oyó cerrarse suavemente la puerta y, alzó los ojos, vio a un árabe desusadamente alto que se acercaba al escritorio. El joven era el árabe más alto que John hubiese visto jamás, más alto incluso que el propio John Wakefield.

—¿Usted es John Wakefield? —preguntó el joven deteniéndose frente al escritorio de John.

—Teniente Wakefield —lo corrigió John—. ¿Puedo preguntar su nombre?

—Mi nombre no importa. He venido a buscar la recompensa que usted prometió por la devolución de su hermana.

«Otro que viene con la misma música de siempre —pensó John—. ¿A cuántos hombres codiciosos y oportunistas, ladrones sin escrúpulos, tendré que soportar todavía?» Había perdido la cuenta de las muchas personas que lo habían visto y afirmado que tenían informes... datos falsos con los cuales pretendían obtener la recompensa. La mayoría esquivaba el bulto cuando John les decía que primero tendría que comprobar la información. De este modo había realizado muchas búsquedas infructuosas en la ciudad y el desierto.

Incluso después de recibir la carta de Crissy, entregada por un joven árabe que había huido inmediatamente, John no había renunciado a la búsqueda. Deseaba creer que ella era feliz donde estaba, pero tenía que comprobarlo con absoluta certeza. Después de todo, habría podido ser una mentira. Quizá la habían obligado a escribir esa nota. Le habría agradado poner las manos sobre el hombre que había secuestrado a Crissy, y que la tenía por amante en lugar de casarse con ella. ¡John obligaría al rufián a desposarla!

—¿No desea recuperar a su hermana?

—Disculpe —dijo John—. Me he distraído. ¿Sabe dónde está mi hermana?

—Sí.

—¿Y puede llevarme hasta ella?

—Sí.

Este hombre era diferente. No vacilaba en sus respuestas como habían hecho los otros. John entrevió una luz de esperanza.

—¿Cómo sé que me dice la verdad? Me han engañado muchas veces.

—¿Puedo formularle una pregunta?

—Por supuesto.

—¿Cómo sé que me dará el dinero cuando lo reúna con su hermana.

—Una buena pregunta —dijo John con expresión sombría. Abrió el último cajón de su escritorio y retiró un saquito muy pesado—. Preparé este dinero el día que secuestraron a Christina. Puede contarlo si lo desea, pero le aseguro que la suma total prometida está aquí y que será suya si dice la verdad. El dinero no me importa. Simplemente deseo recuperar a Christina. —John se interrumpió y estudió el rostro del joven—. Dígame... ¿cómo sabe dónde está mi hermana?

—Estuvo viviendo en mi campamento.

John se puso de pie tan velozmente que la silla cayó al suelo.

—¿Usted es el hombre que la secuestró?

—No —replicó sencillamente el joven, sin intimidarse ante la mirada colérica de John.

John se calmó cuando vio que no tendría que luchar.

—¿A qué distancia está su campamento?

—No tendremos que ir allí.

—¿Entonces?

—Su hermana está fuera.

—¿Fuera?

—Hemos viajado muchos días. Duerme sobre su caballo. Puede verla desde la ventana.

John corrió hacia la ventana que daba a la calle. Después de un momento, se volvió hacia el árabe, y en su rostro curtido se veía la cólera.

—¡Usted miente! Allí veo sólo a un joven árabe inclinado sobre un caballo. ¿Qué pretendía obtener con este truco?

—Ah, qué escépticos son los ingleses. ¿Suponía que su hermana vestiría de acuerdo con los usos de su país? Estuvo viviendo con mi gente y viste como ella. Si sale, comprobará la verdad de mis palabras —replicó el árabe, y dio media vuelta abandonando la habitación.

«Es demasiado sencillo para ser una trampa», pensó John. Lo único que necesitaba hacer era salir y comprobar personalmente la verdad. ¿Qué esperaba? John recogió el saquito de dinero y siguió al árabe. Tenía que ser verdad.

Fuera, en la calle quemada por el sol, John corrió hacia los dos caballos atados frente al edificio. Se detuvo al lado del oscuro corcel árabe, montado por una figura ataviada con una túnica negra cubierta de polvo. Si se trataba de otra mentira, temía ser incapaz de controlarse; haría pedazos al joven que esperaba a su lado.

Para saberlo, bastaría con retirar la *kufiyah* oscura que le cubría el rostro y comprobarlo. Así de sencillo.

En ese momento el caballo se movió y la figura dormida comenzó a caer muy lentamente. John la recibió en los brazos. Al hacerlo, la *kufiyah* cayó hacia atrás y reveló un rostro sucio y surcado por las lágrimas, un rostro que él habría identificado en cualquier rincón del mundo.

—¡Crissy! ¡Oh, Dios mío... Crissy!

Christina abrió los ojos un momento y murmuró el nombre de John, inclinando la cabeza, y apoyándola luego contra el hombro de su hermano.

—Como le he dicho, pasó dos días con sus noches sin descansar. Sólo necesita dormir.

John se volvió para mirar al joven que le había devuelto a su hermana.

—Le debo una disculpa por haber dudado de su palabra. Estaré eternamente agradecido por lo que hizo. Tome el dinero. Es suyo.

—Gracias. Me siento más que feliz de haberle prestado este servicio. Ahora me marcharé, pero cuando Christina despierte dígale que le deseo todo el bien que se merece.

Recogió las riendas del caballo negro, montó en su propio corcel y se alejó por la calle.

John miró a Christina que dormía pacíficamente en sus brazos. Pensó: ¡gracias, Dios mío! Por favor, ayúdame a compensar a Christina por lo que ha sufrido.

John entró con Christina en el edificio. Se sentó en una silla frente al escritorio del sargento Towneson, sosteniendo tiernamente en brazos a su hermana.

—¡Teniente! ¿Se desmayó en la calle? Será mejor

que la deje en la silla. El polvo de la túnica está ensuciándole el uniforme.

—Déjese de tonterías, sargento. No haré nada por el estilo. Pero le diré lo que usted tiene que hacer. Primero, ordene que acerquen mi carruaje a la puerta principal. Después, informe al coronel Bigley que no volveré hoy.

—¿No volverá? ¿Y si el coronel pregunta la razón?

—Dígale que he encontrado a mi hermana, y que la llevo a mi casa. ¿Podrá arreglarse solo, sargento?

—Sí, señor. ¿Pero no querrá decir que esta joven es su hermana?

El sargento lamentó haber formulado la pregunta cuando vio el frío resplandor en los ojos del teniente Wakefield.

—Sargento, diga que traigan inmediatamente mi carruaje. ¡Es una orden!

John llegó a su casa cerca del mediodía. Consiguió abrir la puerta de su departamento sin despertar a Christina, pero cuando se dirigía al dormitorio, su ama de llaves, la señora Greene, le salió al paso.

—John Wakefield, ¿qué demonios hace a mediodía en esta casa? ¿Y qué trae usted? —preguntó la mujer con expresión de reproche.

—A mi hermana.

—¿Su hermana? —La señora Greene se mostró impresionada—. ¿Quiere decir que esta es la jovencita que usted estuvo buscando día y noche? Bien, ¿por qué no lo dijo antes? No se quede ahí, inmóvil; lleve a su hermana al dormitorio.

—Es lo que estaba haciendo cuando usted me interrumpió, señora Greene —dijo John.

Entró en la habitación que contenía todas las pertenencias de Christina y depositó suavemente a su hermana en la cama.

—¿Está herida? ¿Cómo la halló?

—Necesita dormir un poco, eso es todo —dijo John. Miró afectuosamente a Christina—. Tal vez usted pueda quitarle la túnica, para que se sienta más cómoda; pero no la despierte.

—Bien, si no quiere que despierte será mejor que me ayude. John vio que la mano de Christina ocultaba un pedazo de papel arrugado. Consiguió soltarlo, y lo puso sobre la mesita de noche junto a la cama. Después, con la ayuda de su ama de llaves, despojó a Christina de la túnica y las pantuflas. Christina abrió los ojos una vez, pero los cerró de nuevo y continuó durmiendo.

La señora Greene y John salieron de la habitación, y él cerró discretamente la puerta. Fue al gabinete de licores del salón, se sirvió una abundante dosis de whisky y se desplomó en su sillón favorito.

—Señor, ¿qué hago con todo esto? ¿Lo envío al cubo de los residuos? —preguntó la señora Greene, que tenía en las manos las ropas sucias de Christina.

John miró a la matronil señora Greene, de pie en el umbral.

—Por el momento deje a un lado esas ropas. Christina decidirá.

John deseaba volver cuanto antes a Inglaterra con Christina. Egipto había provocado en ambos nada más que sufrimientos; pero ahora que Crissy había regresado, volverían a ser felices.

Hubiera deseado saber por qué Christina se había separado del hombre a quien decía amar. Había escrito que continuaría con él hasta que ya no la deseara más. ¿Se trataba de eso? El bastardo la había secuestrado, la había usado y después abandonado para cobrar el dinero de la recompensa. Crissy había dicho que lo amaba. ¡Sin duda ahora sufría mucho!

John bebió el último sorbo de whisky, se levantó y, después de cruzar el pequeño comedor, entró en la cocina igualmente reducida. Encontró a la señora Greene inclinada sobre el horno.

—Señora Greene —dijo—, tendré que salir aproximadamente una hora. No creo que mi hermana despierte. Pero si lo hace, dígale que he ido a anular una cita, pero que regresaré muy pronto. Y atienda todas sus necesidades.

—¿Y su almuerzo?

—Comeré a mi regreso —dijo John, tomando una manzana de una fuente de frutas sobre el armario—. No tardaré mucho.

No estaba lejos de la vivienda del mayor Hendricks, y John confiaba en que hallaría en casa a Kareen, pues deseaba cancelar personalmente la cita concertada para esa misma noche.

Kareen era un año menor que John y estaba realizando una corta visita a su tío, el mayor Hendricks. Vivía en Inglaterra, y su madre tenía sangre española. Pero John nada más sabía de ella... si se exceptuaba el hecho de que la joven lo atraía intensamente.

Kareen parecía española, con sus sedosos cabellos negros y sus ojos oscuros. Tenía el cuerpo delgado, pero perfectamente redondeado en los lugares apropiados. John había ansiado que llegase la noche para volver a verla; pero ahora tenía que posponer la salida. Abrigaba la esperanza de que Kareen lo entendiese.

Llamó a la puerta del modesto apartamento del mayor Hendricks. Después de unos instantes, aparecía una joven que le sonreía alegremente. John la miró atónito, porque esa muchacha parecía tener a lo sumo dieciséis o diecisiete años, y al mismo tiempo...

—¿Kareen?

La joven se rió de la confusión de John.

—Teniente, ocurre a menudo. Soy Estelle, la hermana de Kareen. ¿Quiere pasar?

—Ignoraba que tenía una hermana —dijo John, entrando en el vestíbulo—. Se parecen muchísimo.

—Ya lo sé... como mellizas. Pero Kareen tiene cinco años más que yo. Mi padre siempre dice que Kareen y yo somos la viva imagen de nuestra madre cuando era joven. Mamá todavía es una hermosa mujer, de modo que es agradable saber lo que seremos en el futuro. —Sonrió dulcemente y ofreció a John una mirada seductora—. Perdóneme. Todos dicen que hablo demasiado. ¿Desea ver a Kareen, teniente...?

—John Wakefreld —dijo él con una breve reverencia—. Sí, deseo hablar con ella si es posible.

—Creo que podrá. Está descansando en su habitación. Este tiempo tan caluroso... todavía no estamos acostumbradas... sí, es agotador. De modo que usted es John Wakefield —dijo la joven, que lo examinó de la cabeza a los pies—. Kareen habló mucho de usted, y veo que no ha exagerado nada.

—Señorita Estelle, usted es muy franca.

—Creo que una persona debe decir lo que piensa.

—Eso a veces trae dificultades —observó amablemente John.

—Sí, lo sé. Pero me agrada impresionar a la gente. Aunque no puedo decir que a usted lo haya impresionado. Seguramente está acostumbrado a los cumplidos de las damas —continuó, mostrando en su rostro una expresión de picardía.

—No exactamente. Suelo ofrecer cumplidos... no recibirlos —dijo John riendo.

—Habla como un verdadero caballero. Pero, ya estoy charlando otra vez. Si espera en el salón, iré a decir a Kareen que usted está aquí.

—Gracias, y le aseguro señorita Estelle que ha sido un placer conocerla.

—Puedo decir lo mismo de usted teniente Wakefield. Pero estoy segura de que volveremos a vemos —agregó, y desapareció por el corredor.

Después de unos minutos, Kareen apareció en la puerta, tan bella como él la recordaba después de la última vez.

—Creí que mi hermana bromeaba cuando aseguró que usted había venido —dijo—. A veces se burla de mí. Teniente Wakefield, ¿por qué ha venido tan temprano?

—Kareen... sé que es la segunda vez que nos vemos, pero, ¿querría llamarme John? —pidió él, tratando de formular el pedido del modo más seductor posible.

—Muy bien, John —sonrió Kareen—. ¿Por qué has venido?

—No sé cómo explicarlo exactamente —empezó a decir John, que evitó los ojos inquisitivos de la joven. Se acercó a la ventana abierta y miró hacia la calle, las manos unidas a la espalda—. Kareen, hace apenas un mes que estás aquí, pero ya sabes de la desaparición de mi hermana.

—Sí, mi tío me habló del asunto cuando dije que te había conocido —dijo la joven.

—Christina fue raptada en su habitación nuestra primera noche en El Cairo. Ella y yo estábamos muy unidos. La busqué por todas partes y casi enloquecí por la preocupación. Y bien, me la devolvieron hoy... esta mañana.

—John... ¡qué maravilloso! Me alegro por ti. ¿Está bien?

John se volvió para mirarla y comprobó que, en efecto, Kareen se alegraba de la ocurrido.

—Está muy bien, pero aún no he podido hablar con

ella. Ha cabalgado casi una semana entera y ahora descansa. Quería explicarte la situación porque necesito que comprendas por qué no iré contigo esta noche a la ópera. Tengo que estar en casa cuando despierte Crissy.

—Lo comprendo perfectamente y te agradezco la explicación. ¿Puedo prestar ayuda?

—Eres muy amable, Kareen. Quizá dentro de unos días puedas visitarla. No sé si podrá adaptarse nuevamente a la vida del hogar. Sólo ruego a Dios que sea capaz de olvidar sus terribles experiencias.

—John, estoy segura de que con el tiempo todo se arreglará —replicó Kareen.

—Yo espero lo mismo.

Christina había dormido doce horas. Era casi medianoche y John continuaba paseándose impaciente por el salón. Necesitaba averiguar muchas cosas. No quería apremiarla apenas despertase, pero tenía que obtener algunas respuestas. ¿Era la misma persona o esos cuatro meses la habían cambiado?

John se acercó a la puerta y la abrió discretamente. Pero Crissy continuaba hecha un ovillo con la cabeza apoyada en una mano. John entró en la habitación y se detuvo frente a la cama, observándola exactamente como había hecho muchas veces durante la noche.

No estaba más delgada y parecía estar sana, aunque se la veía sucia. Vestía una falda y una blusa del estilo que era típico en la gente del desierto. Pero las prendas habían sido confeccionadas con un fino terciopelo verde, y tenían los bordes adornados con encaje. Tenía todo el aspecto de una princesa árabe.

Crissy ya había dicho en su carta que no necesitaba nada. Probablemente ese hombre la había cuidado bien.

Por eso mismo la situación era todavía más desconcertante; en efecto, John se preguntaba cómo era posible que la hubiera liberado tras haberla poseído. Christina poseía una belleza tan peculiar. En ella había algo diferente —asombroso y al mismo tiempo indescriptible—, algo que la distinguía de todas las mujeres a quienes uno solía considerar bellas.

De pronto, Christina abrió los ojos y parpadeó varias veces; sin duda se preguntaba dónde estaba.

—Tranquilízate, Crissy —dijo John. Se sentó en el borde de la cama—. Estás de nuevo en casa.

Ella lo miró con los ojos llenos de lágrimas y un instante después se abrazaba a él como si quisiera salvar su vida.

—¡John! Oh, Johnny... abrázame. Dime que fue sólo un sueño... que jamás ocurrió en realidad —sollozó Christina.

—Lo siento, Crissy, pero no puedo decirte eso... ojalá pudiese —replicó John, abrazándola fuertemente—. Pero todo se arreglará... ya lo verás.

La dejó que llorase, sin decir más. Cuando ella se calmó, John la apartó y retiró de las mejillas húmedas los cabellos apelmazados.

—¿Te sientes mejor ahora?

—En realidad, no. —Christina sonrió débilmente.

—¿Por qué no te lavas la cara mientras te traigo algo de comer? Después, podremos hablar.

—Lo que realmente desearía es sumergirme en agua caliente horas enteras. Los últimos cuatro meses tuve únicamente baños fríos.

—Eso tendrá que esperar un poco. Primero, conversaremos.

—Oh, John, no quiero hablar de eso... sólo deseo olvidar.

—Comprendo, Crissy, pero necesito saber ciertas cosas. Sería mejor que hablásemos ahora, y después podremos olvidar el asunto.

—Muy bien, quizá tengas razón. —Bajó de la cama y paseó la mirada por la habitación—. Dame un minuto para...

Se interrumpió bruscamente cuando vio el pedazo de papel arrugado que John había depositado horas antes sobre la mesa de luz.

—¿Cómo llegó aquí ese papel? —Su voz trasuntaba irritación.

—Crissy, ¿qué te ocurre? Lo he retirado de tu mano antes de acostarte.

—Pero creí que lo había arrojado... —Se volvió hacia su hermano, el ceño fruncido—. ¿Lo has leído?

—No. ¿Por qué estás tan nerviosa?

—Podría decirte que es mi nota de despido —dijo Christina como de pasada, aunque sus ojos tenían una expresión colérica—. Pero no importa. ¿Me traerás de comer?

Después de la cena, John sirvió dos copas de jerez y entregó una a Christina, instalada en el comedor. Se sentó frente a ella, con las piernas extendidas bajo la mesa, y estudió el rostro de su hermana.

—¿Todavía lo amas? —preguntó John.

—No... ¡ahora lo odio! —se apresuró a decir Christina con los ojos fijos en la copa de licor.

—Pero hace apenas un mes...

Ella miró a John, en los ojos una luz peligrosa.

—Eso fue antes de que descubriese que era un hombre cruel y egoísta.

—¿Por eso lo has abandonado?

—¿Abandonarlo? ¡Él me expulsó! Me escribió esa nota donde dice que ya no me desea, y que quiere que desaparezca antes de su regreso. Ni siquiera me lo dijo personalmente.

—¿Por eso lo odias ahora... porque te apartó de su lado?

—¡Sí! Nada le importa de mi persona o de mis sentimientos. Creí que lo amaba, y abrigaba la esperanza de que él llegaría a amarme. Pero ahora comprendo que fui muy estúpida. ¡Ni siquiera le importó la posibilidad de que yo estuviese embarazada!

—¡Oh, Dios mío, Crissy... ese hombre te violó!

—¿Qué me violó? No... en realidad, nunca lo hizo. Creí que te había aclarado eso, John, en la carta que te envié. Creí que decía claramente que yo me había entregado a él. Por eso te pedía perdón.

—Creo que no he podido aceptarlo. No quise creerlo. Pero Crissy, si él no te violó... ¿quiere decir que te entregaste a él desde el comienzo?

—¡Me resistí! —exclamó ella, indignada, tratando de defenderse—. Me resistí con todas mis fuerzas.

—Entonces, ¿te violó?

Christina inclinó la cabeza, avergonzada.

—No, John, nunca necesitó llegar a eso. Mostró paciencia... se tomó su tiempo, y poco a poco despertó mi cuerpo. Por favor, entiende esto, John... yo lo odiaba, pero al mismo tiempo lo deseaba. Encendió en mí un fuego cuya existencia yo ignoraba. Me hizo mujer.

De nuevo se echó a llorar. John se sintió muy deprimido, porque le atribuía la culpa de algo que ella no había podido evitar. Pero, ¿por qué defendía a ese bastardo?

John se inclinó sobre la mesa, obligándola a levantar el rostro, y contempló los dulces ojos azules.

—Está bien. No eres culpable. Fue exactamente como si te hubiese violado.

—Luché y me resistí, pero la situación se repitió constantemente. Traté de huir, pero amenazó capturarme y castigarme si volvía a hacerlo. Al principio le temía mucho, pero a medida que pasó el tiempo me calmé un poco. Una vez lo apuñalé y sin embargo no me hizo nada. Luego una tribu me robó y él casi murió en el intento de libertarme. Entonces comprendí que lo quería, y después ya no me opuse. No podía resistirme al hombre a quien amaba. Si no puedes perdonarme por eso, lo siento mucho.

—Te perdono, Crissy, en el amor no hay reglas. Pero dijiste que ahora lo odias. ¿Por qué insistes en defenderlo?

—¡No lo defiendo!

—Entonces, dime su nombre, y así podré encontrarlo. Merece que lo castiguen por lo que te hizo.

—Su pueblo lo llama Abu.

—¿Y el apellido?

—Oh, John... qué importa. No quiero que lo castiguen.

—¡Maldita sea, Crissy! —gritó John, descargando un puñetazo sobre la mesa—. Te usó, y luego te devolvió para cobrar la recompensa.

—¿Recompensa?

—Sí. El hombre que te trajo pidió el dinero, y yo se lo di.

Christina se recostó en el asiento, una semisonrisa en los labios.

—Debí imaginar que Rashid procedería así. Se apodera del dinero donde puede encontrarlo. Abu probablemente nunca sabrá que Rashid recibió la recompensa. Y ésa no es la razón por la cual Phi... por la cual Abu me devolvió... Es el jeque de su tribu, y no necesita dinero. Incluso cierta vez lo vi rechazar un saquito lleno de joyas.

—Comenzaste a llamarlo de otro modo —dijo John, enarcando el ceño.

—Bien... tiene otro nombre, pero no es importante. —Se levantó para apurar su jerez—. John, ¿podremos olvidar el asunto? Deseo olvidarlo del modo más completo posible.

—¿Puedes llegar a eso, Christina? —Él la miró escéptico—. Todavía lo amas, ¿verdad?

—¡No! —gimió Christina, pero luego se mordió los labios, y las lágrimas volvieron a rodar por sus mejillas—. ¡Oh, Dios mío... sí! No puedo evitarlo. John, ¿por qué tuvo que hacerme esto? Lo amo tanto... que desearía morir.

John la abrazó fuertemente, consciente del sufrimiento de Christina. No podía soportar que sufriese de ese modo... y que se le destrozaba el corazón por un hombre que no merecía tanto amor.

—Crissy, llevará tiempo, pero lo olvidarás. Encontrarás un nuevo amor... alguien que te ofrezca el tipo de vida que tú mereces.

22

Habían pasado dos meses desde la separación. Christina se esforzaba desesperadamente para apartar de su recuerdo la imagen de Philip. Pero pensaba en él hora tras hora. Rogaba todos los días que cambiase de idea y viniese a buscarla. Pero no había noticias de Philip. Christina no conseguía dormir. Permanecía despierta toda la noche, deseándolo, anhelando el contacto de sus manos, extrañando el calor de su cuerpo en la cama.

Excepto a Kareen, Christina no había visto a nadie después de su regreso. Simpatizó con Kareen la primera vez que John la llevó al pequeño apartamento. Kareen no hizo preguntas y pronto las dos jóvenes fueron muy buenas amigas. Christina sabía que Kareen estaba enamorada de John, y se alegraba de que John correspondiese dicho sentimiento. Pasaban juntas muchos días y finalmente Christina lo contó todo a Kareen... es decir, todo menos el verdadero nombre de Philip.

Trataba de evitar que John conociera su desdicha, pero cuando estaba sola pasaba el tiempo recordando y llorando en su cuarto. No salía ni recibía visitas, y se amparaba en la excusa de que no se sentía bien... lo cual era cierto. En la ciudad hacía mucho más calor que en las montañas. Sufría a causa de la humedad agobiante y de la mediocre ventilación del pequeño departamento. A menudo se sentía aturdida y mareada.

Christina sabía que tenía que reanudar su vida, y por eso al fin aceptó recibir la visita de las esposas de algunos oficiales.

Al principio, charlaron cortésmente acerca del tiempo, la ópera, y el problema de la servidumbre. Pero después las cinco mujeres de edad madura comenzaron a hablar acerca de personas a quienes Christina no conocía... y que no le interesaban. Casi automáticamente, se aisló del ambiente y comenzó a pensar en Philip; pero volvió a prestar atención cuando oyó que pronunciaron su nombre.

—Como decía, señorita Wakefield, mi esposo fue uno de los hombres que ayudó a buscarla —dijo una mujer corpulenta.

—Otro tanto hizo mi James —intervino otra.

—Estábamos tan preocupados cuando vimos que era imposible hallarla... Pensamos que después de tanto tiempo ya habría muerto —agregó otra mujer que comía un delicado pastelillo.

—Y después usted apareció, sana y salva. Fue como un milagro.

—Díganos, señorita Wakefield, ¿cómo consiguió fugarse? —preguntó intencionadamente la mujer corpulenta.

Christina, incorporándose, se apartó; fijó los ojos en el borde de la chimenea. Estas mujeres sólo deseaban arrancar la información que después repetirían por toda la ciudad; en realidad, sólo deseaban tema para criticarla.

—Si no les importa, prefiero no comentar el asunto —dijo serenamente Christina, que se había vuelto otra vez hacia el grupo.

—Pero querida, todas somos sus amigas. Puede hablar con nosotras.

—Si me hubiese ocurrido lo mismo, me habría suicidado —observó con expresión altiva una de las damas.

—Lo mismo digo —replicó otra.

—Estoy segura de que ustedes atribuyen poco valor a su vida. Por mi parte, prefiero continuar viviendo —replicó fríamente Christina—. Ustedes dicen ser amigas... pero no son más que una pandilla de chismosas. No tengo la intención de decirles nada. ¡Y deseo que salgan inmediatamente de esta casa!

—¡Bien! Vean a la señorita pretenciosa. Venimos a ofrecerle nuestra simpatía, y se comporta como si estuviera orgullosa de lo que le ocurrió... orgullosa de ser la cautiva de un sucio árabe. Caramba... usted no es nada más que una...

—¡Fuera de aquí... todas! —gritó Christina.

—¡Ya nos vamos! Pero le diré una cosa, señorita Wakefield. ¡Ahora ya la han utilizado! Ningún hombre decente pensará en desposarla tras haberse acostado usted con un sucio árabe. ¡Recuerde lo que le digo!

Christina no habló a John del incidente cuando él regresó a casa. Pero él ya lo sabía.

—Crissy, has llorado por culpa de esas mujeres, ¿verdad? —dijo con voz cariñosa, mientras le sostenía el rostro entre las manos—. No debes tomarlas en serio. No son más que una pandilla de viejas celosas.

—Pero John, dijeron la verdad. Ningún hombre decente querrá casarse conmigo. ¡Soy una mujer sucia!

—Eso es ridículo y no quiero que hables así —la reprendió John—. Crissy, subestimas tu belleza. Cualquier hombre daría el brazo derecho para casarse contigo. ¿Acaso William Dawson no ha venido a verte una docena de veces? Si aceptaras salir y reanudar tu vida, ¡lloverían las propuestas! ¿Por qué no vienes esta noche a la ópera con Kareen y conmigo?

—No quiero interferir en tu salida con Kareen —replicó Christina con un hondo suspiro, mostrando en su rostro una expresión deprimida—. Tal vez lea un libro y me acueste temprano.

—Crissy... no puedo soportar el daño que tú misma te haces —dijo John—. A menudo, cuando vuelvo a casa, veo que tienes los ojos enrojecidos, exactamente como ahora. Intentas ocultarlo, pero sé que continúas llorando por ese hombre. ¡No vale la pena! ¡Dios mío, si pudiese ponerle las manos encima lo mataría!

—¡No digas eso, John! —gritó Christina. Le asió los brazos, hundiendo los dedos en ellos con fuerza—. ¡Jamás vuelvas a decir eso! Sí, me hizo sufrir, pero ese dolor era la carga que yo debo soportar. No es suya toda la culpa, porque jamás supo que yo lo amaba. Creyó que me otorgaba lo que yo más quería... la libertad. ¡Júrame que jamás tratarás de lastimarlo!

—Cálmate, Crissy —dijo John, conmovido por la explosión de Christina—. Probablemente jamás me cruzaré con ese hombre.

La voz de Christina tenía un acento de apremio y los ojos se le habían llenado de lágrimas.

—Pero tal vez un día lo encuentres. ¡Necesito que me des tu palabra de que no intentarás destruirlo!

John vaciló, la expresión de ruego en el rostro de su hermana. Jamás se cruzaría con aquel Abu, de modo que no tenía inconveniente en dar su palabra a Crissy, si de ese modo la hacía feliz. De pronto se le ocurrió una idea.

—Te daré mi palabra con una condición... que dejes de torturarte por ese hombre. Sal de casa y conoce a otras personas. ¡Y puedes comenzar viniendo conmigo a la ópera esta noche!

Una súbita serenidad se expresó en el rostro de Christina. Pareció calmarse y soltó los brazos de John.

—Muy bien, John, si de ese modo obtengo tu palabra. Pero todavía creo que lo pasarás mejor si prescindes de mí.

—Permíteme aplicar a eso mi propio criterio. —Volvió los ojos hacia el reloj de la repisa de la chimenea—. Tienes menos de una hora para prepararte. —Sonrió cuando vio el desaliento en el rostro de Christina. Era muy escaso tiempo para vestirse, sobre todo teniendo en cuenta que se trataba de su primera salida nocturna en seis meses—. Pediré a la señora Greene que te traiga agua caliente para el baño.

Christina corrió a su dormitorio. Eligió uno de los vestidos que había traído de Londres. Era una prenda de satén color oro viejo, con unos festones de encaje dorado aplicados a la falda y al corpiño. Eligió zafiros que hacían juego con sus ojos. Experimentaba cierta timidez ante la idea de enfrentarse a la sociedad a tan escasa distancia de su regreso. Pero desechó los temores mientras la señora Greene parloteaba alegremente acerca de la ópera y de lo acertado de que Christina hubiera decidido asistir.

Confirmando la predicción de John, menos de una hora después estaban en el carruaje y se dirigían a la casa de Kareen. Christina esperó en el vehículo, mientras John subía los pocos peldaños y llamaba con firmeza a la puerta de la casa pintada de blanco.

Un momento después, Kareen descendió los peldaños, del brazo de John. Se había puesto un vestido de terciopelo rojo damasco que contrastaba maravillosamente con sus sedosos cabellos negros, recogidos en un grueso rodete.

Christina contuvo una exclamación cuando vio la ancha peineta española con rubíes que llevaba Kareen en el rodete. Recordó la fugaz sonrisa de Philip el día que le regaló una peineta parecida. «Querida, fue una compra honesta. El mes pasado ordené a Syed vender uno de los caballos, y traer la mejor peineta que pudiese encontrar», había dicho Philip, y ella se había sentido complacida con el regalo. Deseó haber conservado la peineta en lugar de apresurarse a abandonar todo lo que podía recordarle la persona de Philip. No era posible que lo olvidase y algunas de las cosas que ella había abandonado evocaban recuerdos muy dulces. Bien, por lo menos aún tenía esa horrible nota y las ropas árabes que vestía el día que había recibido la misiva.

—Christina... se diría que estás a un millón de kilómetros de distancia. ¿Te sientes ben?

Kareen había hablado, y su rostro mostraba inquietud.

—Disculpa... me he distraído un momento —contestó Christina.

Kareen sonrió cálidamente.

—Me alegro mucho de que hayas aceptado acompañamos. Sé que te agradará la ópera.

Llegaron allí pocos minutos después y John las acompañó al interior del antiguo edificio. Cuando entraron, los nutridos grupos de hombres y mujeres que conversaban en el vestíbulo se volvieron para mirar sin recato a Christina y murmurar observaciones a sus acompañantes. Las mujeres le dirigieron miradas despectivas y después le volvieron la espalda. Pero los hombres sonrieron con lascivia y prácticamente la desnudaron con la mirada. Unos pocos jóvenes, que sin duda conocían a John y a Kareen, se adelantaron a saludar a Christina. Le ofrecieron amables cumplidos, pero los ojos de todos observaban audazmente el cuerpo de la joven; y ella replicó secamente a los halagos de los hombres.

—¡Señorita Wakefreld!

Christina se volvió bruscamente y vio acercarse a William Dawson, que lucía en el rostro una ancha sonrisa. Era exactamente como ella lo recordaba... un hombre curtido, de cuerpo atlético. Christina recordaba sus interesantes relatos, y en ese momento deseó haberlo recibido todas las veces que él había intentado visitarla.

—Ha pasado tanto tiempo... —le dijo Dawson, acercando los labios a la mano de Christina—. Y usted está tan hermosa como siempre. ¿Seguramente se ha recuperado por completo de su enfermedad?

—Sí. Yo... me convencieron de la conveniencia de volver de nuevo al mundo de los vivos —dijo Christina—. Me alegro de volver a verlo, señor Dawson.

—William —la corrigió él—. Christina, ya somos viejos amigos. Me ofende si no me llama William. ¿Tiene acompañante?

—Bien... vine con John y Kareen.

—Qué vergüenza, John, te reservas a las dos mujeres más bellas de El Cairo.

—Bien, creo que soy un poco egoísta cuando se trata de estas dos jóvenes —dijo John riendo.

Los ojos grises y afectuosos de William Dawson descansaron en Christina. Aún sostenía en su mano la de la joven.

—Sería el hombre más feliz de El Cairo si me permitiese acompañarla durante la representación, y quizá llevarla de regreso a su casa. Por supuesto, con el permiso de su hermano.

—Bien, yo... —Christina miró a John, como pidiendo ayuda, pero él le dirigió una mirada de advertencia que le recordó la promesa que le había formulado unas horas antes. Christina le sonrió levemente—. William, aceptaré complacida su ofrecimiento. Parece que ahora ya tengo mi propio acompañante... ¿no es así, Kareen?

Kareen asintió con simpatía.

—Sí, y un acompañante encantador.

Kareen sabía que Christina aún no estaba preparada para eso. Todavía demostraba claramente que tenía el corazón destrozado. Kareen se preguntó de qué modo había conseguido John que Christina consintiera en asistir a la ópera. Era bueno que Christina hubiese aceptado esa salida, pero aún no estaba en condiciones de intercambiar comentarios amables con un acompañante.

En el camino de regreso a casa, Christina escuchó distraída el relato de William acerca de cierta aventura en las llanuras de Texas. No recordaba nada de la ópera, salvo impresiones de vestidos de vivos colores y la música estrepitosa. Se distraía cada vez que veía la peineta clavada en los cabellos de Kareen. ¿No podía olvidar un solo momento a Philip?

—Christina, hemos llegado.

Se alegraba de haber permitido que Willliam la trajese a casa. John seguramente habría deseado estar un momento a solas con Kareen. Y la propia Christina podía ser una molestia.

—William, ¿aceptaría una copa de jerez? —propuso Christina, que se sentía culpable a causa de las muchas veces que había rehusado recibirlo.

—Confiaba en que me pediría exactamente eso.

Una vez dentro, Christina se acercó directamente al gabinete de los licores, pero William se acercó por detrás y la asió con las dos manos la cintura. Christina se apartó, él sirvió dos copas de jerez y luego se volvió para entregarle una.

—Desearía brindar por esta ocasión. Cuánto he soñado con este momento —murmuró William. Sus ojos acariciaron el busto que dejaba entrever el generoso escote.

—William, no creo que valga la pena brindar por nada —dijo Christina nerviosamente.

Christina se apartó y se sentó en el sillón favorito de John; quizá le ofreciera cierta protección. De pronto, recordó que la señora Greene había salido a visitar a algunos amigos y que probablemente dormiría fuera de la casa.

—Se equivoca, Christina —dijo William, que le tomó la mano y la obligó a ponerse de pie—. Ambos recordaremos siempre esta noche.

De pronto, la atrajo a sus brazos. Los labios de William buscaron los de Christina y los apretaron en un beso imperioso. Christina sintió asco y disgusto. ¿Cómo había llegado a esta situación? Apartó la boca, pero él continuaba abrazándola y estrechándola contra sí.

—William, por favor... déjeme.

Trató de hablar tranquilamente. Pero sabía que estaba sola con él y experimentó un sentimiento cada vez más intenso de pánico.

—¿Qué pasa, Christina? —La sostuvo a la distancia del brazo y sus ojos grises recorrieron atrevidos el cuerpo de la joven—. Conmigo no es necesario que representes el papel de la virgen tímida.

—Usted es demasiado audaz, William Dawson —replicó con frialdad Christina, que se soltó bruscamente del apretón de la mano de William—. No tiene derecho a tomarse conmigo estas libertades.

—No he comenzado a tomarme las libertades que están en mis planes.

William extendió las manos hacia Christina, pero ella corrió de modo que los separase el gran sillón.

—Debo pedirle que se marche —dijo Christina con expresión seca.

—¿De modo que esas tenemos, muñeca? Te cuidaré bien. No soy rico, pero ciertamente puedo permitirme tener una amante. Después de un tiempo, si eres buena, quizás incluso me case contigo.

—¡Usted debe de estar loco!

William se echó a reír. Christina podía ver el deseo sensual en su rostro. William apartó el sillón y avanzó con los brazos extendidos. Christina se volvió para huir, pero era demasiado tarde. William la agarró por la cintura y atrajo su cuerpo hacia sí. Su risa perversa enfureció a la muchacha. Las manos de William se posaban en los pechos y el vientre de la joven, mientras ella se debatía, tratando de liberarse.

—¿Te agrada con un poco de brutalidad? ¿Estás acostumbrada a eso, muñeca? Otro hombre importará poco después de tantos bandidos ante los cuales abriste las piernas. Dime... ¿cuántos fueron? Y cuál engendró el bastardo que llevas en el vientre? Estoy seguro de que el pequeño no se opondrá si yo saboreo las cosas de su mamá.

Christina se sintió como paralizada cuando oyó la última frase. Permaneció perfectamente inmóvil. Ni siquiera se atrevía a respirar, y las palabras continuaban resonando en sus oídos. *¡El bastardo que llevas en tu vientre... el bastardo!* ¡Un hijo!

—De modo que has decidido mostrarte razonable. Bien, te agradará tener un hombre de verdad después de toda la escoria a la que estás acostumbrada.

De pronto, Christina se echó a reír. Hacía mucho que no oía el sonido de su propia risa. William la obligó a volverse y la sacudió por los hombros.

—¿Qué demonios te parece tan divertido? —preguntó. Pero ella se rió histéricamente y las lágrimas comenzaron a correrle por las mejillas.

Y entonces, ambos oyeron el ruido del carruaje que se detenía frente al edificio.

—¡Perra! —murmuró enfurecido William y de un empujón la apartó.

—Sí —replicó ella alegremente—. Ciertamente, puedo ser una perra cuando la situación lo justifica.

—Aún no he terminado contigo... ya habrá otra ocasión —dijo William fríamente.

—Oh... lo dudo, William.

John entró en la habitación, y sus ojos se posaron primero en el rostro divertido de Christina y después en la expresión hostil de William. Durante unos instantes se preguntó qué había ocurrido, pero se abstuvo de indagar.

—¿Todavía aquí, William? Bien, es temprano... ¿quieres tomar una copa?

—Bien, yo...

—Oh, adelante, William —dijo burlonamente Christina. Confiaba en que William estuviera ardiendo de cólera—. De todos modos, voy a acostarme. Ha sido una velada muy extraña. No muy grata, pero instructiva. Buenas noches, John.

Se volvió y entró en su habitación. Cerró la puerta, apoyó el cuerpo contra ésta y aún pudo oír a los hombres que conversaban en la sala.

—¿Qué quiso decir con la última frase? —preguntó John.

—No tengo la más mínima idea.

Christina se apartó de la puerta y empezó a dar vueltas, girando sobre sí misma una y otra vez, hasta el cansancio, tal como sabía hacer cuando era niña. La falda se elevó en el aire y las horquillas salieron disparadas de la masa de cabellos, y ella continuó describiendo círculos hasta llegar a la cama. Se desplomó sobre el lecho, riendo de pura complacencia. Se tocó el vientre con ambas manos, buscando las pruebas de las palabras de William.

Percibió una prominencia muy pequeña... no era una prueba. ¿Quizá William sólo había supuesto que estaba embarazada por haber vivido cuatro meses con un hombre?

Christina saltó de la cama y con movimientos rápidos encendió la lámpara. Corrió hacia las ventanas que daban a la calle y cerró las cortinas. Después, se quitó el vestido y la combinación y se detuvo, completamente desnuda, frente al espejo de cuerpo entero que ocupaba un rincón de la habitación.

Examinó su propio cuerpo, pero no advirtió ningún cambio. Se volvió de lado y trató de sacar el vientre todo lo posible, que no era mucho, y después lo deprimió. Ahí estaba la prueba. Su estómago no se reducía como antes. Frunció el ceño; en realidad, podría tratarse simplemente de algunos kilos más y no de un hijo. Después de todo, su apetito había aumentado durante el último mes. Tenía que comprobar mejor de qué se trataba.

Apagó la luz, se acostó en la cama y cubrió su cuerpo desnudo con una manta liviana. Qué extraño. Ahora que podía usar el camisón, ya no lo deseaba. Estaba acostumbrada a dormir con Philip y a hacerlo completamente desnuda.

Pero si llevaba en su vientre el hijo de Philip, tenía que haber otros signos. De pronto sintió como si le hubiesen golpeado la cabeza con una maza. Disponía de todos los signos, pero los había desechado con diferentes excusas. Los mareos, las náuseas... había achacado todo aquello al tiempo. Dos veces había fallado la menstruación, pero ella había pensado que debía atribuirlo a su propia desdicha. Le había ocurrido lo mismo antes, cuando sus padres murieron.

Había formulado excusas porque temía aceptar la idea de estar embarazada. Pero ahora se alegraba profundamente de tener algo por lo cual vivir. Tendría un hijo... un hijo que le recordaría eternamente a Philip. Nadie podría quitárselo.

Pero, ¿desde cuando estaba embarazada? Seguramente estaba en el tercer mes, de modo que faltaban sólo seis meses. Seis meses muy bellos y colmados de alegría, hasta que naciera el hijo de Philip. Sabía que sería un varón, y que se parecería al padre.

Con ese pensamiento gozoso en la mente, Christina se volvió de lado para dormir con una sonrisa en los labios y con las manos acariciando suavemente su vientre.

23

—John, ¿puedo hablar contigo antes de que salgas? —preguntó Christina.

Estaba sentada frente a la mesa del comedor, bebiendo la tercera taza de té de la mañana.

—Crissy, ¿no puedes esperar a más tarde? Necesito llevar estos documentos al coronel antes de la reunión del personal —replicó John.

—No puede esperar. Debo decirte algo ahora mismo. Te esperé anoche, pero llegaste demasiado tarde.

—Está bien —suspiró John. Se sentó frente a Christina y se sirvió una taza de humeante té—. ¿De qué se trata? ¿Qué es tan importante?

—Ayer por la tarde, cuando fui al mercado, supe que dentro de cuatro días sale un barco para Inglaterra. Deseo embarcarme en él.

—¿Por qué, Crissy? Comprendo que desees alejarte cuanto antes de este país, pero ¿no puedes esperar cinco meses más, de manera que podamos regresar juntos?

—No puedo esperar.

—Sí puedes. No hay motivo que te obligue a partir ahora. Caramba, el último mes ha sido muy feliz; no ha habido más lágrimas, ni caras tristes. Desde que comenzaste a salir, cambiaste del todo. Te agrada ir al mercado. Has conocido a otras personas, y lo pasas bien. Dime, ¿por qué no puedes permanecer conmigo cinco meses más?

—Hay una razón muy importante por la cual tengo que marcharme ahora. Si me quedara aquí cinco meses tendría que permanecer aún más tiempo. No puedo llevar a mi... —hizo una pausa— a mi hijo en barco al poco tiempo de nacer.

John la miró como si ella lo hubiese abofeteado. Christina trató de evitar la imagen del rostro conmovido de su hermano, pero se sintió muy aliviada porque al fin se lo había dicho.

—Un hijo —murmuró John, moviendo la cabeza—. Tendrás un hijo.

—Sí, John... dentro de cinco meses —dijo Christina orgullosamente.

—¿Por qué no me lo dijiste antes?

—Yo misma lo supe el mes pasado, e incluso entonces abrigaba ciertas dudas.

—¿Cómo puedes no saber de algo por el estilo? —preguntó John.

—John, estaba tan conmovida... demasiado agobiada por la tortura mental para saber qué ocurría con mi cuerpo.

—¿Por eso te sentiste tan feliz el mes pasado... a causa del niño?

—¡Oh, sí! ¡Ahora tengo motivos para vivir!

—Entonces, ¿te propones conservar al niño y criarlo?

—¡Por supuesto! ¿Cómo puedes siquiera preguntar una cosa así? Este niño es mío. Fue concebido con amor. Jamás renunciaré a él.

—Todo viene a parar en lo mismo... ¡Ese hombre! Deseas al niño porque es *su* hijo. ¿Piensas marcharte sin hablarle del niño? ¿Quizás ahora acepte casarse contigo? —dijo John con expresión colérica.

—Si creyera que está dispuesto a casarse conmigo, iría inmediatamente. Pero no es posible. Seguramente ya contrajo matrimonio con Nura. No desea a este niño, pero yo sí lo quiero. Y deseo que nazca en Inglaterra. Es necesario que me marche cuanto antes y puedo hacerlo dentro de cuatro días.

—¿Has pensado en lo que dirá la gente? Crissy, no estás casada. Tu hijo será un bastardo.

—Lo sé. He pensado en eso con frecuencia, pero la situación no tiene remedio. Por lo menos, será un bastardo adinerado —dijo—. Pero si las murmuraciones te molestan, no me quedaré en casa. Siempre puedo ir a vivir a otro sitio con mi hijo.

—Crissy, no quise decir eso. Sabes que te apoyaré, no importa lo que decidas. Sólo estaba pensando en tus sentimientos. Después de todo, te molestaron bastante las perversas observaciones de esas esposas de los oficiales.

—Entonces yo me sentía indeseada y miserable. Y sufrí todavía más cuando oí sus comentarios... la afirmación de que jamás me querría un hombre. Pero ahora soy feliz. Ya no puede lastimarme lo que la gente diga de mí. No me importa si no me caso. Solamente deseo a mi hijo... y mis recuerdos.

—Si eres feliz, eso es lo único que importa —dijo John.

Trató de aceptar el hecho de que Christina sería una madre soltera. Sabía que ella era fuerte y él deseaba creer que nada podría perjudicarla.

—Tu hijo no tendrá padre, pero tendrá tío. Crissy, te ayudaré a criarlo.

—¡Gracias, John! —exclamó Christina. Se acercó y se detuvo detrás de la silla que ocupaba su hermano y le rodeó el cuello con los brazos—. John, ¡eres tan bueno conmigo y te quiero tanto!

—Bien, de todos modos no me agrada la idea de que viajes sola. No está bien.

—Te preocupas demasiado. Estoy segura de que en mi estado nadie me molestará. Como puedes ver, mi hijo ya es bastante visible —dijo Christina y se volvió de perfil—. Y cuando llegue a Londres... bien, será grande como un buey. Llevaré conmigo muchas telas y lienzos; y me encerraré en el camarote para confeccionar ropas de niño. Y cuando la nave llegue a Londres, alquilaré un carruaje que me lleve directamente a la Residencia Wakefield. Ya ves que no tienes motivo para preocuparte.

—Bien, por lo menos permíteme escribirle a Howard Yeats. Puede ir al puerto y escoltarte hasta casa.

—No hay tiempo para eso, John. Mi barco es el primero que parte. Tu carta llegará conmigo. Y de todos modos Howard y Kathren probablemente insistirían en queme aloje con ellos, y yo no deseo eso. Quiero regresar a casa cuanto antes. Necesito tiempo para convertir en habitación infantil el cuartito de los huéspedes contiguo a mi dormitorio. Tendré que empapelarlo, y ordenaré que construyan una puerta de comunicación con mi cuarto y...

—Un momento, Crissy —la interrumpió John—. Vas muy de prisa. ¿Qué pasa con nuestro viejo cuarto de juegos. Bastó para nosotros.

—John, ¿sabes qué diferencia veo entre mi cuarto y la vieja habitación? Me propongo cuidar personalmente a mi hijo. Seré su madre, su niñera y su abuela. No tendré un marido a quien dedicar la mitad de mi tiempo. Sólo a mi hijo... y le consagraré toda mi energía y todo mi tiempo.

—Es evidente que has pensado en todos los detalles —dijo John. Le sorprendía comprobar que Christina estaba decidida a organizar su propia vida—. Bien, si quieres que tu hijo esté en la habitación contigua, así se hará. Pero Johnsy no verá con buenos ojos que te ocupes personalmente del niño.

—Johnsy comprenderá cuando se entere de mi historia. Y de todos modos, necesitaré su ayuda —replicó Christina.

—¿Piensas contárselo todo también a Tommy? —preguntó John.

Christina no había pensado en Tommy.

—No... no todo; sólo lo indispensable.

—Sabes que sufrirá. Tommy quería casarse contigo.

—Sí. Pero nunca lo acepté en ese sentido. Tommy superará el trance. Quizá ya ha encontrado a otra persona.

John la miró, dubitativo. Tommy lo había arrinconado antes de que él y Crissy viajasen a Londres. Había declarado su amor por Crissy, afirmando que jamás podría ser feliz con otra mujer.

—Crissy, ¿crees de veras que Tommy puede haber encontrado a otra persona? Ese muchacho te quiere, y creo que puedo decir, sin temor a equivocarme, que a pesar del niño querrá casarse contigo.

—Pero jamás tuve ese tipo de sentimiento respecto de Tommy. Dudo de que me hubiese casado con él incluso si no hubiera conocido a Abu. Y sólo a Abu amaré. Lo he perdido, pero tengo a su hijo, y eso es lo que importa. No quiero lastimar a Tommy, pero no puedo casarme con él.

—Bien, quizá cambies de parecer. Pero ahora, hermanita, estoy muy retrasado. Me reprenderán en el despacho del coronel. Abrigo la esperanza de que comprenda y me autorice a acompañarte a Alejandría —replicó John.

—Estoy segura de que así lo hará. Y si no acepta, sencillamente tendré que hablar con la señora Bigley.

—Al coronel no le agradará que las dos mujeres se unan contra él —dijo John riendo. Se puso de pie y besó tiernamente en la mejilla a Christina—. Trataré de volver temprano a casa de modo que podamos continuar hablando.

Apenas John se marchó, Christina fue a su dormitorio para decidir qué llevaría en el viaje de regreso a su patria. Revisó su guardarropa. Todas sus prendas cabían en los dos baúles, pero tenía que comprar otro para las ropas del niño que se proponía confeccionar. Y de pronto comprendió que sus vestidos ajustados serían inútiles pocas semanas más tarde.

Christina sonrió por haber olvidado algo tan importante. Ahora tendría que comprar metros y metros de tela para confeccionar sus propias ropas y las del niño, y también necesitaría dos baúles más.

—¡Christina, sin duda estarás muy atareada durante ese viaje! —dijo en voz alta.

24

Una brisa fresca acarició el rostro de Christina y jugó con su vestido de ancha falda mientras ella permanecía en cubierta, aferrada a la baranda del buque. Miró su vientre prominente y sonrió cuando sintió el golpe del niño. Sus movimientos se habían hecho perceptible durante el último mes y a Christina la complacía sobremanera esa experiencia.

Ya hacía más de una hora que estaba en cubierta. Los pies le dolían terriblemente, pero no deseaba regresar a su cabina con su ambiente sofocante... sobre todo ahora que tenía enfrente las costas de Inglaterra.

El viaje se había desarrollado con tanta rapidez y ella había estado tan atareada que tenía la impresión de que hubiera sido ayer que se había despedido de John. Christina había llorado un poco y había recordado a su hermano que cinco meses más tarde también él abordaría una nave para volver a Inglaterra. Había besado y abrazado a Kareen, que había venido con John para despedirla.

—Cuídate y cuida al niño —había dicho Kareen y después también ella se había echado a llorar.

Era una límpida y hermosa mañana de principios de verano en Inglaterra. Los pasajeros se agolpaban contra la baranda, felices porque al fin había concluido el viaje.

Christina se palmeó el vientre y murmuró apenas, de modo que nadie pudiese oírla:

—Pequeño Philip, pronto estaremos en casa... sí, muy pronto.

Christina consiguió fácilmente un carruaje que la llevó a la Residencia Wakefield. Viajaban sin prisa y durante la noche se detuvieron en una cómoda taberna para no poner en peligro la condición de Christina. Pero a ella no le importaba. Contemplaba el bello paisaje inglés, y miraba todo ansiosamente mientras salían de Londres y se encaminaban hacia Halstead.

Hacía tanto que no veía una campaña tan fértil. Pasaron entre bosques frondosos y campos abiertos cubiertos de flores silvestres de todos los colores. Pasaron frente a granjas rodeadas de cultivos y atravesaron aldeas pequeñas y encantadoras. La Inglaterra rural. ¡Cómo le encantaba!

Al anochecer del día siguiente, el carruaje se detuvo frente a la hermosa Residencia Wakefield. Los faros encendidos a ambos lados de las grandes puertas dobles iluminaban con luz acogedora el sendero. Christina abrió la puerta del carruaje, porque no deseaba esperar ni un segundo más.

—¡Un momento, señora! —gritó el conductor, que se descolgó del pescante. Se acercó a la puerta y ayudó a descender a Christina—. Es necesario pensar en el niño.

—Disculpe. ¡Hace tanto tiempo que no estoy en casa! Además, estoy acostumbrada a arreglarme sola.

—Tal vez sea así, pero...

Se abrieron las grandes puertas dobles y apareció Dicky Johnson.

—¿Quién viene a estas horas de la noche? —preguntó cautelosamente. Christina volvió la cabeza de modo que la iluminase la luz y Dicky la miró incrédulo—. ¿Es usted, señorita Crissy? ¿Realmente es usted?

La joven rió y abrazó al hombrecito.

—Soy yo, Dicky, al fin en casa.

—Oh, qué agradable verla otra vez, señorita Crissy. ¿Y también el amo John regresó a casa?

—No, volverá dentro de unos meses. Pero yo deseaba llegar antes... para tener aquí a mi hijo.

—¡Un hijo! Sí, se la ve bastante adelantada bajo la capa.

—¿Quién es, Dicky? —llamó Johnsy desde la puerta.

—Es la señorita Christina. Regresó a casa antes de lo esperado. Y puedo decir que ha venido sola —agregó con expresión desaprobadora.

—¡Mi niña! —exclamó Johnsy. Descendió de prisa los peldaños y abrazó a Christina. Después, retrocedió un paso, en el rostro una expresión de sorpresa—. Mi niña tendrá también un niño. Oh, Dios mío, cuánto esperé este momento. Pero, ¿por qué no escribiste a tu vieja niñera para decírselo?

—¿Y habrías podido leer mi carta? —bromeó Christina.

—No, pero alguien me la habría leído. Ahora, entra en la casa, querida. Tendrás que explicar algunas cosas y podrás hacerlo mientras bebes una taza de té —dijo Johnsy y miró a Dick por encima del hombro—. Entra el equipaje de la señorita Christina y ofrece algo de comer al conductor antes de que se marche.

En el vestíbulo bien iluminado Christina se sintió agobiada por los alegres saludos del resto de la servidumbre. Poco después, Johnsy los despachó a todos con una serie de órdenes: traer té, preparar comida, calentar el agua del baño y desempaquetar el equipaje.

Christina retrocedió un paso y se echó a reír.

—No has cambiado nada, Johnsy. Quizás unas pocas canas más, pero por lo demás eres la misma.

—Sí... por tu culpa tengo más canas... por esos vagabundeos en tierras de paganos con tu hermano. Creí que enloquecía cuando el amo John ordenó que enviasen el resto de tus cosas. Y después, ni una palabra de ninguno de los dos. Ha pasado casi un año —se quejó Johnsy.

—Lamento no haber escrito, Johnsy. Pero lo comprenderás cuando te explique algunas cosas.

—Bien, espero que hayas tenido buenas razones para preocupar a tu vieja niñera. Pero mira, te tengo aquí, de pie en el vestíbulo... y en ese estado. Ven, siéntate —dijo Johnsy con expresión hosca mientras la conducía a la sala.

Después de quitarle la capa y el bonete, los grandes ojos pardos de Johnsy se fijaron en el vientre de Christina.

—¿Cómo es posible que el amo Johnny haya permitido que viajases sola? ¿Y dónde está tu marido... no me dirás que tuvo que quedarse en esa tierra de paganos? —preguntó Johnsy, sentada al lado de Christina en el diván revestido de brocado dorado.

Christina se recostó en el respaldo y suspiró hondo.

—John aceptó que yo viniera sola a casa para tener al niño. De lo contrario, hubiera sido necesario permanecer en Egipto hasta que mi hijo tuviese edad suficiente para viajar. Y con respecto a mi marido... no lo tengo. Jamás...

—¡Oh, mi pobre niña! Tu hijo todavía no nació, y ya eres viuda.

—No, Johnsy... no me has permitido terminar. No tengo marido porque jamás me casé.

—¿No te casaste? ¡Oh, Dios mío! Johnsy comenzó a

llorar—. ¡Oh, mi niña! En tu vientre tienes un bastardo... oh, seguramente sufres mucho. ¿Por qué el amo John permitió que te ocurriese esto? —gimió la anciana—. ¡Oh... el maldito que te hizo esto... que mil demonios lo...!

—¡No! —gritó Christina—. Jamás digas nada contra él ... ¡Jamás! Amo al padre de mi hijo. Siempre lo amaré. Y criaré y amaré a mi hijo. ¡No me importa que sea bastardo!

—Pero señorita Crissy... no comprendo. ¿Por qué no te casaste? ¿Ese hombre está muerto?

Christina comprendió que pasaría mucho tiempo antes de que pudiese acostarse aquella noche. Se acomodó mejor y relató la historia completa a Johnsy; incluyó todo lo que no había dicho a John. Comenzó hablando de la primera vez que había visto a Philip en el baile de Londres y concluyó explicando cómo había sabido que estaba embarazada y hablando de sus planes de regreso a casa.

Johnsy lloraba y sostenía abrazada a Christina.

—Oh, mi niña... cuánto ha sufrido. Si por lo menos hubiese podido estar allí para ayudarte. Y todavía digo que Philip Caxton es un bandido... haberte apartado así...

—No, Johnsy, Philip tenía sus motivos. Eran motivos egoístas, pero de todos modos no lo critico. Sólo abrigo la esperanza de que se siente feliz con Nura, porque yo soy feliz con mi hijo —replicó Christina.

—Sí, tal vez te sientas feliz, pero aún así también se te ve triste, porque has amado a un hombre y después lo has perdido en tan poco tiempo. Lo siento, amor... de veras lo siento. Pero ahora debo llevarte a la cama. Te estás durmiendo. Debería avergonzarme de mí misma por retenerte aquí a estas horas. Pero mañana puedes dormir todo lo que desees. Ordenaré a los criados que no te molesten.

Arriba, en el cuarto de Christina, Johnsy la ayudó a quitarse el vestido y a ponerse un amplio camisón. La gran bañera llena de agua que estaba frente a la chimenea de mármol azul se había enfriado mucho tiempo antes; pero de todos modos Christina estaba demasiado fatigada para bañarse.

Christina examinó su viejo cuarto mientras Johnsy ordenaba el resto de las cosas. Le agradaba ese cuarto y lo había elegido porque la complacían los tonos azul oscuro que prevalecían en el decorado.

¡Oh, pero qué grato era volver a casa y encontrar las cosas y a las personas entre las cuales había crecido y a las que amaba!

Christina se acostó y se cubrió el cuerpo con las mantas. Ya estaba dormida cuando Johnsy la besó en la frente y salió en silencio de la habitación.

25

Las gruesas cortinas de terciopelo impedían que la luz del día claro y luminoso penetrase en el cuarto de Christina. Una puerta se cerró fuertemente en un rincón de la casa. Los ojos enrojecidos de Christina parpadearon un momento, pero se sentía muy cansada y no deseaba abandonar la tibia comodidad de su lecho. Volvió a sumirse en un pacífico sueño.

Pero unos instantes después el sonido de voces coléricas despertó a Christina.

—¿Dónde está, maldita sea?

Christina se incorporó, apoyándose en los codos.

—Señor Tommy, no puede entrar allí. Le he dicho que está durmiendo.

Christina reconoció la voz irritada de Johnsy frente a la puerta de su habitación.

—Santo Dios, mujer... es mediodía. O usted entra y la despierta... o lo haré yo.

Era Tommy Huntington.

—No hará nada por el estilo. Mi niña está cansada. Llegó muy tarde anoche y necesita dormir.

—¿Por qué demonios no me informaron de que Christina había regresado? Tuve que saberlo esta mañana por mis criados.

—Cálmese, señor Tommy. No supimos que venía la señorita Christina hasta verla aquí. Le habría informado apenas despertarse. Ahora, salga de aquí. Mandaré llamarlo en cuanto despierte la señorita Crissy.

—No será necesario. No me marcho. Esperaré abajo, pero será mejor que despierte pronto, porque de lo contrario regresaré.

Cuando Tommy hubo bajado la escalera, la puerta de Christina se abrió silenciosamente y Johnsy asomó la cabeza. Cuando vio a Christina sentada en la cama, entró en la habitación.

—Ah, niña... lamento haberte despertado. Ciertamente, el señor Tommy es obstinado cuando quiere.

—Está bien, Johnsy. De todos modos, creo que es hora de que me levante —replicó Christina—. Ahora me daré un baño y después iré a verlo.

—Sí y estoy segura de que se impresionará cuando vea tu estado. Bien, le diré al señor Tommy que puede verte en el comedor dentro de un rato. Podrás decirle lo que desees durante el desayuno... tú y el niño necesitáis alimento.

Aproximadamente una hora después, Christina descendió lentamente la escalera curva y se encaminó sin vacilar hacia el comedor. Se detuvo en el umbral cuando vio a Tommy sentado frente a la larga mesa, de espaldas a la entrada. Entró discretamente en la habitación.

—Tommy, me alegro de volver a verte.

—Christina por qué tú no...

Se puso de pie, volviéndose, pero se detuvo de golpe cuando vio el vientre prominente.

Un sonido breve y ahogado escapó de su garganta. Christina se volvió y se sentó al otro extremo de la mesa. Una de las criadas trajo una gran bandeja con alimentos y Christina, como si no hubiese nada anormal, se sirvió jamón y huevos y dos deliciosas tartas de cerezas.

—¿Deseas acompañarme, Tommy? Detesto comer

sola, y estos alimentos huelen demasiado bien —le dijo Christina sin mirarlo, atareada en poner mantequilla a una tostada.

—¿Cómo... cómo puedes comportarte exactamente del mismo modo que si nada hubiese ocurrido? Christina, ¿cómo puedes hacerme eso? Sabes que te amo. Quería casarme contigo. Estuve esperándote pacientemente, contando los días que me separaban de tu regreso. Por lo que veo, te casaste apenas llegaste a ese maldito país! ¿Cómo es posible? ¿Cómo pudiste casarte tan aprisa con otro hombre?

—No estoy casada Tommy... jamás lo estuve —dijo serenamente Christina—. Ahora, siéntate. Estás consiguiendo que pierda el apetito.

—¡Pero estás embarazada! —exclamó Tommy.

—Sí —rió ella—. En efecto.

—Pero no entiendo —y después, contuvo una exclamación—. ¡Oh, lo siento, Christina! ¡Si John no mató al hombre, lo encontraré y conseguiré que se haga justicia!

—¡Oh, basta, Tommy! Ni me he casado, ni me han violado. Me raptaron y me tuvieron cautiva cuatro meses. Me enamoré del hombre que me raptó. No sabe que llevo en mi vientre a su hijo y nunca lo sabrá. Pero entiende una cosa, Tommy. Conservaré a mi hijo y lo criaré y le ofreceré todo mi amor. Me siento feliz, de modo que no me compadezcas. Hace mucho me pediste en matrimonio, pero nunca dije que aceptaba. Y ahora, por supuesto, eso es imposible. Lamento haberte ofendido, pero de todos modos desearía que fuésemos amigos, si... si puedes perdonarme.

—¡Perdonarte! Te amé y te entregaste a otro hombre. Te quería por esposa y llevas en tu vientre el hijo de otro. ¿Pides que te perdone? ¡Oh, Dios mío!

Descargó un puñetazo sobre la mesa y salió bruscamente de la habitación.

—¡Tommy, no te vayas así! —gritó Christina, pero él ya había salido de la habitación.

Johnsy entró en el comedor, en el rostro una expresión preocupada.

—Esperé hasta que oí que se marchaba. ¿Lo tomó muy a mal?

—Sí, me temo que lo ofendí terriblemente —suspiró Christina—. En realidad, no deseaba que hubiese ocurrido nada de todo esto.

—Lo sé, querida. La culpa no es tuya, de modo que no debes inquietarte. Toda la culpa es de ese Philip Caxton. Pero el señor Tommy acabará calmándose. Tú y él tuvisteis muchas peleas antes y siempre terminaron arreglándose.

—Pero eso fue cuando éramos niños. No creo que me perdone esto jamás.

—¡Tonterías! Sólo necesita tiempo para acostumbrarse a la situación. Recuerda lo que te digo... regresará. Pero ahora, termina tu comida. ¿Deseas que te la caliente un poco?

—No. Ya no tengo apetito —replicó Christina, y se levantó de la silla.

—Siéntate allí, y no te muevas. Ahora debes pensar no sólo en ti misma. Tu hijo necesita alimento, y poco importa si tú tienes o no apetito. Deseas que nazca un niño sano y fuerte, ¿verdad?

—Sí, Jonhsy, en efecto.

Christina concluyó la comida fría y fue directamente a los establos. Apenas atravesó la puerta abierta, el caballerizo Deke fue corriendo a saludarla.

—Sabía que usted vendría antes de que concluyese el día. Me alegro de verla nuevamente, señorita Christina.

—Y yo me alegro de estar otra vez en casa, Deke. ¿Dónde está él?

—¿A quién se refiere?

—¡Vamos, Deke!

—¿Quizá se refiere a ese gran caballo negro que está en el último box?

—Tal vez a ése —replicó Christina, riendo alegremente y corriendo hacia el extremo del establo.

Cuando vio al gran caballo negro le rodeó el cuello con los brazos y lo apretó contra su cuerpo y obtuvo como respuesta un sonoro relincho.

—¡Oh, *Dax*... cómo te extrañe!

—Sí, y también él la extrañó. Nadie lo montó desde que usted se fue, señorita Christina, aunque lo hemos tenido atareado. Es el padre de cuatro magníficos potrillos y hay otro en camino. Pero veo que aún tendrá que esperar un tiempo antes de montarlo —dijo tímidamente Deke.

—Sí, pero no será demasiado —replicó Christina—. Sáquelo del box, Deke, y déjelo en el corral. Quiero ver cómo se mueve.

—Sí, seguro que se moverá. Es capaz de brincar y correr y ofrecer un excelente espectáculo.

Christina se separó de *Dax* y atravesó los bosques que comenzaban detrás de los establos llegando al estanque donde ella y Tommy solían nadar. Era un lugar sereno, sombreado por un alto roble cuyas ramas se extendían casi hasta el centro del espejo del agua.

Christina se sentó en el suelo y apoyó la espalda en el viejo árbol, recordando un estanque análogo en las montañas. Philip probablemente iba a bañarse allí con Nura.

Christina regresó tarde a la casa. El sol ya se había puesto y el cielo estaba teñido de suave púrpura, que se ensombrecía poco a poco. Christina entró en el vestíbulo iluminado. La temperatura era un tanto fría, y la joven se frotó enérgicamente los brazos desnudos al entrar en el salón.

La habitación estaba sumida en sombras. Sólo la tenue luz del vestíbulo le permitió ver el camino hacia el hogar. Tomó uno de los fósforos largos depositados sobre la repisa de la chimenea y encendió el fuego, y cuando éste comenzó a cobrar fuerza Christina retrocedió un paso. Poco a poco el calor la envolvió; se apartó para encender las muchas lámparas distribuidas en diferentes rincones del cuarto. Había dado apenas dos pasos cuando vio una figura en las sombras, junto a la ventana abierta. Contuvo una exclamación de miedo cuando la figura avanzó hacia ella, pero el temor se convirtió en cólera cuando identificó al intruso.

—¡Tommy, menudo susto me has dado! ¿Qué demonios haces aquí, en la oscuridad? —dijo con voz colérica.

—Estaba esperándote, pero no quería asustarte —replicó el joven con expresión humilde. Generalmente la cólera de Christina lo intimidaba.

—¿Por qué no me hablaste cuando entré en la habitación?

—Quería verte sin ser observado.

—¿Con qué propósito?

—Aún en tu estado actual... eres la muchacha más bella de Inglaterra.

—Bien, gracias, Tommy. Pero sabes que no me agrada que me espíen, y no esperaba volverte a verte hoy. ¿Viniste por un motivo particular? Si no es así, te diré que estoy cansada y que me propongo cenar y acostarme.

—En ese caso, ¿por qué has entrado y encendido el fuego?

—¡Puedes ser muy irritante! Comeré aquí, si quieres saberlo. No me agrada cenar sola en ese enorme comedor.

En ese instante una de las criadas entró en la habitación, pero se detuvo cuando vio a Christina.

—Señorita, venía a encender las lámparas.

—En ese caso, hágalo. Después, diga a la señora Ryan que me prepare la cena.

—¿Tienes inconveniente en que te acompañe? —dijo Tommy. Christina enarcó una ceja, sorprendida ante la petición. Quizá deseaba conservar su amistad.

—Molly, ordene que sirvan la cena para dos y que la traigan aquí. Y por favor, informe a Johnsy que he regresado; no quiero que se asuste.

Cuando la criada se hubo retirado, Christina se acercó al diván y Tommy se sentó junto a la joven.

—Christina, tengo que decirte algo y quiero que me escuches antes de contestar.

Christina lo examinó más atentamente, y vio que Tommy había madurado durante el último año. Parecía más alto y su rostro tenía una expresión menos infantil. Incluso se había dejado el bigote, y tenía la voz más profunda.

—Está bien, Tommy. Adelante... te escucho.

—Pasé toda la tarde tratando de dominar la impresión que me provocó saber que amas a otro hombre. Yo... he llegado a la conclusión de que todavía te amo. No importa que lleves en tu vientre el hijo de otro hombre. Aun así deseo casarme contigo. Aceptaré a tu hijo y lo criaré como si fuese mío. Pronto olvidarás al otro. Aprenderás a amarme... sé que lo harás. Y no te pediré que me contestes ahora. Deseo que lo pienses un tiempo. —Hizo una pausa, y le tomó la mano—. Christina, puedo hacerte feliz. Nunca lamentarás haberme aceptado por esposo.

—Lamento que todavía te sientas así con respecto a

mí —dijo Christina—. Abrigaba la esperanza de que pudiéramos ser amigos. Pero no puedo casarme contigo, Tommy, y jamás cambiaré de idea. El amor que profeso al padre de mi hijo es demasiado intenso. Aunque no vuelva a verlo el resto de mi vida, no puedo olvidarlo.

—¡Maldita sea! Christina... no puedes vivir con un recuerdo. Él está muy lejos, pero yo estoy aquí. ¿En tu corazón no hay espacio para otro amor?

—No para esa clase de amor.

—¿Y tu hijo? Yo le daría un nombre. No afrontaría la vida en la condición de un bastardo.

—La noticia de mi embarazo probablemente ya se ha difundido en Halstead. Llamarían bastardo a mi hijo aunque me casara contigo. Sólo su verdadero padre puede resolver ese problema.

—Aun así, Crissy... el niño necesita un padre. Yo lo amaría... aunque sólo fuera porque es tuyo. Tienes que pensar en el niño.

Christina se apartó de Tommy y se detuvo junto al fuego. Detestaba la idea de lastimar a su amigo.

—Tommy, ya te dije...

—No, Christina... no digas eso. —Se acercó a Christina y la tomó por los hombros—. Por Dios... piensa en ello. Eres todo lo que siempre soñé, lo que siempre deseé. No puedes destruir tan fácilmente mis esperanzas. Te amo, Crissy... ¡no puedo evitarlo!

Se volvió y salió de la habitación sin dar a Christina ni siquiera la oportunidad de responder. Pocos minutos después, Molly trajo la cena, pero tuvo que llevarse uno de los platos.

Christina cenó frente a la mesa cubierta con la lámina de mármol dorado y blanco, frente al diván; alrededor, tres sillas vacías.

Se sentía pesada y torpe, solitaria y desdichada. Maldición, ¿por qué Tommy lograba que se sintiera tan culpable? No deseaba casarse con él, porque no soportaba la idea de vivir con otro hombre después de haber conocido a Philip. ¿Por qué tenía que amarla Tommy? No quería casarse con él, ni con ningún otro.

Christina se levantó del diván, salió de la habitación y comenzó a subirla escalera. Había creído que en esa casa podría tener en paz a su hijo; pero lo mismo le hubiera valido haber permanecido en El Cairo.

26

Durante los meses más o menos rutinarios que siguieron, Christina se ocupó de preparar la habitación para el hijo de Philip. Eligió muebles y decidió utilizar una tela celeste y dorada para confeccionar cortinas y tapizar las sillas; además, compró una alfombra azul. Se abrió una puerta que comunicó su habitación con la del niño.

El cuarto estaba preparado. Las ropitas que Christina había confeccionado formaban ordenadas pilas. Y ella se aburría porque no tenía nada que hacer.

No podía cabalgar, ni ayudar en las tareas de la casa. Solamente leer y pasear. Se sentía cada vez más pesada y se preguntaba si lograría recuperar la esbeltez. Dio la vuelta al gran espejo, de modo que mirase hacia la pared; estaba harta de contemplar su forma redondeada.

Tommy la torturaba. Venía a verla todos los días y cada vez se repetía la misma escena. No estaba dispuesto a renunciar.

Ella le repetía una y otra vez que no aceptaba el matrimonio, pero él no escuchaba. Siempre hallaba nuevas razones por las cuales debía casarse con él, y hacía oídos sordos cuando le decía que no estaba dispuesta. Christina comenzaba a hartarse del asunto.

Hacia el final de la tarde de un día de setiembre Christina adoptó una decisión definitiva. Pasó de una habitación a otra buscando a Johnsy y la encontró en la habitación del niño, limpiando la inexistente suciedad de los muebles. Christina entró y se detuvo al lado de la cuna. Tocó levemente los payasos de vivos colores y los soldados de juguete que colgaban sobre la camita, y el impulso los obligó a bailotear alegremente en el aire.

—Johnsy, tengo que salir de aquí —dijo de pronto.

—Querida, ¿de qué estás hablando?

—No puedo permanecer aquí más tiempo. Tommy me enloquece. Me repite constantemente lo mismo... cada vez que viene. No lo soporto más.

—No le permitiré entrar y así se terminará el asunto. Le diré que aquí no lo aceptamos.

—Sabes que no soportará eso y que el problema se agravará. Siempre me siento nerviosa temiendo que él aparezca.

—Sí, eso no es bueno para el niño.

—Lo sé, y por esto tengo que marcharme. Iré a Londres y alquilaré un cuarto en un hotel. Encontraré un médico a quien llamar cuando llegue el momento. Pero estoy decidida. Me marcho.

—No harás nada por el estilo. No irás a Londres... a un lugar atestado de gente que tiene tiempo sólo para ella misma... gente muy egoísta —replicó Johnsy, agitando el dedo frente a las narices de Christina.

—Pero es necesario que vaya... estaré perfectamente.

—Querida, no me permitiste terminar. Acepto que debes apartarte del señor Tommy. Pero no vayas a Londres. Puedes ir con mi hermana que trabaja en Benfleet. Es cocinera en una gran propiedad que pertenece a una familia del mismo nombre que el individuo a quien tú amas.

—¿Caxton?

—Sí, pero ese Philip Caxton no puede ser un caballero, sobre todo después de lo que hizo.

—Bien, la única familia de Philip es su hermano, y vive en Londres.

—Sí, de modo que puedes ir y tener allí a tu hijo... creo que Mavis dijo que la residencia se llama Victory. Y allí hay gente que puede cuidarte.

—Pero, ¿qué dirá el propietario si vivo en su casa? —preguntó Christina.

—Mavis dice que el amo nunca está... siempre viaja de un país a otro. Los criados tienen la casa para ellos y el único trabajo es conservarla en buenas condiciones.

—Pero tú mencionaste antes a Mavis. Pensé que vivía en Dovet.

—Así era, hasta hace siete meses. La antigua cocinera de Victory murió, y Mavis se enteró por casualidad de que el puesto estaba vacante. El amo paga bien a los criados. Es un hombre muy rico. Mavis asegura que su habilidad en la cocina le permitió ocupar el cargo. Había tantas candidatas, que ella pudo considerarse afortunada de conseguir aquel puesto. Esta noche le enviaré un mensaje para informarle que tú vas allí. Después, haremos el equipaje y saldrás mañana. Querida, me agradaría acompañarte, pero esta casa se vendrá abajo si yo no estoy.

—Lo sé, pero de todos modos estoy segura de que me sentiré bien con tu hermana.

—Sí, y según dicen el ama de llaves es una persona bondadosa. Yo me ocuparé de que estés en buenas manos.

Esa noche Christina no informó a Tommy que se marchaba. Dejó a cargo de Johnsy la tarea de explicarle la situación.

Después de un viaje de tres días Christina llegó a fines de una tarde a la vasta propiedad llamada Victory. Durante la última media hora, el carruaje había recorrido la propiedad de los Caxton. Christina advirtió que el lugar tenía por lo menos doble extensión que Wakefield. La espaciosa mansión de piedra caliza cubierta de musgo y enredadera era una construcción lujosa.

Christina levantó el picaporte, una gran «C» de hierro, fijada a las altas puertas dobles, y llamó dos veces. Se sentía nerviosa porque iba a casa de gente desconocida, y le parecía irónico que entrase en el hogar de un hombre llamado Caxton, para tener su hijo engendrado por otro hombre llamado Caxton.

Se abrió la puerta y una mujer pequeña y maciza se asomó y sonrió con simpatía. Tenía los cabellos negros con grandes mechones recogidos en la nuca, y bondadosos ojos grises.

—Usted seguramente es Christina Wakefield. Pase... pase. Soy Mavis, la hermana de Johnsy. Me alegro muchísimo de que haya venido aquí para tener a su hijo —afirmó alegremente, mientras introducía a Christina en un enorme vestíbulo cuyo techo estaba a la altura del segundo piso—. Cuando esta mañana llegó el mensajero con la noticia de que usted venía, sentimos que la vida volvía a esta vieja casa.

—No quiero provocar molestias —dijo Christina.

—¡Tonterías, niña! ¿Por qué habría de causar molestias? Aquí hay mucha gente ociosa, sobre todo porque el amo siempre está ausente. Puede considerarse bienvenida, y permanecer todo el tiempo que desee. Cuanto más tiempo, mejor.

—Gracias —dijo Christina.

El espacioso vestíbulo estaba mal iluminado, y las paredes aparecían revestidas de antiguos tapices con escenas de batallas y paisajes. Al fondo, dos escaleras curvas, y entre ellas dos pesadas puertas dobles de madera tallada. Sillas, divanes y estatuas de mármol contra las dos paredes.

Christina se sintió sobrecogida.

—Nunca he visto un vestíbulo tan enorme. Es muy hermoso.

—Sí, la casa es así... grande y solitaria. Necesita una familia que la habite, pero no creo que viva el tiempo necesario para ver satisfecho mi deseo. Parece que el amo no desea casarse y tener hijos.

—Oh... ¿entonces, es un hombre joven? —preguntó Christina, sorprendida.

Lo había imaginado viejo y débil.

—Así dicen, y también irresponsable. Prefiere vivir en el extranjero antes de administrar su propiedad. Pero venga, usted seguramente está agotada después de recorrer el campo en su estado. La llevaré a su habitación, y puede descansar antes de la cena —dijo Mavis, mientras subía la escalera con Christina—. Sabe una cosa, señorita Christina, su hijo será el primero que nazca aquí en dos generaciones. Emma, el ama de llaves, me dijo que lady Anjanet fue la última, y fue hija única.

—Entonces, ¿el señor Caxton no nació aquí? —preguntó Christina.

—No, nació en el extranjero. Lady Anjanet viajaba mucho en su juventud —replicó Mavis.

Un sentimiento de inquietud comenzó a insinuarse en Christina, pero consiguió dominarlo.

—La pondré en el ala este... recibe el sol de la mañana —dijo Mavis.

Llegaron al segundo piso y comenzaron a caminar por el largo corredor. También ahí las paredes estaban totalmente cubiertas de bellos tapices.

Christina se detuvo cuando llegó a la primera puerta. Estaba abierta, y el interior azul le recordaba su propio cuarto. Le sorprendió el tamaño y la belleza de la habitación. La alfombra y las cortinas eran de terciopelo azul oscuro, y los muebles y el cubrecama mostraban un azul más claro. Había allí una enorme chimenea de mármol negro.

—¿Podría ocupar este cuarto? —preguntó Christina, obedeciendo a un impulso—. El azul es mi color favorito.

—Por supuesto, niña. Estoy segura de que el señor Caxton no se opondrá. Jamás está en casa.

—Oh... no sabía que éste era su cuarto. No, no podría.

—Está bien, niña. Es necesario que alguien viva aquí. Hace más de un año que nadie lo habita. Ordenaré que traigan su equipaje.

—Pero... sus cosas, sus pertenencias, ¿no están aquí?

—Sí, pero es una habitación para dos personas. Le sobrará espacio.

Después de la cena, Mavis recorrió la planta baja con Christina. Las acompañó la bondadosa ama de llaves, Emmaline Lawrance. Las habitaciones de los criados, una espaciosa biblioteca y un aula estaban en el tercer piso. Jamás se usaba el segundo piso del ala occidental, pero en la planta baja un amplio salón de baile ocupaba todo el fondo de la casa. Christina vio la cocina, un gran salón de banquetes y un comedor más pequeño a un costado de la residencia. Del otro lado, el estudio del amo y el salón.

El salón estaba hermosamente decorado en verde y blanco, y muchos retratos adornaban las paredes, Christina se sintió atraída por el principal, que colgaba sobre el hogar. Permaneció de pie frente a la imagen, contemplando un par de ojos verde mar con reflejos dorados. Era el retrato de una hermosa mujer, de cabellos muy negros que le llegaban a los hombros desnudos. La inquietud anterior de Christina se repitió, pero esta vez más intensa.

—Es lady Anjanet —informó Emma a Christina—. Era tan hermosa. Su abuela era española... de allí le vienen esos cabellos negros, pero los ojos son herencia del lado paterno de la familia.

—Tiene una expresión muy triste —murmuró Christina.

—Sí. Pintaron el retrato cuando regresó a Inglaterra con sus dos hijos. Jamás volvió a sentirse feliz, pero nunca explicó a nadie la razón de su actitud.

—¿Usted mencionó a dos hijos?

—Sí, el señor Caxton tiene un hermano menor, que vive en Londres.

Christina sufrió un mareo y se desplomó en la silla más próxima.

—¿Se siente bien, señorita Christina? Se la ve pálida —exclamó Mavis.

—No lo sé... yo... me siento un poco débil. ¿Quiere decirme el nombre de pila del señor Caxton? —preguntó. Pero ya conocía la respuesta.

—Por supuesto —dijo Emma—. Se llama Philip. El caballero Philip Caxton.

—¿Y su hermano es Paul? —preguntó Christina con voz débil.

—Vaya, sí... ¿cómo lo sabía? ¿Conoce al señor Philip?

—¡Sí lo conozco! —Christina emitió una risa histérica—. Voy a tener a su hijo.

Mavis contuvo una exclamación.

—Pero, ¿por qué no me lo dijo? —preguntó Emma, una expresión conmovida en el rostro.

—¡Me parece maravilloso! —exclamó Mavis.

—Pero ustedes no entienden. Yo no sabía que ésta

era su casa. Mavis, usted nunca dijo a Johnsy el primer nombre del señor Caxton, y Philip nunca me explicó que tenía una propiedad en esta región del país. Ahora no puedo permanecer aquí... a él no le agradaría.

—Tonterías —sonrió Emma—. ¿Qué lugar mejor que su propia casa para que nazca el hijo del señor Philip?

—Pero Philip no quería saber nada más conmigo. No deseaba este hijo.

—No puedo creerlo, señorita Christina... usted es tan hermosa —dijo Mavis—. El señor Caxton no puede ser tan estúpido. ¿Usted le habló del niño?

—Yo... sabía que él no deseaba este hijo, de modo que no vi motivo para decírselo.

—Si no se lo dijo, no puede estar segura de sus sentimientos —observó Emma—. No, se quedará aquí, tal como lo planeamos. No puede negarme la oportunidad de ver al hijo de Philip Caxton.

—Pero...

—Bien, no quiero oír una palabra más acerca de su partida. Pero me encantaría saber cómo se conocieron usted y el señor Caxton.

—¡Yo también deseo conocer toda la historia! —dijo Mavis. Christina contempló el retrato de lady Anjanet. ¡Qué notable parecido entre Philip y su madre!

Pocas semanas después, comenzaron los dolores de Christina. Sintió los primeros espasmos leves mientras daba su paseo matutino por los amplios jardines que se extendían detrás de la casa.

Emma acostó inmediatamente a Christina, puso a calentar agua y llamó a Mavis, que tenía experiencia en partos. Mavis permaneció al lado de Christina y le aseguró que todo estaba bien. Las horas pasaron lentamente, y Christina tuvo que apelar a toda su voluntad para contener los gritos de dolor.

El parto duró catorce largas horas. Con un esfuerzo definitivo Christina echó a su hijo al mundo y se vio recompensada por un llanto vigoroso.

Christina estaba agotada, pero sonreía satisfecha.

—Quiero ver a mi hijo —murmuró con voz débil a Emma, que estaba junto a la cama y parecía tan fatigada como Christina.

—Apenas Mavis termine de lavarlo, podrá verlo. Pero, ¿cómo sabía que era niño?

—¿Acaso el hijo de Philip Caxton podía ser otra cosa?

27

Era mediodía, a fines de setiembre, y las paletas de los ventiladores que se movían lentamente no aliviaban el calor y la humedad del pequeño comedor de hotel. Philip había llegado a El Cairo el día anterior. Aquella mañana había conseguido encontrar un traje más o menos decente y había ordenado todo lo que necesitaba para el viaje de regreso a Inglaterra. Ahora estaba paladeando una copa de coñac y esperaba la comida; su mente estaba totalmente vacía. No deseaba pensar en los últimos ocho meses, que habían sido para él un verdadero infierno.

—Philip Caxton, ¿verdad? Qué coincidencia verlo aquí. ¿Qué lo trae a El Cairo?

Philip alzó los ojos y vio a John Wakefield de pie frente a la mesa.

—Tenía que atender algunos asuntos —replicó Philip. Se preguntó si John sabía que esos asuntos se relacionaban con Christina—. Pero ahora he terminado, y a fines de mes regresaré a Inglaterra. ¿Quiere almorzar conmigo? —preguntó cortésmente Philip.

—En realidad, estoy esperando a una persona con quien me cité para almozar; pero beberé una copa con usted mientras ella llega.

—¿Se reunirá aquí con su hermana? —preguntó Philip, con la esperanza de que la respuesta fuese negativa.

No deseaba verla ahora... o nunca.

—Christina regresó a Inglaterra hace unos cinco meses. No podía soportar Egipto. Tampoco a mí me agrada mucho este país. El único aspecto positivo de mi estada aquí fue conocer a mi esposa. Nos casamos el mes pasado y muy pronto volveremos a casa; probablemente en el mismo barco que usted.

—Imagino que corresponde felicitarlo. Por lo menos, su viaje a Egipto no fue una pura pérdida... a diferencia del mío —dijo amargamente Philip. De buena gana se alejaba de Egipto y de los recuerdos recientes que el país evocaba en él.

John Wakefield se levantó e hizo señas en dirección a la entrada y Philip vio a dos hermosas mujeres que se aproximaban a la mesa. John besó en la mejilla a la mayor de las dos jóvenes y presentó a su esposa y su cuñada.

—El señor Caxton es un conocido de Londres. Parece que volveremos juntos a Inglaterra —dijo John a las damas.

—Me alegra muchísimo conocerlo, señor Caxton —exclamó Estelle Hendricks—. Estoy segura de que el viaje será muchísimo más agradable con usted. Señor Caxton, no está casado, ¿verdad?

—¡Estelle! —exclamó Kareen—. ¡Ese asunto no te concierne! —Después, se volvió hacia Philip, una leve sonrisa en los labios sonrojados—. Señor Caxton, disculpe a mi hermana. Es una muchacha demasiado franca y siempre me trae dificultades.

La audacia de la joven divirtió a Philip.

—No se preocupe, señora Wakefield. Es reconfortante conocer a una persona que dice lo que piensa.

Aquella noche, Philip estaba acostado en la cama del hotel y maldecía su suerte, que lo había llevado a encontrarse con John Wakefield. El encuentro había renovado vívidamente la imagen de Christina. Había abrigado la esperanza de olvidarla, pero era imposible. Noche tras noche su imagen lo perseguía; el cuerpo bello y esbelto apretado contra el cuerpo del propio Philip; sus cabellos cuando la luz los rozaba; los ojos verde azulados y la sonrisa seductora. Sólo con pensar en ella sentía que lo dominaba una profunda excitación. Aún la deseaba, pese a que había decidido no verla nunca más.

Al principio, Philip había pensado permanecer en Egipto. No podía regresar a Inglaterra y correr el riesgo de tropezar con Christina. Pero dondequiera que miraba, la veía. En la tienda, a orillas del estanque, en el desierto... por doquier. Mientras permaneciera en Egipto no podría apartarla de su mente.

Philip había pensado regresara Inglaterra cuatro meses antes. Pero Amair, hermano de Amine, había llegado de visita al campamento y había revelado a Philip la verdad acerca del secuestro de Christina. Rashid había planeado el asunto. Había tratado de que mataran a Philip, porque deseaba ser jeque.

Rashid no había regresado al campamento después de llevar a Christina y devolverla a su hermano. Si hubiese regresado, Philip lo habría matado; durante cuatro meses Philip buscó a Rashid, pero el árabe había desaparecido.

El día anterior a la partida de la nave, como no tenía nada mejor que hacer, Philip fue a la plaza del mercado y recorrió los puestos y las pequeñas tiendas. Las calles estaban atestadas de árabes que regateaban. Por doquier, Philip vio camellos cargados con fardos de mercancías.

El aroma fragante de los perfumes saturaba el aire y recordaba a Philip la primera vez que había recorrido esa plaza, unos catorce años atrás. Entonces tenía apenas veinte años, y Egipto le había parecido un país extraño y temible. Había venido a buscar a su padre, pero no tenía idea del modo de hallarlo. Sabía únicamente el nombre de su padre, y que era el jeque de una tribu del desierto.

Philip había pasado semanas recorriendo las calles polvorientas y preguntando a la gente si sabían de Yasir Alhamar. Finalmente comprendió que de ese modo no obtendría resultados. Su padre era un hombre del desierto, de modo que Philip contrató a un guía para que lo llevase allí. Con dos camellos cargados de suministros, iniciaron el recorrido por las arenas candentes.

Durante los duros meses que siguieron, Philip se familiarizó con las privaciones de la vida en el desierto. El sol ardiente calcinaba la tierra durante el día; el frío intenso lo obligaba durante la noche a buscar el calor del camello.

Durante varios días habían avanzado sin ver a nadie. Cuando se cruzaban con beduinos, éstos no conocían a Yasir, o no tenían la menor idea del lugar en que podían hallarlo.

Y de pronto, cuando Philip se disponía a renunciar a la búsqueda, dio con el campamento de su padre. Jamás olvidaría ese día, ni la expresión del rostro de su padre cuando Philip se identificó.

Philip había sido feliz en Egipto, pero ya no podía soportar más la permanencia en ese país. Mientras estuviese allí, no podría olvidar a Christina. Como aparentemente no tenía esperanza de hallar a Rashid, decidió regresar a Inglaterra. Volvería a Inglaterra e informaría a Paul de la muerte de su padre; y vendería su propiedad. Quizá fuera a Estados Unidos. Deseaba ir a un sitio muy alejado del lugar en que estuviera Christina Wakefield.

28

Christina permaneció en Victory un mes después del parto y llegó a conocer muy bien al pequeño Philip. El nombre le cuadraba, porque era la imagen misma de su padre, los mismos ojos verdes, los mismos cabellos negros, los mismos rasgos bien definidos. Era un niño hermoso, sano... y con apetito insaciable. Era la alegría y la vida de Christina.

Pero ella ya había permanecido demasiado tiempo en esa casa y era hora de regresar a su hogar. Johnsy sin duda ansiaba ver a Philip y Christina confiaba en que ahora podría enfrentarse con Tommy.

Se volvió para mirar a su hijo, que estaba acostado en el centro de la gran cama de Philip, y que la contemplaba serenamente. Christina le dirigió una sonrisa, guardó las últimas prendas en el baúl y aseguró bien los cierres. Había oído llegar el carruaje pocos minutos antes, de modo que se acercó a la puerta y pidió a una de las criadas que ordenase al cochero que subiera a buscar el equipaje.

Cuando la criada se retiró, Christina se puso el sombrero y la capa, y dirigió una última mirada a la habitación. Era la última vez que veía algo que pertenecía a Philip. De pronto se sintió entristecida ante la idea de abandonar el hogar del hombre a quien amaba. Se paseó por la habitación y con la mano acarició los muebles, consciente de que era la misma madera que otrora él había tocado.

—¿Y quién es usted, señora?

Christina se volvió bruscamente ante el sonido de la voz desconocida y contuvo una exclamación cuando vio a Paul Caxton en el umbral.

—¿Qué demonios hace aquí? —preguntó él. Pero de pronto vio el niño de ojos verdes en el centro de la cama—. ¡Qué me cuelguen! Dijo que lo conseguiría. Dijo que la conquistaría, ¡pero yo creí que usted jamás aceptaría casarse con él! —Paul rió en voz alta, y se volvió para mirar de nuevo a Christina, que aún estaba tan sorprendida que no sabía qué decir—. ¿Dónde está mi hermano? Supongo que corresponde ofrecer más felicitaciones.

—Señor Caxton, su hermano no está aquí, y yo no me casé con él. Ahora, si me disculpa, quiero salir —replicó fríamente Christina, y se acercó a la cama para recoger al niño.

—Pero usted tiene a su hijo. ¿Quiere decir que ese canalla no se casó con usted?

—Su hermano me secuestró y me tuvo cautiva cuatro meses. No quiso casarse conmigo. Di a luz al hijo que Philip no desea; pero yo sí lo deseo, y lo criaré sola. Ahora, si usted me disculpa, me marcho.

Pasó frente a Paul Caxton y descendió la escalera.

Paul permaneció inmóvil; mirándola y preguntándose qué demonios ocurría. No podía creer que Philip no deseara a su propio hijo. ¿Y por qué no se había casado con Christina Wakefield? ¿Habría enloquecido su hermano?

Era evidente que no obtendría respuesta de Christina. Tendría que escribir a Philip.

Christina llevaba una semana en la Residencia Wakefield cuando recibió una carta de John. Le decía que Kareen había aceptado su propuesta de matrimonio y que pronto volvería a casa con su esposa.

Christina sintió profunda alegría. Había cobrado afecto a Kareen, y se sentía realmente feliz de ser su cuñada. Supuso que regresaría a tiempo para Navidad, ¡qué fiestas tan felices celebrarían!

Johnsy y Christina se ocuparon de decorar el antiguo dormitorio que otrora habían ocupado los padres de ambos jóvenes; ahora sería la habitación de John y su esposa. Christina consagró todas sus fuerzas al trabajo, pues necesitaba el ejercicio para recuperar la firmeza de los músculos. Se había sentido decepcionada cuando no recuperó inmediatamente su figura y tuvo que apelar al corsé. Pero se ejercitaba sin descanso y abrigaba la esperanza de que para la época del regreso de John habría logrado recobrar su silueta.

El tiempo pasaba rápidamente. Christina reanudó sus salidas diarias a caballo, una costumbre que la beneficiaba y agradaba a Johnsy. De ese modo, Johnsy tenía oportunidad de jugar con el pequeño Philip y Christina conseguía evitar las atenciones de Tommy. Él no había cambiado de actitud después del viaje de Christina a Victory. Ella le trataba fríamente, pero Tommy insistía.

Christina intuía que Tommy odiaba al niño, aunque procuraba ocultarlo. Cuando pedía a Tommy que cuidara del pequeño Philip, se mostraba irritado. Insistía en que Johnsy se ocupase del niño. Además, Tommy se enfurecía porque el pequeño Philip se echaba a llorar siempre que el hombre se le acercaba. Christina trataba de mantenerlos separados todo lo posible.

Y así, dos días después de Navidad, John llegó a la casa en compañía de Kareen. Llegaron temprano por la mañana, y Christina aún dormía cuando Johnsy entró de prisa en la habitación. Apenas tuvo tiempo de ponerse una bata antes de que John y Kareen entrasen. Christina corrió hacia ellos y los abrazó y besó.

—Me alegro mucho por vosotros, y soy feliz porque al fin habéis regresado —exclamó Christina, con los ojos llenos de lágrimas.

—Jamás volveré a salir de Wakefield —dijo John riendo, mientras abrazaba fuertemente a Christina—. Te lo aseguro. Pero, ¿dónde está mi sobrino?

—Aquí mismo, amo John —contestó orgullosamente Johnsy, mientras habría la puerta de comunicación entre las dos habitaciones.

El pequeño Philip estaba completamente despierto, y tenía un pie en cada mano; y todos se reunieron alrededor de la cuna.

—¡Oh, Christina, es realmente hermoso, realmente adorable! —exclamó Kareen—. ¿Puedo alzarlo... no te importa?

—Claro que sí... al pequeño Philip le encanta que lo levanten —contestó Christina.

—¿Philip? —John enarcó el ceño—. Creí que le pondrías el nombre de nuestro padre, o el de su propio padre.

—El nombre me agradó. No me pareció bien llamar Abu a un inglés.

—Lo mismo digo —rió John. Aferró la manita del pequeño Philip, que estaba en brazos de Kareen—. Es fuerte como un buey. Pero, Crissy, ¿de dónde vienen esos ojos tan extraños? No tenemos ojos verdes en la familia y jamás los he visto así en un árabe.

—John, haces preguntas tan absurdas. ¿Cómo puedo saberlo?

John pensó replicar, pero se interrumpió cuando vio la mirada de desaprobación de Kareen.

—Es hora de alimentar al pequeño. Amo John, salga de aquí —sonrió Johnsy.

A decir verdad, John se sonrojó ante la idea de que su hermana amamantaba al niño.

—Crissy, baja al salón cuando hayas terminado: Estelle nos ha acompañado, de modo que podemos desayunar juntos.

Christina se alegró de saber que Estelle venía con ellos. Era una hermosa joven y quizá Tommy se sintiese atraído por ella.

Un rato después, Christina acostó al pequeño Philip, y se reunió con sus visitantes en el comedor.

—Me alegro de volver a verte, Estelle —dijo Christina, abrazando a la joven—. Supongo que te quedarás con nosotros. En esta casa disponemos de mucho espacio.

—Unos días; después, tengo que visitar a mis padres.

—¿Te gustó el viaje? —preguntó Christina.

—Oh... ¡fue realmente maravilloso! —dijo exuberante Estelle.

—Me temo que Estelle se ha enamorado sin remedio de uno de los pasajeros de nuestro barco... un amigo de John —dijo Kareen.

—Es el hombre más apuesto que he visto jamás, y estoy segura de que corresponde a mis sentimientos —replicó Estelle con una expresión de felicidad en el rostro.

—Estelle, te ilusionas demasiado —dijo Kareen—. Que te haya prestado cierta atención no significa que te ame.

—¡Sí, me ama! —exclamó Estelle—. Y volveremos a vernos, aunque para lograrlo tenga que ir a Londres. ¡Pienso casarme con Philip Caxton!

Todos se sobresaltaron ante el ruido de platos rotos en la cocina y Christina comprendió que Johnsy había estado escuchando la conversación. Philip había regresado y estaba en Londres. Una oleada de celos dominó a Christina cuando pensó en que Estelle había viajado en el mismo barco con el hombre que ella amaba.

¿Por qué había regresado? ¿Y por qué había abandonado a Nura? ¿Se habría cansado también de ella y ahora Estelle era su nuevo juguete? ¿Ese hombre no se cansaba de torturar a las mujeres?

—Crissy, recuerdas a Philip Caxton, ¿verdad? —preguntó John, que no había advertido los sentimientos que ella trataba de controlar.

—¿Lo conoces, Christina? —preguntó Estelle—. Entonces sabrás por qué yo...

Pálida como un fantasma, Johnsy entró en la habitación y dijo:

—Señorita Crissy, lamento que se me cayeran los platos... se me deslizaron de las manos. ¿Puede ayudarme a llegar a mi cuarto? No me siento muy bien.

—Por supuesto, Johnsy —contestó agradecida Christina, que se acercó a la anciana y fingió que la ayudaba a salir del comedor.

Cuando estuvieron a cierta distancia, Johnsy dijo:

—Oh, niña, lo siento. Debes de estar muy mal. Ese bandido regresó a Inglaterra, ¿y qué puedes hacer ahora?

—Johnsy, no haré nada. No vendrá aquí, y yo no iré a ningún lugar donde pueda encontrarlo. Y no me siento mal... ¡sólo enojada! Ese hombre es despreciable. ¡Le agrada destrozar a todas las mujeres bonitas que conoce!

—Querida, me parece que estás celosa —observó Johnsy.

—No estoy celosa —replicó Christina—. Estoy enfurecida. No lo culpo por lo que me hizo a pesar de que debería acusarlo. Probablemente destrozó el corazón de Nura, ¡y ahora hace lo mismo con Estelle! ¡Ella ni siquiera sabe que está casado!

—Tampoco tú, Crissy. No estás segura de que se haya casado con la otra joven. Quizá fue su amante, como tú.

—¡No se habrá atrevido a hacer eso! Su familia no lo habría permitido.

—Bien, de todos modos no puedes estar segura.

Aquella noche Tommy fue a cenar pero no prestó atención a Estelle ni ella se interesó en el joven. Después de la cena, Christina conversó un momento a solas con John y le pidió que la ayudase a afrontar el problema de Tommy. Le explicó que Tommy la había molestado desde el día que ella había regresado y que no sabía qué hacer.

—¿No puedes hablar con él, John? ¿No puedes pedirle que deje de importunarme?

—Pero no veo por qué no te casas con él, Crissy. Te ama. Sería muy buen marido. Y también sería el padre de tu hijo. No puedes vivir alimentándote con recuerdos y estoy seguro de que con el tiempo amarías a Tommy.

Christina se sorprendió un instante. Pero después comprendió que quizá su hermano estaba en lo cierto. Ya no había motivos que le impidieran casarse con Tommy.

29

Philip descargó fuertes golpes sobre la puerta. Lo atendió un criado de expresión agria.

—Señor Caxton... me alegro de verlo. El señor Paul se sentirá muy complacido.

—¿Dónde está mi hermano? —preguntó Philip mientras entregaba su abrigo.

—En su estudio, señor. ¿Debo anunciar su llegada?

—No será necesario —replicó Philip, y avanzó por el corto corredor hasta que llegó a la puerta abierta del estudio de Paul—. Hermanito, puedo volver después si estás muy atareado —dijo burlonamente Philip.

Paul apartó los ojos del papel que estaba leyendo y se puso de pie rápidamente mostrando una sonrisa luminosa en su rostro armonioso.

—Caramba, ¡qué alegría verte, Philip! ¿Cuándo regresaste?

Paul se acercó a Philip y lo abrazó afectuosamente.

—Acabo de llegar —contestó Philip. Ocupó un gran sillón de cuero junto a la ventana.

—Te escribí una carta hace poco, pero parece que iniciaste tu viaje antes de que te llegase mi mensaje. Bien, no importa... ahora que estás aquí. Bebamos una copa —dijo Paul, y se acercó a un pequeño gabinete donde tenía un botellón de brandy y un juego de vasos—. Creo que debo felicitarte.

—No veo por qué mi regreso a casa merece una felicitación —observó secamente Philip.

—De acuerdo. Tu regreso sugiere sencillamente una copa, pero mereces felicitaciones porque he visto a tu hijo, y es un niño sano y bien formado. Se parece a ti —dijo alegremente Paul, mientras entregaba una copa a Philip.

—Paul, ¿de qué demonios estás hablando? ¡Yo no tengo hijos!

—Pero yo... ¡pensé que lo sabías! ¿No fue ésa la razón por la cual regresaste a Inglaterra... para encontrar a tu hijo? —preguntó Paul.

—No te entiendo, Paul. Ya te dije que no tengo ningún hijo —contestó Philip.

Comenzaba a irritarse.

—Entonces, ¿no piensas reconocerlo? ¿Negarás que existe... fingirás que no tienes nada que ver en eso?

—No tengo ningún hijo al que reconocer... ¿cuántas veces tendré que decírtelo? Ahora, será mejor que me ofrezcas una buena explicación, hermanito. ¡Estás poniendo a prueba mi paciencia! —explotó Philip.

Paul se echó a reír y ocupó una silla frente a Philip.

—Que me ahorquen. De modo que no te dijo nada, ¿eh? ¿De veras no sabes una palabra?

—No, ella nada me dijo, ¿y quién demonios es ella?

—¡Christina Wakefield! ¿Acaso no viviste con ella este último año?

Impresionado, Philip se recostó en una silla.

—Hace tres meses tuvo un hijo en Victory. Por supuesto, supuse que tú estabas al tanto puesto que ella fue a tu casa a tener el niño. Pasaba por allí, y me crucé con Christina precisamente cuando ella salía para regresar a su casa. Pareció irritarse porque yo me había enterado de la existencia del niño. Y me dijo que lo que tú habías hecho...

que la habías secuestrado y tenido cautiva cuatro meses. Philip, ¿cómo demonios pudiste hacer una cosa así?

—Era el único modo de conseguirla. Pero, ¿por qué no me dijo una palabra? —preguntó Philip, más para sí mismo que para Paul.

—Dijo que tú no querías al niño... y que no pensabas casarte con ella.

—Pero jamás le dije... —Se interrumpió al recordar que le había dicho precisamente eso—. Le había dicho que no la había traído al campamento para tener hijos, y al comienzo había afirmado que no me proponía desposarla. Sólo que el niño se me parezca no demuestra que es mío. Christina pudo haberlo concebido después de volver con su hermano.

—Usa la cabeza, Philip, y calcula el tiempo. Te apoderaste de Christina apenas llegó a El Cairo, en setiembre, ¿no es así?

—Sí.

—Bien, la retuviste cuatro meses, te abandonó a fines de enero y dio a luz ocho meses después, a fines de setiembre. De modo que fuiste tú. Y además, Christina prácticamente me dijo que el niño era tuyo. Sus palabras exactas fueron: «Di a luz al hijo que Philip no quiere», y puedo agregar que su intención es retenerlo y criarlo ella misma.

—¡Tengo un hijo! —exclamó Philip y descargó un puñetazo sobre el brazo del sillón y su risa resonó en la habitación—. Tengo un hijo, Paul... ¡un hijo! ¿Dices que se me parece?

—Tiene los mismos ojos que tú, y también los cabellos... es un hermoso niño. Puedes estar muy contento.

—Un hijo. Y ella ni siquiera me lo dijo. Paul, necesitaré uno de tus caballos. Saldré a primera hora de la mañana.

—¿Vas a Halstead?

—¡Por supuesto! Quiero a mi hijo. Ahora, Christina tendrá que casarse conmigo.

—Si nada sabías del niño, ¿por qué has regresado a Inglaterra? —preguntó Paul mientras volvía a llenar las copas—. ¿Has vuelto a buscar a Christina?

—Todavía la deseo, pero no volví para encontrarla. Regresé porque nada tenía que hacer en Egipto. Yasir ha muerto.

—Lo siento, Philip. En realidad, nunca conocí a Yasir ni lo consideré mi padre. Pero sé que tú lo querías. Sin duda, has sufrido mucho.

—Así fue, pero Christina me ayudó a pasar ese momento.

—Ojalá supiera qué ocurrió entre Christina y tú —dijo Paul.

—Quizás un día te lo explique, hermanito; pero no será ahora. Además, a decir verdad todavía no sé muy bien qué ocurrió.

Philip salió a primera hora de la mañana siguiente y pudo meditar un poco mientras cabalgaba a través del campo.

¿Por qué Christina no le había informado apenas supo que estaba embarazada? ¿Exceso de orgullo? ¿Y qué decir de John? Seguramente no había revelado a John la identidad de Philip, porque si lo hubiese hecho John le habría exigido explicaciones cuando se encontraron en El Cairo.

Bien, John pronto sabría la verdad. Philip se preguntó cómo tomaría el asunto, pues habían llegado a ser buenos amigos durante el viaje de regreso a Inglaterra. También se preguntó cómo reaccionaría Christina cuando él apareciese inesperadamente. Era obvio que no deseaba que él se enterase de la existencia del niño. ¿O sí? ¿Había ido a Victory con el fin de que él se enterase?

Quería retener y criar al niño. Si lo odiaba, ¿por qué retener a un hijo que le recordaba constantemente al padre? ¡Quizás en realidad aún sentía afecto por Philip!

Si por lo menos él le hubiese dicho que la amaba. Si él no hubiese pretendido que ella lo dijese primero. Bien, esta vez se lo diría apenas la viese.

30

Christina había pasado la mañana entera tratando de evitar a Estelle. No podía ver tanta felicidad en los ojos de la joven, pues sabía que ella amaba a Philip. Ahora corrían las últimas horas de la tarde y Kareen y Estelle habían ido a Halstead a hacer algunas compras, mientras John revisaba las cuentas de su propiedad en su estudio.

La casa estaba en silencio. Christina estaba sentada en el salón, y trataba de leer un libro para apartar su pensamiento de Estelle y Philip. Pero continuaba imaginándolos, y los veía reunidos, besándose y abrazándose. ¡Maldito sea!

—Christina, necesito conversar contigo.

Era Tommy Huntington.

Ella se levantó y se acercó al hogar, y su falda de terciopelo rojo se balanceó suavemente.

—Tommy, creí que no te vería antes de la noche. ¿Qué asunto tan importante te trae a esta hora temprana? —preguntó Christina.

Le volvió la espalda y se atareó ordenando las figurillas sobre la repisa de la chimenea.

—Conversé esta mañana con John. Coincide conmigo en que deberíamos casarnos. Christina, no puedes continuar rechazándome. Te amo. Por favor, ¿te casarás conmigo?

Christina suspiró hondo. Su respuesta haría feliz a todos... es decir, a todos excepto a ella misma. Incluso Johnsy le había explicado que los matrimonios se concertaban por conveniencia no por amor, y que era suficiente que el señor Tommy la amase.

—Está bien, Tommy, me casaré contigo. Pero no te aseguro que... —Pensaba decir «te amé», pero el sonido de una voz profunda la interrumpió. Se volvió, mortalmente pálida.

—Señora, se me ha informado que tengo un hijo. ¿Es cierto?

Tommy asió bruscamente los brazos de Christina, pero ella estaba demasiado conmovida para sentir nada. Tommy la soltó volviéndo se para enfrentarse al intruso, y Christina se apoyó en la repisa de la chimenea. Sentía que se le doblaban las rodillas.

—¿Quién es usted, señor? —preguntó Tommy—, ¿y qué significa preguntarle a mi prometida si usted tiene un hijo?

—Soy Philip Caxton. La señorita Wakefield puede ser su futura esposa, pero este asunto no le concierne. Me dirijo a Christina, y estoy esperando una respuesta.

—¡Cómo se atreve! —exclamó Tommy—. Christina, ¿conoces a este hombre?

Christina estaba horriblemente confundida. Se volvió lentamente para enfrentarse a Philip y sintió que al verlo su voluntad se debilitaba. No había cambiado... aún era el hombre a quien ella amaba. Anhelaba correr hacia él. Deseaba abrazarlo y no separarse jamás de él. Pero el horrible odio que veía en sus ojos y la dura frialdad de su voz la detuvieron.

—¿Tengo un hijo, señora?

Ante la amenaza de la voz de él, el miedo se apoderó de Christina. Pero entonces también comenzó a avivarse su cólera. ¿Cómo era posible que preguntase tan fríamente acerca de su hijo?

—No, señor Caxton —dijo—. Yo tengo un hijo... ¡usted no!

—Entonces, señorita Wakefield, formularé de otro modo mi pregunta. ¿Soy el padre de su hijo?

Christina comprendió que no tenía salida. Paul seguramente le había informado de la fecha de nacimiento. Philip había realizado los correspondientes cálculos y sabía que ella había concebido con él. Además, era suficiente mirar al pequeño Philip para saber que era el hijo de Philip Caxton.

Christina se desplomó en la silla más cercana, tratando de evitar la mirada de los hombres que esperaban su respuesta.

—Christina, ¿es cierto? ¿Este hombre es el padre de tu hijo? —preguntó Tommy.

—Es cierto, Tommy —murmuró Christina.

—Señor Caxton, ¿cómo se atreve a venir aquí? —preguntó Tommy.

—¡Estoy aquí porque vine a buscar a mi hijo y sugiero que usted no se meta!

—¡A *su* hijo! —gritó Christina, incorporándose bruscamente—. Pero usted nunca lo quiso. ¿Por qué lo desea ahora?

—Temo que interpretaste mal lo que te dije hace mucho tiempo, Christina. Te dije que no te había llevado a mi campamento para engendrar hijos. Nunca dije que no aceptaría al niño que pudiera nacer —replicó serenamente Philip.

—Pero yo...

La aparición de John interrumpió la frase de Christina.

—¿Qué son estos gritos? —preguntó con voz severa. Entonces vio a Philip que estaba junto a la puerta, y sonrió con simpatía—. Philip... no esperaba verlo tan pronto. Me alegro que decidiera aceptar mi invitación para vistamos. Estelle se sentirá complacida de verlo.

—¡Santo Dios! ¿Todos están locos? —explotó Tommy—. John, ¿sabes quién es este hombre? ¡Es el padre del hijo de Christina!

La sonrisa de John se esfumó.

—Christina, ¿es eso cierto? —preguntó.

—Sí —murmuró ella con voz tensa.

John descargó un puñetazo sobre la pared.

—¡Maldita sea, Christina! ¡He llegado a ser amigo de este hombre! ¡Me dijiste que el padre de tu hijo era un árabe!

—¡Pero Philip es medio árabe y te dije que tenía otro nombre! —replicó a gritos Christina.

—Y *usted* —explicó John, volviéndose de nuevo hacia Philip—. Venga conmigo.

—¡John! —gritó Christina—. ¡Me diste tu palabra!

—Recuerdo bien la promesa que me arrancaste, Crissy. Me limitaré a hablar a solas con Philip en mi estudio —dijo John, más sereno, y los dos hombres salieron de la habitación.

John sirvió dos brandies y entregó uno a Philip. Después, se acomodó en un sillón de cuero negro.

—¿Por qué vino aquí? ¡Santo Dios, Philip! ¡Tengo todo el derecho del mundo a retarlo a duelo por arruinar la vida de mi hermana!

—Espero que la cosa no llegará a eso —replicó Philip—. Supe de la existencia del niño por mi hermano y vine aquí para casarme con Christina y llevarme a los dos a mi casa de Benfleet. Pero llegué en el momento en que ella aceptaba la propuesta de ese mocoso peleador, de modo que ahora es imposible hablar de matrimonio. De todos modos, quiero a mi hijo.

—¡Christina jamás renunciará al niño!

—En ese caso, debo pedirle que me permita permanecer aquí, para persuadirla de que acceda. Puede comprender cuáles son mis sentimientos. El niño es mi heredero, y soy rico. Para él sería beneficioso que yo lo educase.

—No entiendo. Usted es un caballero, y sin embargo secuestra a una dama y la retiene como amante. ¿Cómo pudo hacer tal cosa? —preguntó John.

Philip se sintió divertido porque John había formulado la misma pregunta que él había oído de labios de su propio hermano.

—Deseaba a su hermana más de lo que jamás deseé a ninguna mujer. Es tan bella que usted mal puede criticarme. Estoy acostumbrado a tomar lo que deseo y le pedí que se casara conmigo, cuando nos conocimos en Londres. Como ella me rechazó, conseguí que usted fuera enviado a Egipto, la patria de mi padre.

—¡De modo que *usted* fue responsable de la maniobra!

—Sí, y probablemente usted conoce el resto.

John asintió. Estaba asombrado ante los extremos a los que había llegado ese hombre para conseguir a Christina. Probablemente haría otro tanto para conseguir a su hijo. De modo que Crissy se equivocaba... Philip quería tanto a la madre como al hijo y había venido para desposarla. John se sintió culpable porque la había persuadido de que contrajese matrimonio con Tommy. Quizá había echado a perder la única posibilidad que se ofrecía a Crissy de ser feliz. Pero si permitía que Philip permaneciese en la casa, él y Crissy quizá resolviesen sus diferencias. John decidió que no volvería a interferirse en el asunto.

—Philip, usted puede permanecer aquí tanto tiempo como lo desee, aunque probablemente provocará un buen escándalo. Como sabe, Estelle también está aquí y cree estar enamorada de usted. No sé cuáles son sus sentimientos hacia esa joven, pero le ruego que maneje con cuidado la situación... por el bien de Christina. —John se puso de pie y se acercó a la puerta—. Sin duda, ahora desea ver a su hijo. Trataré de explicar el problema a Tommy Huntington mientras Christina lo lleva a sus habitaciones.

—Le agradezco su comprensión —dijo Philip.

Frente a la puerta del estudio, acompañado por Philip, John llamó a Christina, y la joven apareció en el vestíbulo; su rostro era la imagen misma de la vacilación.

—He decidido que Philip continúe aquí un tiempo —dijo John.

—Pero John...

—Eso está arreglado, Crissy. Ahora lleva a Philip a la habitación del niño. Es hora de que conozca a su hijo.

—¡Oh!

Christina se volvió y comenzó a subir la escalera sin esperar a Philip.

—Usted no suponía que la cosa sería fácil, ¿verdad? —preguntó John.

—Nada es fácil cuando se trata de Christina —replicó Philip y la siguió por la escalera.

Christina lo esperó a la puerta de la habitación. Se sentía tensa e irritada, y cuando Philip llegó a ella ya no pudo controlar su incomodidad.

—¿Qué esperas ganar quedándote aquí? —dijo con dureza—. ¿No has provocado ya bastante sufrimiento?

—Ya te lo dije, Christina. Vine a buscar a mi hijo.

—¡No hablas en serio! Después de lo que me hiciste, ¿pretendes que te entregue a mi hijo? Bien, ¡no lo tendrás!

—¿Está en este cuarto?

—Sí, pero...

Philip abrió la puerta, pasó junto a Christina y entró en la habitación de su hijo. Se acercó directamente a la cuna y se detuvo para contemplar al niño.

Christina se acercó, pero no dijo palabra cuando vio la sonrisa de orgullo de Philip, que miraba al niño.

—Un hermoso niño, Tina... gracias —dijo Philip con expresión cálida y Christina se suavizó de nuevo cuando percibió la dulzura de la voz de él. Philip alzó suavemente al niño. Cosa extraña, el pequeño no lloró y miró con curiosidad los bigotes en el rostro de su padre—. ¿Qué nombre le has puesto?

Christina vaciló y desvió los ojos. ¿Qué podía decirle?

—Junior —murmuró.

—¡Junior! ¿Qué clase de nombre es ése para mi hijo? —explotó Philip y el pequeño Philip se echó a llorar.

Christina se apresuró a retirar al niño de los brazos de Philip, que lo entregó sin oponer resistencia.

—Vamos, querido, está bien... ven con mamá —dijo ella, tratando de calmar al niño. El pequeño dejó de llorar inmediatamente y Christina miró irritada a Philip—. Puesto que no estabas conmigo, tuve que elegir el nombre que me pareció mejor. Oh, ¿por qué has tenido que venir?

—Vine aquí con buenas intenciones, pero al llegar te oí aceptar la propuesta de matrimonio de tu amante —replicó Philip, los ojos sombríos y amenazadores.

—¡Mi amante!

—Oh, vamos, Christina... no lo niegues. Sé bien lo

apasionada que eres. Después de todos estos meses, supuse que te encontraría en los brazos de otro hombre.

—¡Te odio! —exclamó Christina, y sus ojos cobraron un matiz azul oscuro.

—Señora, sé muy bien lo que usted siente por mí. Si me odia tanto, ¿por qué desea retener a mi hijo? Cada vez que lo mire, verá mi propia figura.

—¡También es mi hijo! Lo llevé en mi vientre nueve meses. Sufrí el dolor de traerlo al mundo. ¡No lo entregaré! ¡Es parte de mi ser y lo amo!

—Otro asunto que me desconcierta. Si me odias tanto, ¿por qué fuiste a Victory para dar a luz al niño?

—No sabía que era tu casa... lo supe después de llegar. No quería permanecer aquí, y Johnsy, mi anciana niñera, propuso que fuese con su hermana, que casualmente es tu cocinera. Por eso fui a Victory. ¿Cómo podía saber que la propiedad era tuya?

—Seguramente fue una sorpresa —se burló Philip—. ¿Por qué no te marchaste cuando descubriste la verdad?

—Emma insistió en que me quedara. Pero ahora no deseo continuar discutiendo el asunto —replicó Christina—. Philip, tendrás que marcharte. Es hora de alimentar al niño.

—Pues aliméntalo. Christina, es un poco tarde para que me vengas con tu falsa modestia. Conozco bien el cuerpo que tu vestido oculta.

—¡Eres insoportable! No has cambiado en lo más mínimo.

—No... pero tú has cambiado. Antes eras más sincera.

—No sé de qué hablas. —Cristina se acercó a la puerta del dormitorio—. Sugiero que alguien te lleve a tu cuarto. Después si lo deseas, podrás ver a tu hijo.

Christina ocupó una silla en el rincón más alejado de

la habitación y depositó al pequeño Philip en su regazo, mientras se desabrochaba el corpiño. Pero aún sentía la presencia de Philip y cuando alzó los ojos lo vio apoyado contra el marco de la puerta, mirándola atentamente.

—¡Por favor, Philip! Puedes entrar en la habitación del niño, pero ésta es la mía. Deseo un poco de intimidad... si no te importa.

—¿Te molesto, Christina? ¿Jamás desnudaste tus pechos frente a un hombre? —preguntó Philip—. Propongo que dejes de representar el papel de la mujer indignada y que alimentes a mi hijo. ¿Tienes apetito, no es así?

—¡Oh! —Christina decidió ignorarlo, y formuló mentalmente el deseo de que se marchase.

Abrió un lado del vestido y amamantó al pequeño Philip. El niño chupó codiciosamente, apoyando un minúsculo puño sobre el seno materno. Christina sabía muy bien que Philip continuaba mirándola.

—Christina, ¿qué estás haciendo? —gritó Johnsy, que entró en la habitación por otra puerta y vio a Philip.

—Está bien, Johnsy, serénate —dijo irritada Christina—. Éste es Philip Caxton.

—De modo que es el padre del pequeño Philip —observó acremente Johnsy, volviéndose para enfrentarse a Philip—. Bien, vaya descaro venir aquí, después de lo que hizo a mi niña.

—Oh, basta, Johnsy. Ya has hablado bastante —la interrumpió Christina. Philip se echó a reír y Christina agachó la cabeza, porque sabía muy bien qué le parecía tan divertido—. ¡Es un nombre común, maldita sea! ¡No necesito explicar nada!

El pequeño Philip comenzó a llorar otra vez.

—Señor Caxton, salga de aquí. Está molestando a Crissy y a su hijo —observó Johnsy.

Cerró la puerta detrás de Philip, pero Christina aún

oía la risa del hombre. Johnsy se apresuró a cerrar la otra puerta y después miró a Christina y movió la cabeza.

—De modo que vino... sabía que vendría. ¿El señor John lo sabe?

—Sí. John decidió permitir que Philip permanezca aquí. Y también Tommy lo sabe. Philip entró precisamente cuando yo aceptaba la propuesta matrimonial de Tommy. Oh, Johnsy, ¿qué puedo hacer? —Christina se echó a llorar—. Vino a buscar a su hijo... ¡no a mí! Philip se muestra muy frío conmigo, ¿y cómo soportaré verlo unido a Estelle?

—Todo se arreglará, señorita Crissy... ya lo verá. Ahora, basta de llorar, porque de lo contrario el pequeño no se calmará.

Christina cerró discretamente la puerta del cuarto y al volverse vio a Philip que salía de la habitación contigua. Tenía que acercarse a él para llegar a la escalera, pero Philip le cerró el paso.

—¿Duerme el pequeño *Philip*? —preguntó burlonamente.

—Sí —replicó Christina, que evitó la mirada de su interlocutor—. ¿Tu habitación es satisfactoria?

—Me arreglaré —replicó él, y la obligó a mirarlo a los ojos—. Pero prefería compartir la tuya.

Philip la apretó contra su cuerpo y sus labios cubrieron los de Christina, exigiendo una respuesta. Ella la ofreció de buena gana. Todos esos meses tan prolongados y solitarios parecían esfumarse.

—Ah, Tina... ¿por qué no me dijiste que tendríamos un hijo? —murmuró él con voz ronca.

—Lo supe cuando llevaba tres meses de embarazo. Y era demasiado tarde... te habías casado con Nura.

—¡Nura! —rió Philip, los ojos fijos en el rostro de Christina.

—Yo...

Pero entonces él se puso rígido, De modo que... ella había regresado con su hermano porque así lo deseaba. Philip pensó que quizás ella ya conocía su embarazo, y temía que él se enojara. ¿Cuándo aprendería de una vez que esa mujer lo odiaba?

—Philip, ¿qué te pasa? —preguntó Christina, que vio la frialdad en los ojos de Philip.

—Señora, será mejor que vaya donde está su amante. ¡Estoy seguro de que prefiere sus besos a los míos! —dijo Philip con dureza y la apartó de un empujón.

Christina lo vio alejarse y sintió que se le doblaban las rodillas. ¿Qué había dicho que lo había inducido a ofenderla tan cruelmente? Ella se había sentido maravillosamente feliz apenas un momento antes, y ahora creía estar al borde del desastre.

—¡Philip! ¡Oh, sabía que vendrías!

Christina oyó la voz complacida de Estelle que provenía del vestíbulo de la planta baja.

—Querida, abrigaba la esperanza de que aún estuvieras aquí. Lograrás que mi estancia en esta casa sea mucho más grata —respondió alegremente la voz profunda de Philip.

Las lágrimas brotaban de los ojos de Christina mientras ella caminaba de regreso a su cuarto y después de entrar cerraba la puerta. Se desplomó en la cama y hundió el rostro en la almohada.

No podía soportar la imagen de Philip galanteando con Estelle. ¿Por qué la odiaba así? ¿Por qué no la deseaba ya? ¿Cómo podía soportar verlos juntos, cuando se le partía el corazón?

31

Philip se detuvo en la entrada de la habitación, contemplando cómo dormía Christina. Muchas veces había hecho lo mismo, pero antaño si lo deseaba podía hacerle el amor; y ahora lo deseaba. Era tan bella, con los cabellos dorados extendidos sobre la almohada, en el rostro una expresión dulce e inocente. Hubiera bastado que ella correspondiera a sus sentimientos para que él se sintiera el hombre más feliz de la tierra.

Se preguntó por qué no había bajado a cenar la noche anterior. Él estaba dispuesto a demostrarle que podía adoptar una actitud tan indiferente como la de la propia Christina; y se había propuesto consagrar su atención entera a Estelle. La ausencia de Christina lo había decepcionado. Estelle era una hermosa joven, pero no podía compararse con Christina... nadie podía compararse con ella. ¿Por qué tenía que ser tan falsa y perversa?

El pequeño Philip comenzó a llorar y Philip se escondió tras la puerta de modo que podía observar a Christina sin ser visto cuando ella entrase en su cuarto. En efecto, Christina apareció en la habitación y a él le sorprendió ver que usaba la túnica negra que había confeccionado en Egipto. ¿Por qué no la había quemado? Al parecer, a diferencia de lo que le ocurría a Philip, esa prenda nada representaba para ella.

Se acercó directamente a la cuna, los largos rizos dorados cayéndole en la espalda, y el pequeño Philip dejó de llorar apenas la vio.

—Buenos días, amor mío. Esta mañana me has dejado dormir hasta tarde, ¿verdad? Philip eres la alegría de mi vida. ¿Qué haría sin ti?

Philip se sintió reconfortado cuando vio cuán intenso era el amor de Christina por su hijo. Pero le desconcertaba que ella hubiese dado al niño su mismo nombre.

Christina se volvió bruscamente, porque sintió la presencia de Philip en la habitación: pero nada dijo cuando lo vio junto a la puerta. Se volvió hacia el pequeño Philip, lo retiró de la cuna y se sentó en una silla tapizada, con tela azul y puesta en el rincón del cuarto. Se desabrochó lentamente el camisón.

El silencio de Christina irritó a Philip. Prefería que ella le gritase y no que lo ignorase.

—No has necesitado mucho tiempo para perder nuevamente tu pudor —observó cruelmente.

—Philip, ayer aclaraste bien las cosas. No puedo mostrarte nada que no hayas visto ya —dijo serenamente Christina, y sus labios dibujaron una semisonrisa que no se extendió a sus ojos tan azules.

Philip se echó a reír. Esta mañana no conseguiría que ella perdiese los estribos. Observó a su hijo que chupaba ávidamente el seno de Christina, y el espectáculo lo conmovió profundamente. Eran su hijo y la mujer que él aún deseaba. Philip rehusaba aceptar la derrota. Hallaría el modo de tenerlos a ambos.

—Tiene mucho apetito. ¿No necesitas una nodriza? —preguntó Philip.

—Tengo leche suficiente para satisfacer sus necesidades. El pequeño Philip está bien atendido —dijo ella con voz tensa.

Philip suspiró profundamente. Aparentemente, no

necesitaba buscar mucho para hallar una observación acre que la irritase... una sencilla pregunta producía ese efecto.

—No quise insinuar que no eres buena madre —dijo—. Más aún, Christina, diría que la maternidad te sienta. Te has comportado muy bien con mi hijo —dijo Philip con voz serena, mientras acomodaba un mechón de los cabellos de Christina que se había desordenado, y al hacerlo lo acariciaba delicadamente entre los dedos.

—Gracias —murmuró ella.

—¿Dónde lo bautizaste? —preguntó Philip, de pasada. No deseaba retirarse, y pensó que era necesario decir algo porque de lo contrario su presencia silenciosa acabaría por irritar a Christina.

—Aún no está bautizado —dijo Christina.

—¡Santo Dios, Christina! Debieron bautizarlo un mes después de nacer. ¿Qué estás esperando? —estalló y rodeó la silla para enfrentarse a la joven.

—Maldito seas... ¡no me grites! Sencillamente, no pensé en el asunto. No estoy acostumbrada a tener hijos —replicó con la misma voz colérica, y sus ojos cobraron un tono azul zafiro.

Dando grandes zancadas, Philip llegó a la puerta de la habitación, pero se volvió para enfrentarse de nuevo a Christina, con el cuerpo tenso de cólera.

—Lo bautizaremos hoy... ¡esta mañana! Prepárate y prepara a mi hijo porque saldremos dentro de una hora.

—Ésta es mi casa, Philip, no tu campamento en las montañas. No puedes decirme qué debo hacer aquí.

—Prepárate, o yo mismo lo llevaré.

Dicho esto, se volvió y salió del cuarto.

Christina sabía que hablaba en serio. Procuró tranquilizarse y terminó de alimentar al pequeño Philip; después, lo depositó en la cuna, llamó a una de las criadas y le ordenó que la ayudase a prepararse. No podía confiar el niño a Philip... quizá no regresara.

Depositó sobre la cama la túnica y vio que era la prenda árabe, de lienzo negro. Sin prestar mucha atención al asunto, se la había puesto cuando el pequeño Philip empezó a llorar. Christina se preguntó si Philip habría advertido el hecho. Pero no... probablemente ni siquiera recordaba la túnica; de lo contrario, habría formulado alguna maligna observación.

Christina se peinó y después eligió un sencillo vestido de algodón con mangas largas y cuello alto, una prenda adecuada para la ocasión. Como disponía de tiempo, vistió con cuidado al pequeño Philip y una hora después descendió la escalera.

Philip esperaba solo, y tomó al niño de los brazos de la madre.

—¿Dónde está John? —preguntó ella nerviosamente.

—Salió temprano esta mañana: fue a Halstead por asuntos de negocios. Dijo que trataría de regresar antes de mediodía —replicó Philip y echó a andar hacia la puerta.

—Pero... no iremos solos... ¿verdad?

—Oh, vamos, Christina —dijo él riendo—. No volveré a raptarte, si eso es lo que te inquieta. Aunque a decir verdad la idea me pasó por la mente.

—¡Oh!

Christina pensó irritada: «Qué fácil es mentir para este hombre.»

—Philip, la próxima vez que proyectes un rapto, ¡tu víctima probablemente será Estelle! —replicó Christina.

—Caramba, Christina, a decir verdad pareces celosa —se burló él.

—¡No estoy celosa! —dijo secamente Christina—. Al contrario, agradezco que desvíes en otra dirección tus atenciones.

No les llevó mucho tiempo llegar a la pequeña iglesia cercana a Wakefield. Christina esperó en el carruaje abierto mientras Philip entraba en la iglesia para comprobar que el sacerdote estaba disponible. Regresó poco después y la ayudó a descender del carruaje.

—¿Todo está arreglado? —preguntó ella cuando Philip volvió a apoderarse del pequeño.

—Sí. Llevará sólo un minuto —respondió Philip y escoltó a la joven hacia el interior de la iglesia pequeña y sombría.

Un hombre grueso, de baja estatura, los esperaba al extremo del corredor y Philip le entregó al niño. El pequeño Philip no lloró cuando sintió el agua en la frente, pero Christina ahogó una exclamación cuando oyó las palabras pronunciadas claramente en la sala oscura.

—Yo te bautizo... Philip Caxton, hijo.

Philip recuperó a su hijo y tomó del brazo a Christina para acompañarla fuera de la iglesia. Ella nada dijo hasta que estuvieron en el carruaje y el cochero inició el camino de regreso a la Residencia Wakefield.

—¡No tenías derecho de hacer eso, Philip! —exclamó Christina, mirándolo con ojos hostiles.

—Todo el derecho del mundo... soy su padre —sonrió Philip.

—No eres su padre legal... no estamos unidos. ¡Maldito seas! Se llama Philip Junior Wakefield según se lee en su partida de nacimiento.

—Christina, es muy fácil cambiar eso.

—Primero tendrás que encontrar el documento original. ¡Es mi hijo, y llevará mi nombre, no el tuyo!

—Y cuando te cases, ¿le darás el nombre de tu marido?

—En realidad, no he pensado en ello, pero si Tommy desea adoptarlo, sí, llevará su nombre.

—No permitiré que ese joven vanidoso críe a mi hijo —replicó Philip con el ceño fruncido.

—Philip, nada tendrás que ver en eso. Además, Tommy será un buen padre.

Pero Christina no creía realmente en sus propias palabras.

—Veremos —murmuró Philip, y ninguno de los dos volvió a hablar durante el resto del viaje de regreso a la Residencia Wakefield. John los recibió en la puerta, y su rostro expresaba profunda irritación.

—¿Dónde demonios estuvisteis? ¡Me sentí muy inquieto!

—John, fuimos a bautizar a Philip Junior. No había motivo para preocuparse —replicó Christina. Miró inquisitiva a Philip, que se echó a reír.

—¿Por qué no dijisteis a nadie adónde íbais? Cuando volví a casa descubrí que habíais salido y que os habíais llevado al niño, pensé que...

—Sabemos lo que pensaste, John —rió Christina—. Pero como ves, te equivocaste. Lamento que te hayas inquietado... no volverá a ocurrir.

Christina subió al primer piso para acostar al pequeño Philip. Después de cambiarlo, cerró las puertas de la habitación, de modo que nadie lo molestase y más tarde fue a su propio cuarto para quitarse el sombrero. A través de la puerta abierta Christina oyó los movimientos de Philip que entraba en su habitación. Su voz llegó claramente a los oídos de la joven, y lo que oyó la indujo a permanecer inmóvil, sin hacer el más mínimo gesto.

—¿Qué haces aquí? Tu hermana se enojará mucho si te encuentra en el dormitorio de un caballero.

—Philip, no es necesario que actúes así. Seguramente estás acostumbrado a recibir damas en tu dormitorio —dijo amablemente Estelle—. He esperado aquí para hablarte a solas. ¿Por qué no cierras la puerta y te sientas? Estarás mucho más cómodo.

—No será necesario... no permanecerás mucho tiempo en este cuarto, Estelle, no deseo que me pidan que abandone la casa sólo porque a ti te interesa jugar a ciertos juegos.

Christina no quiso escuchar más, pero en verdad no atinó a reaccionar.

—¡Philip Caxton, no estoy haciendo juegos! Vine a buscar una respuesta. ¿Aún amas a Christina? ¡Tengo derecho de saberlo!

—¡Amor! ¿Qué tiene que ver el amor con esto? Hace un tiempo la he deseado, del mismo modo que te deseo ahora —dijo Philip, y en su voz profunda no había sentimiento alguno.

—Entonces, ¿ella nada significa para ti ahora? —preguntó Estelle.

—Christina es la madre de mi hijo... eso es todo. Y ahora, Estelle, debo pedirte que salgas, antes de que alguien te encuentre aquí. La próxima vez que desees hablarme a solas busca un lugar más apropiado.

—Lo que tú digas, Philip —replicó Estelle con una risita, era evidente que se sentía muy complacida consigo misma—. ¿Te veré a la hora del almuerzo?

—Bajaré dentro de algunos minutos.

Christina se sentó en el borde de la cama; sentía que le habían hundido un cuchillo en el corazón. Un rato antes tenía apetito, pero ahora la idea de comer le parecía insoportable. ¡Necesitaba marcharse!

Se quitó el vestido, se puso el traje de montar y descendió de prisa la escalera. Un momento después, salía de la casa.

Tras ordenar a un caballerizo que ensillara a *Dax*, esperó impaciente. Después descendió por el sendero que conducía a los campos abiertos y al fin prorrumpió en llanto.

El viento acabó llevándose las lágrimas de sus ojos cuando Christina obligó a *Dax* a correr cada vez más velozmente. De los cabellos se desprendieron las horquillas, y los mechones cayeron sobre su espalda, flotando en el aire. Deseaba terminar de una vez, pero de pronto recordó al pequeño Philip. No podía abandonar a su hijo. Tenía que afrontar el hecho de que aún amaba a Philip, pero jamás lo recuperaría. Tendría que aceptar la situación y comprender que su hijo era el único motivo de alegría en su vida. Tommy la amaba y quizá llegaría el día en que podría ser feliz con él.

Hacía dos horas que había oscurecido cuando al fin Christina llegó a la puerta principal y después de entrar se apoyó contra la hoja de madera, agotada. Philip salió del salón, y en su rostro se veía una expresión irritada e inquieta; pero se tranquilizó y sonrió cuando vio a Christina. John y Kareen estaban detrás de Philip. Kareen preocupada y John dominado por la cólera.

—Christina, ¿dónde demonios has estado? —exclamó John—. Dos veces en el mismo día te marchas sin decir palabra. ¿Qué te ocurre?

—¿El pequeño Philip está bien? —preguntó Christina.

—Muy bien. Johnsy mandó llamar a una nodriza al ver que tú no regresabas. El niño estaba un tanto nervioso, pero ahora duerme. Crissy, ¿estás herida? —preguntó John—. Parece que te hubieras caído del caballo.

Christina examinó su propio aspecto. Era una desastre. Tenía los cabellos enmarañados, le caían sobre los hombros llegándole a la cintura. El traje de montar de terciopelo verde estaba desgarrado en muchos lugares a causa de la desenfrenada cabalgada a través de los bosques.

Se apartó de la puerta y enderezó orgullosamente el cuerpo.

—Estoy muy bien, John. Sólo cansada y hambrienta.

Comenzó a caminar, pero John la obligó a volverse.

—Un minuto, joven. No has contestado a mis preguntas. ¿Dónde has estado tantas horas? La casa entera ha estado buscándote.

Christina vio la expresión divertida de Philip y se enojó.

—¡Maldita sea! John, ya no soy una niña... ¡puedo cuidarme sola! Que me aleje unas pocas horas no es motivo que justifique despachar partidas encargadas de buscarme.

—¡Unas pocas horas! Estuviste fuera todo el día.

—Estuve cabalgando... ¡eso es todo! ¡Y precisamente tú deberías saber por qué lo hice!

John sabía a qué atenerse. Al parecer la presencia de Philip en la casa inquietaba a Christina más de lo que él había previsto.

—Crissy, quiero hablar contigo... a solas —le dijo John.

—Esta noche no, John... ya te lo dije, estoy cansada.

John la acompañó hasta la escalera, para quedar fuera del alcance del oído de los presentes.

—Crissy, si Philip te inquieta tanto, le pediré que se marche.

—¡No! —gritó Christina, y después, en voz más baja—: John, no deseo que se vaya. No puedo negarle el derecho de estar con su hijo. He acabado por reconciliarme conmigo misma... en adelante podré soportar su presencia.

Abrigaba la esperanza de estar diciendo la verdad.

John volvió adonde estaba Kareen cuando Christina comenzó a subir la escalera.

—Ordenaré a un criado que le lleve una bandeja de comida, y le prepare agua caliente para darse un baño —dijo Kareen, que miraba inquieta a su marido—. ¿Has descubierto por qué salió esta tarde?

—Lo sé —replicó John, mientras dirigía a Philip una mirada de desaprobación—. Pero no sé qué hacer al respecto.

32

Era el 5 de enero de 1885. Los últimos siete días habían sido una sucesión de momentos de gran tensión para todos los ocupantes de la Residencia Wakefield, pero sobre todo para Christina. Estelle la desairaba groseramente siempre que se encontraban y, por su parte, Philip contemplaba el espectáculo con una sonrisa divertida. Pero la cena era el momento más dificil. El pobre John y Kareen ocupaban los dos extremos de la mesa y esperaban nerviosamente la explosión. Christina y Tommy ocupaban un lado de la mesa y Tommy miraba irritado a Philip. Philip y Estelle ocupaban el lado opuesto, y Estelle demostraba francamente su desprecio por Christina. Parecía que todos estaban sentados sobre un barril de pólvora.

Philip había cambiado desde el momento de la desaparición de Christina, una semana antes. Ya no disputaba con ella y, en cambio, la trataba con una actitud cortés y fría. Jamás mencionaba el pasado y eso molestaba a Christina, que esperaba constantemente una observación mordaz que nunca llegaba.

No quería encontrarse a solas con Philip, pero esa situación se repetía siempre en la habitación del niño. Christina insistía en que Johnsy la acompañase, pero apenas aparecía Philip, Johnsy formulaba una excusa fútil y se alejaba deprisa.

Sin embargo, Philip parecía interesado únicamente en su hijo, y se mantenía a cierta distancia de Christina. La veía bañar al pequeño Philip o jugar con él sobre la suave alfombra. Pero cuando llegaba el momento de darle el pecho, Philip se retiraba discretamente. Esa actitud desconcertaba por completo a Christina.

Tommy era el peor de los problemas que Christina afrontaba. Después de la llegada de Philip había adoptado una actitud muy exigente. Continuamente pedía a Christina que fijase la fecha del matrimonio; pero hasta ahora ella se había negado a dar aquel paso.

Sin embargo hoy Christina había encontrado un motivo de alegría.

Kareen entró en el comedor cuando Christina tomaba un almuerzo tardío.

—Estelle al fin decidió volver a casa. Ahora está en su habitación preparando las maletas —informó.

Christina nada dijo, aunque sentía deseos de saltar de alegría.

—Pese a que es mi hermana y a que la quiero mucho —continuó Kareen— no me importa reconocer que me alegro de que se marche. Sin embargo, me gustaría saber por qué adopta esa actitud... y ella no quiere decirme una palabra. Ayer mismo intenté convencerla de que se alejase, y ella rechazó enérgicamente mi propuesta. Esta mañana, fue a cabalgar con Philip, y cuando regresó, hace un rato, afirmó muy enojada que no pensaba permanecer aquí un minuto más. Es mejor así, porque sé que le esperaba una gran decepción; de todos modos, aún no comprendo la verdadera situación.

Tampoco Christina sabía a qué atenerse. Pero poco importaba por qué Estelle se iba... si realmente lo hacía. Christina no tendría que sufrir la presencia de otra mujer que se asiera a Philip. Aunque ahora que Estelle se iba, quizá Philip también se marchase. De pronto Christina no se sintió tan feliz como antes.

Philip estaba recostado en la gran cama de bronce con las manos unidas en la nuca, escuchando atentamente los sonidos que venían de la habitación contigua. Volvió los ojos hacia el antiguo reloj de la repisa de la chimenea. Las diez menos cinco... no necesitará esperar mucho tiempo más.

Philip esbozó una mueca cuando recordó lo que había ocurrido aquella mañana. Se había cansado del juego de Christina y Estelle, y había tratado de pensar en algún modo de terminarlo. La audacia de Estelle había aportado la solución al problema.

Después del desayuno Estelle lo había arrinconado y le había pedido que la llevase a cabalgar. Philip no vio motivos para negarse. Christina estaba en el primer piso amamantando al pequeño Philip. Pero después de alejarse un poco de la casa, Estelle había desmontado a la sombra de un gran roble. Se había sentado bajo el árbol; se quitó el sombrero de montar, se soltó los espesos cabellos negros y con un gesto seductor invitó a acercarse a Philip.

—Estelle, monta tu caballo. No tengo tiempo para juegos —había dicho Philip con voz dura.

—¡Juegos! —había exclamado Estelle. Se puso bruscamente de pie y se enfrentó con él, con los brazos en jarras—. ¿Piensas casarte conmigo o no?

Philip se sorprendió, pero de pronto vio la solución de su problema. Podía terminar de una vez con el juego mediante una respuesta negativa.

—Estelle, no tengo la más mínima intención de casarme contigo y lo lamento si te induje a creer lo contrario.

—¡Pero dijiste que me deseabas! —replicó ella con voz colérica.

—Tuve una razón egoísta para decirlo. Además, era lo que tú querías oír. Una sola mujer en el mundo me inspira deseos y sólo con ella quiero casarme.

—Y está comprometida con otro —rió amargamente Estelle.

Un momento después, la joven montaba en su caballo y galopaba de regreso a la Residencia Wakefield.

Esa noche, durante la cena, Philip comprobó que Tommy Huntington estaba muy nervioso. El joven sabía que, cuando Estelle se hubiese marchado, Philip dispondría de más tiempo que consagrar a Christina. Philip se preguntaba cómo hubiera reaccionado él si la situación hubiera sido a la inversa... Si el ex amante de su prometida hubiera vivido en la misma casa que ella habitaba, y él no pudiese evitarlo.

Bien, no compadecía a Huntington. Más aún, odiaba al joven. No podía soportar la idea de que Huntington muy pronto sería el marido de Christina. Tendría el derecho de imponerse y hacerle el amor. Philip trató de alejar esos pensamientos. ¡Ciertamente, no permitiría que las cosas llegaran a ese punto! ¡Y si Tommy Huntington ya se había acostado con Christina, lo mataría!

Saber que Christina dormía en el cuarto contiguo y que los separaba sólo un delgado tabique, era algo que ponía a dura prueba su voluntad. Oír sus movimientos en el cuarto, escuchar su voz vibrante... no podría soportarlo mucho más. Debía recuperarla antes del día de la boda, o volver a secuestrarla. Prefería soportar su odio antes que vivir sin ella.

Finalmente, Philip oyó los movimientos de la criada que salía del cuarto de Christina. Abrió la puerta de su propia habitación y vio que el corredor mal iluminado estaba vacío. El dormitorio de John y Kareen estaba en el extremo contrario de la casa y Philip confiaba en que ellos ya estarían durmiendo.

Salvó los pocos metros que lo separaban de la puerta de Christina y la abrió sin hacer ruido. La joven estaba bañándose frente al fuego vivo del hogar; no advirtió la presencia de Philip. Éste permaneció largo rato mirándola mientras Christina alzaba una esponja y dejaba correr el agua a lo largo del brazo. Estaba de espaldas a Philip, y lo único que él podía ver era el suave perfil blanco de los hombros sobre el borde de la ancha bañera. Tenía los cabellos sujetos en un rodete y las innumerables trenzas brillaban como oro liquido; la luz del fuego bailoteaba alrededor.

La toalla y la bata de Christina estaban sobre el taburete, cerca de la bañera. Philip se acercó a ellas y las tomó. Christina contuvo una exclamación.

—¿Qué haces aquí? —exclamó Christina, y se sumergió aún más en el agua. Advirtió enojada la expresión divertida de Philip, y después vio que sostenía en la mano la bata y la toalla—. Deja eso, Philip. ¡Ahora! ¡Y sal de aquí!

—¿Hablas de estas cosas? —preguntó él burlonamente, y las llamas se reflejaban móviles en sus ojos de matices dorados—. Lo que usted diga, señora. —Arrojó las prendas a la cama, lejos del alcance de Christina.

Philip rodeó la bañera y se acercó a la silla que estaba en un rincón del cuarto. Christina miró estúpidamente la bata y la toalla depositadas sobre la cama. Luego volvió bruscamente la cabeza y miró hostil al hombre. Él había ocupado la silla y miraba a Christina; tenía las piernas abiertas y las manos entrelazadas, los antebrazos apoyados en los muslos.

—¿Qué demonios estás haciendo, Philip? ¡Maldito seas! ¿Quieres que te expulsen de esta casa? ¿Necesitas, una excusa para irte, ahora que Estelle se ha marchado? ¿Se trata de eso?

Philip sonrió, sin apartar los ojos verdes del rostro irritado de Christina.

—Christina, no deseo salir de aquí, y si lo quisiera no necesitaría una excusa. Si tienes la bondad de bajar la voz, nadie se enterará de mi presencia y no me descubrirán.

La confusión dominó a Christina. Philip estaba oculto parcialmente por las sombras. Pero Christina aún podía ver su expresión ardiente en los ojos. La deseaba, de eso ella estaba segura, y un peculiar cosquilleo comenzó a recorrerle el cuerpo. Lo deseaba con todo su corazón, pero sabía que ese amor duraría a lo sumo una noche. Al día siguiente él se mostraría tan frío e indiferente como antes y ella no podría soportarlo.

—Philip, fuera de mi cuarto. No tienes derecho a estar aquí.

—Tina, esta noche estás muy bella —murmuró Philip—. Podrías tentar a un hombre a hacer lo que quisiera... excepto abandonarte.

Rió de buena gana.

Ella se movió en la bañera. No podía soportar la imagen de ese hombre, con sus cabellos muy negros y rizados, la camisa blanca y tersa abierta hasta la cintura, de modo que mostraba el pecho bronceado con los rizos de vello negro. ¡Era la tentación! Christina tuvo que apelar a toda su voluntad para resistir, porque hubiera deseado abrazarlo así como estaba, empapada de la cabeza a los pies; ¡ansiaba hacer el amor! Era lo que ella deseaba, y lo que él deseaba; pero ella no podía. No podía soportar la idea de amarlo y después afrontar de nuevo su odio por la mañana. Pasaron veinte minutos. Philip nada dijo, y Christina tampoco habló. Estaba de espaldas a Philip, pero sabía, que él continuaba mirándola.

—Philip, por favor... el agua se enfría —rogó.

—Propongo que salgas de ahí —le replicó él en voz baja.

—¡Vete, así podré salir! —exclamó Christina.

—Tina, me sorprendes. Te he visto en el baño cien veces... y siempre salías desnuda del agua. Entonces no eras tímida; con que, ¿por qué finges serlo ahora? Una vez incluso hicimos el amor acostados sobre la tierra dura, detrás del estanque. Ese día te acercaste y...

—¡Basta! —exclamó ella, descargando un puñetazo en el agua—. Philip, no tiene sentido hablar del pasado. Es asunto concluido. Vamos, sal de aquí antes de que me enfríe.

—¿El embarazo y el parto perjudicaron tu cuerpo? —preguntó Philip—. ¿Por eso rehusas mostrarlo?

—¡Claro que no! Mi figura recuperó su forma anterior.

—Entonces, Tina, incorpórate y demuéstralo —murmuró él con voz ronca.

Christina casi cayó en la trampa; y en efecto, comenzó a incorporarse. Pero después se hundió en el agua aún más que antes, y por lo bajo maldijo a Philip. Las burbujas de jabón se habían disuelto y su cuerpo ahora era bastante visible. La única esperanza de Christina era que él no se acercara. ¡Tenía que marcharse! Si se atrevía a tocarla, ella bien sabía que estaba dispuesta a ceder.

En ese momento se oyeron pasos en el corredor y Christina se inmovilizó cuando oyó golpes suaves en la puerta.

—Christina, tengo que hablarte. Christina, ¿estás despierta?

Christina volvió la cabeza para mirar a Philip, pero él continuaba tranquilamente sentado en su silla, y era evidente que le divertía el aprieto en que ella estaba.

—Tommy, por Dios, ¡vuelve a tu casa! Estoy bañándome... te llamaré por la mañana —dijo Christina en voz alta.

—Esperaré a que hayas terminado —gritó Tommy.

—¡No, Tommy, no esperarás! —Estaba más temerosa que enojada—. Es muy tarde. Te veré por la mañana... ¡ahora no!

—Christina, maldita sea, ¡esto no puede esperar! No soportaré que ese hombre continúe viviendo en esta casa. ¡Tiene que irse!

La risa profunda de Philip resonó en la habitación. La puerta se abrió bruscamente, golpeando contra la pared y Tommy entró en el cuarto. Philip continuaba refugiado en las sombras, y Tommy tuvo que mirar alrededor dos veces antes de verlo.

Indignado, Tommy apretó los puños junto a su cuerpo y miró a Christina, después miró a Philip y luego otra vez a Christina. Antes de que ella pudiese decir nada, Tommy dejó escapar un grito y comenzó a acercarse a Philip.

Ella se puso de pie, salpicando agua sobre la espesa alfombra azul.

—¡Basta, Tommy! —gritó.

Tommy se detuvo. Abrió la boca al verla, olvidando que Philip estaba en la habitación. Pero Philip, que medio se había incorporado para afrontar el ataque de Tommy, miró sombrío a Christina.

—Siéntate, mujer —gruñó irritado Philip.

Ella obedeció inmediatamente, desbordando agua

por los costados de la bañera y un intenso sonrojo le cubrió el rostro.

—¿Qué demonios hace aquí, Caxton? —preguntó Tommy.

—Tommy, no tienes por qué enojarte —trató de tranquilizarlo Christina—. Philip vino aquí poco antes que tú... a hablarme de su hijo. Cuando entró ignoraba que yo estaba bañándome.

—Entonces, ¿por qué está sentado ahí, mirándote mientras te bañas? Christina, ¿cómo le permites entrar aquí? ¿O esto es una vieja costumbre?

—No seas absurdo. Te digo que fue perfectamente inocente. ¡Dios mío! Este hombre me ha visto en el baño cien veces. Como recordarás, Philip vino aquí por su hijo... no por mí. Y ocupó esa silla sólo el tiempo indispensable para formularme unas pocas preguntas... eso es todo. Tommy, no salí ni un segundo de la bañera. Me vio únicamente cuanto tu absurda actitud me indujo a hacer un movimiento.

—¡Maldito sea, de todos modos no tiene derecho a estar aquí!

—Baja la voz, Tommy, no sea que despiertes a John! —exclamó Christina.

—Despertar a John... es exactamente lo que me propongo hacer. Caxton, no continuará aquí mucho tiempo.

Tommy rió amargamente y salió con paso rápido del cuarto.

—¡Mira lo que has hecho! —exclamó Christina—. ¿Por qué no me dejas en paz? Ahora John se verá obligado a pedirte que salgas de la casa. Lo has hecho a propósito, ¿no es así?

—Christina, mi intención no era ser descubierto —replicó serenamente Philip—. Es tu casa tanto como la de John. No tendré que salir si tú no lo deseas. Si quieres que nuestro hijo crezca sin conocer a su verdadero padre, tuya es la decisión.

Era la primera vez que Philip hablaba de «nuestro hijo» y Christina se sintió sorprendida y al mismo tiempo complacida de oírlo hablar así.

—De prisa... ¡entrégame la bata antes de que llegue John! —dijo Christina con voz apremiante—. ¡Bien, vuélvete, maldita sea!

—¡Oh, por Dios, Christina!

Pero Philip se volvió y se acercó a la ventana.

Christina abandonó la bañera y consiguió ponerse la bata sobre el cuerpo húmedo y ajustarla a la cintura, todo antes de que John entrase en la habitación, seguido a poca distancia por Tommy.

—Christina, ¿qué demonios es lo que ocurre? —preguntó John.

Philip se volvió, y Tommy lo miró con fiera expresión.

—Te dije que era verdad. ¡John, es un insulto, y exijo que Caxton salga inmediatamente de esta casa! —explotó Tommy.

—Basta, Tommy. Te pido que vuelvas a tu casa. Yo atenderé este asunto —replicó John.

—¡No me iré!

—¡Tommy... vamos! Deseo hablar a solas con Christina. Haré todo lo que sea necesario.

Tommy se volvió y salió de la habitación.

—También yo me iré si usted desea hablar a solas —dijo Philip.

—Sí —replicó secamente John—. Por la mañana le informaré de mi decisión.

—Muy bien, por la mañana. Buenas noches, Tina.

Philip cerró la puerta tras de sí.

Christina comprendió que él le pedía que lo defendiese para poder continuar con su hijo. Aflojó un poco los músculos y se sentó al borde de la cama.

—Crissy, ¿cómo es posible que hayas permitido a Philip venir a tu habitación a esta hora de la noche? —preguntó John—. ¿Acaso tú y Philip habéis resuelto finalmente vuestras diferencias? ¿Se trata de eso?

—John, no sé de qué estás hablando. Nada hay que resolver entre nosotros. Lo que hubo terminó... y no se repetirá. Y no invité a Philip a venir a mi habitación. Sencillamente, entró y no quiso irse.

—¿Quizás él...?

Christina sonrió levemente.

—Philip se sentó en ese rincón mientras estuvo aquí, pero yo sabía que él me deseaba. Y sé que no puedo impresionarte más de lo que ya hice hasta ahora si te digo que también yo lo deseaba... lo deseaba más que a nada en el mundo —murmuró, temerosa de que Philip la oyese desde su cuarto—. Pero me he resistido, porque sabía que me querría sólo esta noche. Mañana me habría odiado de nuevo.

—Pero Crissy, Philip jamás dejó de desearte.

—¡A veces sí lo ha hecho! —replicó ella con voz airada.

No tenía objeto discutir con Christina cuando se mostraba obstinada. John meneó la cabeza.

—Bien, Crissy, le pediré que se marche. Si no hubiera sido Philip, a estas horas estaría muerto.

—John, no quiero que se vaya.

—¡Seguramente no hablas en serio! Acabas de decirme que no podrás resistirlo si él... Crissy, esto volverá a ocurrir si él se queda aquí.

—John, esta situación no se repetirá nunca más. Lo sé muy bien. Y además, en adelante cerraré con llave la puerta. Quiero que Philip se quede aquí hasta que esté preparado para irse. No le negaré el derecho de conocer a su hijo.

—¿Y qué me dices de Tommy? No comprenderá por qué Philip se queda en la casa. —John hizo una pausa, y meneó la cabeza—. Crissy, la culpa es mía. Nunca debí insistir en que te casaras con Tommy.

—Ahora eso no importa. Por la mañana conversaré con Tommy. Conseguiré que comprenda que fue un encuentro inocente.

—Dudo que lo crea. ¿Qué piensas hacer cuando te cases con Tommy? Jamás permitirá que Philip ponga los pies en su casa.

—No lo sé. Resolveré ese problema cuando llegue el momento. Y cuando hables con Tommy dile que conversamos acerca de Philip junior. Y que si bien es una actitud un tanto impropia, tú olvidarás todo el asunto si no vuelve a repetirse.

—¿Es lo que le has dicho esta noche a Tommy? No me extraña que se haya enojado tanto. ¿Crees que Tommy es tan ingenuo que puede aceptar eso? No es tonto.

—Bien, tendré que insistir en que es verdad —dijo Christina—. No quiero más choques entre Philip y Tommy.

—Trata de hablar con Tommy antes de que se cruce conmigo. Por mi parte, yo no sabría cómo explicar la prolongación de la presencia de Philip en esta casa. Yo mismo no sé muy bien a qué atenerme. —John se acercó y besó suavemente la mejilla de Christina—. Imagino que Tommy volverá temprano, de modo que es mejor que descanses un poco. Buenas noches, hermanita. Ojalá sepas lo que haces.

Christina sonrió levemente, pero no contestó a su hermano. Cuando John se marchó, Christina paseó la vista por la habitación vacía y experimentó un sentimiento de pesar. Se preguntó qué habría ocurrido si Tommy no hubiese entrado repentinamente. Se puso el camisón, se acostó y un deseo ardiente la dominó... el mismo deseo que había experimentado tantas noches. Deseaba a Philip... las manos del hombre amado acariciando su cuerpo, sus labios transportándola, la sensación de sus músculos tensos en la espalda cuando ella lo acariciaba. De bruces y con el rostro hundido en la almohada, lloró en silencio por lo que nunca podría ser.

33

El llanto estridente del niño despertó a Christina. Ella tomó su bata y entró corriendo en la habitación de su hijo. Miró alrededor para asegurarse de que Philip no estaba, y después se acercó a la cuna. El pequeño Philip dejó de llorar cuando la vio, pero continuó moviendo los brazos y las piernas. Christina tenía un hijo que dormía tranquilamente la noche entera. Pero cuando llegaba la mañana no admitía esperas y se aseguraba de que su madre lo supiese.

Lo cambió y después se sentó en la mecedora para alimentarlo. Mientras amamantaba al niño, Christina volvió a pensar en las palabras de Philip. *Nuestro hijo*. Lo había dicho con mucha naturalidad. Ella siempre había pensado en el pequeño Philip como en su propio hijo o como en el hijo de Philip.

Volvió a poner al niño en la cuna y aproximó ésta a la luz del sol que entraba por la ventana. Le acercó algunos juguetes para que se entretuviera mientras llegaba la hora del baño y después pasó a su propia habitación. Tenía que prepararse para el encuentro con Tommy.

El pequeño reloj sobre la repisa de la chimenea indicaba que eran las siete y diez, pero Christina tenía la certeza de que Tommy llegaría de un momento a otro. Decidió usar un vestido escotado de satén violeta, con mangas largas y ajustadas. No era una prenda apropiada para usarla por la mañana, pero Christina confiaba en que así lograría distraer de su cólera a Tommy.

Christina decidió asegurarse los rizos con las horquillas tachonadas de rubíes, y ponerse los grandes aros adornados con pequeños rubíes. No usó el collar que hacía juego, por temor que ocultase lo que ella deseaba que Tommy viera. Después de mirar por última vez su imagen reflejada en el gran espejo, Christina llegó a la conclusión de que su apariencia era satisfactoria.

Christina descendió a la planta baja y se alegró de comprobar que Tommy aún no había llegado. Por lo menos, podría desayunar en paz. Fue directamente a la repisa del comedor colmada de fuentes de alimentos, y se sirvió un plato. Como las fuentes estaban medio vacías era evidente que John y Philip ya habían desayunado, y probablemente habían salido de la casa.

Tras concluir el desayuno, Christina se levantó para servirse otra taza de té. Cuando se volvió, vió a Tommy de pie en el umbral. Vestía un elegante traje de montar y en la mano derecha sostenía un látigo. Como había previsto, los ojos castaños del joven se fijaron directamente en el ancho escote que apenas disimulaba los pechos grandes y redondos.

Ella sonrió con simpatía.

—Tommy, no te he oído llegar, pero no importa. Ven y tómate conmigo una taza de té.

—¿Qué?

Finalmente él la miró en los ojos.

—Dije que te invito a tomar una taza de té.

—Sí. —Se acercó a Christina y sus ojos volvieron a posarse hambrientos en el busto de la joven—. Christina, ¿cómo puedes llevar un vestido así por la mañana? Es...

—¿No te agrada mi vestido? —Sonrió seductora—. Me lo puse para ti.

Tommy se ablandó. La atrajo y la abrazó. Sus labios buscaron los de Christina, pero ella no sintió nada que se pareciese a una excitación especial. No sintió la oleada de fuego que recorría su cuerpo cada vez que Philip la besaba.

—Crissy, es un hermoso vestido. —La apartó un poco y la miró de arriba abajo—. No me importa que lo uses ahora que Caxton se ha ido.

—Tommy.

—Dios mío, Crissy, no sabes lo que he sufrido desde que vino ese hombre. ¡Un verdadero infierno! No podía dormir ni comer, no podía hacer nada. Mi único pensamiento era que había sido tu amante.

—Tommy.

—Pero ahora todo se arreglará. Dime, ¿lo expulsó John anoche o se ha ido esta mañana?

—Tommy, Philip no se irá.

Él la miró como si hubiese recibido inesperadamente una bofetada en la cara, pero ella se apresuró a hablar.

—John me creyó cuando le dije que anoche no ocurrió nada. Tommy, todo fue muy inocente... en efecto, no hubo nada. Philip Caxton ya no me desea... ya viste cómo se comportó con Estelle. No hay motivo para inquietarse.

—¡No hay motivo! —explotó Tommy—. Estaba en tu cuarto y tú... ¡estabas *desnuda*! ¿Te parece que eso no significa nada? Christina, no lo soportaré más aquí! ¡No lo soportaré!

—Mira, Tommy, eso no está bien. Philip tiene derecho estar aquí. En esta casa está su hijo.

—¡Hablaré de esto con John! ¡Ese hombre no continuará en la casa contigo!

—¡Esta es mi casa tanto como la de John! —gritó Christina—. Y yo digo que Philip puede permanecer aquí.

—¡Maldición!

Tommy descargó el látigo sobre la mesa.

—Tommy —dijo Christina—. Philip está aquí sólo por su hijo... no por mí. ¿No comprendes?

—Entonces, ¿por qué demonios no le entregas a tu hijo?

—No puedes hablar en serio —le respondió Christina riendo.

—Si todo lo que Caxton desea es tener a su hijo, entrégaselo. De todos modos, nunca quise a ese mocoso —dijo Tommy con amargura—. Christina, apenas nos casemos tendremos nuestros propios hijos. ¡*Mis* hijos!

Christina habló con voz pausada:

—Agradezco que me hayas dicho lo que sientes por el pequeño Philip antes de que nos casemos. Ahora no habrá matrimonio. Tommy, si no quieres a mi hijo, no puedo casarme contigo.

—¡Christina!

—No comprendes mis sentimientos hacia el niño, ¿verdad? Tommy, es mi hijo, y lo amo con todo el corazón. No hay poder en la tierra que me obligue a renunciar a él.

—¿Nunca has pensado en casarte conmigo, verdad? —gritó Tommy, el rostro enrojecido por la pasión. Un escalofrío recorrió la columna vertebral de Christina—. ¡Siempre has querido a ese hombre! Bien, no lo tendrás Christina. ¡Recuerda lo que digo! ¡Philip Caxton lamentará el día que entró en esta casa! !Y tú también lo lamentarás!

—¡Tommy! —gritó Christina.

Pero él salió de la sala, cerrando la puerta con un fuerte golpe.

Christina comenzó a temblar incontroladamente. ¿Qué podía hacer? ¿Qué se proponía hacer Tommy? Tenía que encontrar a Philip y advertirle, pero no tenía idea del lugar en que se encontraba.

Christina subió corriendo la escalera. Fue directamente a la habitación de Philip y cerró la puerta. «Lo esperaré aquí —pensó—. ¡Oh, Philip... por favor, date prisa! ¡Tommy ha enloquecido!»

Pasaron veinte minutos durante los cuales Christina se paseó de un extremo al otro del cuarto de Philip. Le parecieron horas. Continuó recordando lo que Tommy había dicho y cavilando acerca del sentido de sus palabras. Cuando oyó pasos en el corredor, contuvo la respiración rogando que fuera Philip. Cuando se abrió la puerta, casi se desmayó de alivio.

—¿Qué demonios haces aquí? ¿Intentas devolverme la visita que te hice anoche? —le preguntó Philip fríamente.

Entró en la habitación y comenzó a quitarse la pesada chaqueta de montar.

Christina se sintió abrumada por la dureza de Philip, pero recordó la razón por la cual estaba allí.

—Philip, he venido a advertirte. Tommy profirió amenazas contra ti, y se comportaba de un modo tan extraño que yo...

—¡Christina, no seas absurda! —la interrumpió Philip—. Me pediste anoche que saliera de tu cuarto y ahora te pido que abandones el mío. Tu hermano ha dicho claramente que no desea volver a vernos solos.

—¿Dijo eso?

—No exactamente, pero ése era el sentido —replicó Philip.

—Pero Philip. Tommy dijo que te pesaría haber venido aquí. Él...

—¿Crees realmente que me importa en lo más mínimo lo que dice Huntington? Te aseguro que puedo cuidarme a mí mismo. —Se apartó de ella, dejándola sumida en total confusión—. Si tu joven amante intenta algo trataré de que no sufra demasiado. Ahora, ten la bondad de salir de mi cuarto.

Christina asió el brazo de Philip y lo obligó a mirarla y sus ojos irritados se clavaron en los ojos verdes de Philip.

—¡Creó que quiere matarte! ¿No puedes meterte eso en tu dura cabeza?

—De acuerdo, Christina, es precisamente lo que me propongo hacer —dijo Tommy.

De pronto, Christina sintió que las náuseas la dominaban y percibió al mismo tiempo los músculos tensos del brazo de Philip. Se volvió lentamente para mirar a Tommy, que estaba de pie en el umbral. El recién llegado apuntaba a Philip con dos pistolas.

—Sabía que os hallaría juntos. Bien, Christina, tu advertencia llegó un poco tarde. Ahora nada podrá salvar a tu amante.

Emitió una risa breve.

Christina trató de hablar, pese a que le parecía que iba a desmayarse de un momento a otro.

—Tommy, ¡no puedes hacer esto! ¡Cometerás un asesinato! Arruinarás tu propia vida.

—¿Crees que mi vida me importa en lo más mínimo? No me importa lo que me ocurra, si él muere. Y ahora morirá, Christina... ante tus propios ojos. ¿Crees que no sé que te acostaste con él mientras decías ser mi prometida? ¿Crees que soy tan estúpido?

—¡No es cierto, Tommy! —gritó Christina. Avanzó para proteger con su cuerpo a Philip, pero él la apartó con un movimiento del brazo y Christina cayó en la cama.

—Christina, quítate del medio. Esto tiene que resolverse entre Huntington y yo —dijo Philip con voz dura.

—Muy emocionante —dijo Tommy riendo—. Pero mi propósito no es herir a Christina.

—¡Tommy, escúchame! —rogó Christina. ¡Tenía que detenerlo! Se incorporó bruscamente y se enfrentó a Tommy con la respiración muy agitada—. Iré contigo, Tommy. Me casaré hoy. Por favor, por favor, deja las pistolas.

—Mientes. ¡Siempre me has mentido!

—Tommy, no te miento. ¡Esto es absurdo! No tienes motivo para sentir celos de Philip. No lo amo. No me desea, y yo no lo deseo. ¿Cómo podría amarlo después de lo que me hizo? Por favor... ¡escucha mis razones! Partiré hoy mismo contigo y no volveremos a mencionar este asunto. ¡Por favor, Tommy!

—¡Basta ya, Christina! De nuevo te burlas de mí y no lo toleraré. ¡Siempre has querido a este hombre y no trates de decir lo contrario! —rugió Tommy, la cara contraída en una máscara de odio—. Hemos sido novios y sin embargo jamás has permitido que te tocara; pero soportaste que él te pusiera las manos encima, ¿verdad? ¡Bien, ya es suficiente! Christina, no lo tendrás... ni tendrás a su hijo. —Tommy volvió a reír cuando oyó la exclamación de Christina, pero mantuvo la vista fija en Philip, que no hacía un solo movimiento—. ¿Crees que permitiré que ese mocoso viva para recordarte a este hombre? No, Christina..., ¡ambos morirán! Tengo dos balas, una para cada uno.

—Tendrá que usar las dos conmigo, Huntington, e incluso así lo destrozaré.

La voz de Philip era serena, pero amenazadora.

—Lo dudo, Caxton... soy excelente tirador. Mi primera bala le destrozará el corazón y me quedará una para matar a ese bastardo. Christina no conservará nada de usted. —Hizo una pausa y miró hacia el suelo—. Crissy, eras la mujer que siempre desee, pero te apartaron de mí.

Miró a Philip y sus ojos de nuevo mostraron una expresión extraviada.

Tommy alzó una de las pistolas y apuntó al corazón de Philip. Christina profirió un grito escalofriante y se arrojó hacia adelante en el mismo instante en que Tommy disparaba. Phihp había dado un paso al lado para esquivar la bala, pero pudo sostener a Christina en sus brazos cuando ella se desmayó; la sangre le brotaba de una herida en la cabeza.

Christina sintió que caía, en un movimiento lento, describiendo amplios círculos. Frente a sus ojos todo se tiñó de rojo... y después la oscuridad se la tragó.

—Oh, Dios mío, ¿qué he hecho? ¡La he matado! —exclamó Tommy. Había palidecido intensamente; profirió un grito que era casi un aullido y se volvió y descendió corriendo la escalera. Pero antes de que llegase a la puerta principal John salió del comedor; detrás iban Kareen y Johnsy.

—¡Tommy! —gritó John, impidiéndole el paso. Tommy se volvió lentamente y John palideció al ver las dos pistolas en sus manos—. Dios mío, ¿qué has hecho?

Tommy dejó caer las armas, como si le quemaran las manos. Pero una pistola aún estaba cargada y cuando golpeó el suelo estalló con un estrépito horrible. Del primer piso llegó un grito de angustia. Tommy cayó de rodillas y las lágrimas comenzaron a brotar de sus ojos.

—¡Ya está persiguiéndome! —exclamó Tommy—. Oh, Dios mío, Crissy, no quería herirte. Yo te amaba.

—Quédate aquí, Tommy —ordenó John con voz ahogada y comenzó a subir de prisa la escalera; las mujeres lo siguieron.

—¿Adónde voy a ir? —murmuró Tommy en el vestíbulo—. ¿Por qué no viene a buscarme Caxton? ¡Es necesario que se haga justicia! Oh, Dios mío, cómo he podido ser tan ciego que no he visto cuánto le amaba... tanto, que se cruzó en mi línea de fuego para protegerlo. No puedo soportar lo que he hecho... ¡Quiero morir!

34

—Maldición, doctor, ¿por qué no despierta? Ya van tres días, y usted dijo que no era más que una herida superficial... ¡ni siquiera era necesario vendarla!

John se paseaba por el dormitorio de Christina mientras el viejo doctor Willis cerraba su valijón.

—De acuerdo con lo que me informa el señor Caxton, me temo que el problema de Christina es mental, no físico. Cuando reaccionó del primer desmayo y escuchó el segundo disparo, imaginó que habían matado a su hijo. No hay ninguna razón que le impida despertar... sencillamente, no lo desea.

—¡Pero tiene motivos fundados para vivir!

—Lo sabemos, pero ella no. En definitiva, sugiero que usted se siente aquí y le hable... trate de arrancarla de la inconsciencia. Y no se inquiete demasiado, John. En el curso de mi vida profesional jamás he perdido a un paciente que muriese de mera obstinación. Excepto su madre. Pero ella tenía lucidez total y deseaba morir. Hable con Christina. Dígale que su hijo la necesita... dígale todo lo que pueda arrancarle de su sopor. Cuando despierte estará perfectamente.

Cuando el doctor Willis se marchó, Philip entró en la habitación y se detuvo al lado de la cama.

—¿Qué dijo Willis? —preguntó Philip.

—¡Que no hay motivo que le impida despertar! ¡Sencillamente, no lo desea! —replicó irritado John—. ¡Maldita sea! Está deseando morir de pena, exactamente como hizo nuestra madre.

Bien entrada la noche, después de que John hubiera pasado el día entero hablándole, Christina abrió los ojos.

Miró a John, que estaba sentado en una silla al lado de la cama y se preguntó por qué su hermano se encontraba allí, recordó lo que había ocurrido.

—¡Oh, Dios mío, no... no! —gritó histéricamente.

—Está bien, Crissy... ¡El pequeño Philip está perfectamente! Vive y está sano. ¡Lo juro! —se apresuró a decir John.

—John, no... no me mientas —imploró Christina entre sollozos.

—Lo juro, Crissy, tu hijo no sufrió el más mínimo daño. Está en la habitación contigua y duerme.

Ella no podía dejar de llorar.

—¡Oí un disparo! Lo oí perfectamente.

—Crissy, el disparo que oíste fue en la planta baja, cuando Tommy dejó caer las pistolas al suelo. Nadie fue herido... el pequeño Philip está muy bien.

Christina apartó las mantas y comenzó a bajar de la cama. Pero un dolor lacerante le atravesó la cabeza, de modo que tuvo que volver a acostarse.

—Deseo verlo personalmente.

—Muy bien, Crissy, si no me crees... Pero ahora siéntate sin hacer movimientos bruscos. Has estado en cama tres días.

Finalmente John tuvo que llevarla a la habitación del niño. La acompañó suavemente al lado de la cuna y la sostuvo para que no cayera. Christina contempló a su hijo dormido. Acercó la mano a su carita, sintió el aliento tibio y le acarició la mejilla. El niño se movió y volvió la cabeza.

—Vive —murmuró complacida Christina.

John volvió a alzarla y la llevó de regreso a su lecho. Christina volvió a llorar, pero esta vez de alegría.

—Crissy, ordenaré que te traigan de comer. Y después debes descansar un poco más.

—Pero dijiste que había dormido tres días. No necesito más descanso, John. Deseo saber qué ocurrió —observó serenamente Christina.

—Uno de los criados de los Huntington me encontró en los establos. Lord Huntington envió al muchacho con el fin de que me advirtiese que Tommy venía armado. Oí el primer disparo antes de llegar a la casa. Encontré a Tommy en el vestíbulo. El segundo disparo fue accidental. Tú gritaste y yo pensé que Tommy había matado a Philip. Pero cuando subí vi que tú eras la herida. Crissy... pensé que estabas muerta. Pero Philip me aseguró que sólo te habías desmayado después de oír el segundo tiro. Si no hubieses perdido el sentido hubieras sabido que el pequeño Philip estaba perfectamente. El primer disparo no lo molestó, pero los ecos del segundo lo asustaron y gritaba con toda la fuerza de sus pulmones. Ni siquiera Johnsy consiguió calmar su llanto.

—¿También Philip está bien?

—Sí. Ambos habrían estado perfectamente si no te hubieses cruzado en la línea de fuego. Crissy, sé por qué lo hiciste, pero me pareció que no era asunto mío decírselo a Philip. Gracias a Dios, la bala solamente te rozó.

—¿Dónde está ahora Philip?

—Creo que abajo, emborrachándose, como hizo las últimas tres noches.

—¿Y Tommy... está bien?

—Creo que Tommy estaba más conmovido que todos los demás. Creyó que te había matado. Lloró como un niño cuando le dije que sólo te habías desmayado. Pero me temo que lo han arrestado. Después de todo, te disparó.

—Pero estoy bien... no fue más que un accidente. John, no quiero que lo retengan en la cárcel. Tommy enloqueció porque rompí nuestro compromiso. Quiero que obtengas su libertad... esta misma noche.

Veré qué puedo hacer, pero primero te traeré de comer.

—Señorita Crissy, querida, despierta. Aquí hay alguien que desea ver a su mamá.

Christina se movió en la cama y vio a Johnsy que sostenía en brazos al pequeño Philip. Sonrió, pues incluso cuando lo acunaban el niño se movía inquieto. Christina se desabrochó el camisón y comenzó a amamantar al niño mientras miraba a Johnsy, que mostraba evidente nerviosismo mientras ordenaba las cosas de la habitación.

—¿Qué te ocurre? —preguntó Christina.

—La verdad, me asustaste muchísimo... tres días completos en la cama. Y para colmo, tu hermano me ordena venir a preguntarte si puedes ver al señor Tommy. Si me lo hubiese preguntado, me habría negado; pero ya nadie me pregunta nada.

—Oh, Johnsy, deja de protestar. Veré a Tommy apenas termine de alimentar al pequeño Philip.

—¿Quizá todavía no estés en condiciones de recibir visitas? —propuso Johnsy con cierta esperanza.

—No estoy enferma. Ahora, continúa con lo tuyo y dile a Tommy que lo veré en seguida.

Un rato después Tommy llamó a la puerta cuando

Christina regresaba de la habitación infantil, donde había dejado al pequeño Philip. Christina abrió la puerta y vio que Tommy vestía ropas de viaje. Lo invitó a pasar.

—Crissy, yo...

—Está bien, Tommy —interrumpió Christina—. No tienes que decir nada acerca de eso.

—Pero deseo hablar —le dijo Tommy, y tomó entre las suyas las manos de Christina—. Lo siento mucho, Crissy. Tienes que creerme. De ningún modo quise lastimarte.

—Lo sé, Tommy.

—Ahora comprendo cuánto amas a Philip Caxton. Hubiera debido comprenderlo antes, pero estaba obsesionado con mis propios sentimientos. Cuando Caxton llegó a esta casa vi en él sólo a un rival. Pero ahora sé que nunca fuiste mía... siempre fuiste suya. Dile que lamento lo ocurrido. Aún duerme; por eso no puedo decírselo personalmente.

—Puedes hablar con él más tarde.

—No, no estaré aquí. Parto por la mañana.

—Pero, ¿adónde vas?

—He decidido ingresar en el ejército —dijo tímidamente Tommy.

—Pero, ¿y tus propiedades? Tu padre te necesitará —dijo Christina. Pero era evidente que Tommy ya había adoptado una decisión.

—Mi padre todavía es joven. Aquí nada me retiene. Lo mismo que tu, Crissy, he vivido aquí mi vida entera. Es hora de que vea el mundo. —La besó en la mejilla y sus ojos castaños expresaron profunda amistad—. Jamás encontraré a una persona como tú, pero quizás aparezca alguien.

—Así lo espero, Tommy. Te lo digo de veras. Y te deseo toda la suerte del mundo.

Cuando Tommy se marchó, Christina permaneció largo rato en el centro de la habitación. Se sentía muy triste y solitaria, como si le hubiesen arrancado un pedazo del corazón. El Tommy con quien acababa de hablar era el de siempre, el hombre a quien ella quería como a un hermano; y estaba segura de que en el futuro le echaría de menos profundamente.

35

Philip despertó con un horrible dolor de cabeza. La luz del sol que inundaba la habitación no aliviaba su malestar. Presionó sus sienes con los dedos, para aliviar el sufrimiento, pero no sirvió de nada. Examinó su propia figura; estaba completamente vestido, aunque le saltaba un zapato. Gimió por lo bajo.

Anoche John le había dicho que al fin Christina había despertado. ¿O lo había soñado? Bien, había un modo de comprobarlo. Se puso de pie. Un dolor agudo le atravesó de nuevo la cabeza y Philip se juró que no volvería a beber whisky por mucho tiempo. Se salpicó agua sobre la cara y después permaneció inmóvil un rato, con las manos apoyadas en la mesa del tocador, hasta que el dolor se calmó un poco.

Después de un rato Philip pudo encender el fuego que no se había molestado en encender la noche anterior. Se afeitó y se cambió de ropa. Comenzó a sentirse otra vez casi humano y decidió que era el momento oportuno para ver Christina.

Caminó los pocos metros que lo separaban de la habitación de Christina y entró sin llamar; la encontró sentada en la cama, ataviada con la túnica de terciopelo negro que cubría un camisón adornado con encaje blanco. Los largos cabellos cubrían gran parte de la almohada y envolvían la cabeza con un bello halo dorado.

—¿Nunca llamas? —preguntó Christina secamente.

—De todos modos, me dirías que pasase, así que no vale la pena perder tu tiempo y el mío. —Philip cerró la puerta y ocupó la silla que John había acercado a la cama—. De modo que al fin has despertado. ¿Qué demonios pretendes lograr durmiendo tres días y dejando a mi hijo a merced de una nodriza?

Por el tono de voz Christina no pudo decidir si Philip se burlaba o hablaba en serio. Decidió atenerse a la segunda posibilidad y se irritó.

—Lamento que mi prolongado sueño te haya inquietado, pero yo he visto a mi hijo esta mañana. Y creo que se arregló bastante bien. Y puesto que parecen desagradarte las nodrizas, ¿puedes decirme, Philip, cómo te las arreglarás si acepto entregarte a mi hijo?

—¡Maldita sea, mujer! —rugió Philip, y emitió un gemido provocado por el sonido de su propia voz.

Christina comprendió lo que le pasaba y se hecho a reír.

—¿Qué demonios te parece divertido? —Philip la miró con ojos irritados.

—Tú —dijo Christina mientras trataba de contener la risa—. ¿Qué te indujo a beber tanto tres noches seguidas? Sé que te preocupó la posibilidad de perder al pequeño Philip, pero no tenías motivo para emborracharte. Sabías que él no había sufrido el más mínimo daño.

—Estabas aquí, acostada, inconsciente, y no sabía si vivirías o morirías... ¿y todavía me preguntas qué me indujo a beber?

—¿Qué te importa que yo viva o muera? Estoy segura de que si yo no hubiese sobrevivido John te habría entregado el pequeño Philip. Te habrá complacido mucho la perspectiva de obtener lo que deseabas. Lamento haberte decepcionado.

Philip se recostó en la silla y miró fijamente a Christina.

—¡Debería desollárte viva a causa de esa observación! Ah, demonios... en fin... hubiera sido mejor esperar un poco antes de hacerte esta visita. Era evidente que estabas muy conmovida porque tu amante se encuentra encerrado en la cárcel.

—¡Maldita sea, no fue mi amante! —observó irritada Christina—. Señor Caxton, que quede claro que usted fue el único amante que yo tuve jamás.

—No es necesario gritar, ¡por todos los diablos! —gritó Philip.

—¿No necesito gritar? Yo diría que es el único modo de que me oigas. Y además, Tommy ya no está en la cárcel. Fue...

—¿He oído bien? —Philip la interrumpió, y sus ojos verdes se ensombrecieron.

—Me oíste bien —replicó Christina, sin hacer caso de la cólera de él—. Tommy fue liberado anoche... respondiendo a mis insistentes ruegos.

—¡Por todos los santos! —estalló Philip, que había olvidado su dolor de cabeza—. ¿Y por qué intercediste y lograste que lo liberasen como si nada hubiese ocurrido?

—Su intención no fue matarme.

—¡Lo sé! ¡Quería liquidarme a *mí*! ¿Se le ha ocurrido, señora, que quizá formule una acusación oficial?

—No lo hagas, Philip —dijo Christina en voz baja—. Tommy lamenta lo que hizo. Me pidió que lo disculpase ante ti. Él...

—¿Ya has hablado con él? —la interrumpió Philip.

—Sí. Vino a verme esta mañana.

—Y ahora me pides por su libertad. —Philip se recostó en la silla como si un enorme peso lo apretase contra ella—. Seguramente lo quieres mucho.

—Crecí con Tommy. Éramos íntimos amigos hasta que él decidió enamorarse de mí. Pero yo no correspondía a ese sentimiento.

—¿Pero proyectabais casaros?

—Tommy pidió mi mano el primer día que volví a casa, y después, día tras día, hasta que ya no pude soportar más. Lo rechazaba, pero él no estaba dispuesto a ceder. Fui a Victory para alejarme de Tommy, pero cuando regresé a casa él volvió a insistir. Pedí a John que tratase de apartar a Tommy, pero mi hermano prefirió apoyarlo. Creí que no volvería a verte nunca, y por eso cedí. Acepté casarme con Tommy porque todos querían que lo hiciera. Éramos amigos, y yo lo quería como amigo... Eso no ha cambiado. Esta mañana, cuando vino a despedirse, había vuelo a ser el mismo de siempre.

—¿Despedirse?

—Sí, ingresará en el ejército. Le echaré de menos. Cuando rompí nuestro compromiso enloqueció de celos, pero ahora está bien. ¿Todavía deseas acusarle?

—No. Si se ha ido, le deseo buena suerte. ¿De modo que para ti no era más que un buen amigo?

—Sí.

Philip comenzó a reír estrepitosamente. Se inclinó hacia adelante, sin abandonar la silla.

—Te diré algo que debí decirte hace mucho tiempo. Te amo, Tina. Siempre te amé. Creo que no vale la pena vivir la vida sin ti. Deseo llevarte a casa conmigo... quiero que vayamos a Victory. Pero lo comprenderé si te niegas; tengo que pedírtelo. Y si aceptas, no te exigiré nada. Sé que me odias por el sufrimiento que te infligí, pero lograré soportar tu odio mientras pueda convivir contigo.

Christina se echó a llorar. No podía creerlo.

—Tina, no es necesario que me contestes ahora.

Ella abandonó de un salto la cama y se arrodilló frente a Philip. Abrazó la cintura de Philip como si deseara no apartarse nunca de él. Philip alzó el rostro de Christina y le acarició suavemente los cabellos, y la miró con expresión tierna y al mismo tiempo inquisitiva.

—¿Quieres decir que vendrás conmigo?

—Philip, ¿acaso pensabas otra cosa? ¿.Cómo puedes creer que te odiara? Te amo con todo mi corazón. Creo que te quise desde el principio, pero lo comprendí sólo cuando Alí Hejaz me secuestró. Habría continuado toda la vida en Egipto si no me hubieses arrojado de tu lado. Y cuando ocurrió eso, sufrí muchísimo, hasta que supe que llevaba a tu hijo en mi vientre. El pequeño Philip me dio un motivo para continuar viviendo.

—Por favor, Tina, no me mientas. No te expulsé del campamento. ¡Tú me abandonaste!

—Pero no miento, Philip. Todavía tengo la nota que Rashid me entregó cuando tú saliste en busca del campamento de Yamaid Alhabbal. Al principio no pude creerlo. Pero cuando Rashid me dijo que tú deseabas casarte con Nura, acepté la situación y le acompañé.

—Tina, no escribí ninguna nota. Fui al campamento de Yamaid para invitar a su tribu a nuestra boda. Cuando volví...

—¡Nuestra boda!

—Sí... En realidad, había comenzado a creer que me querías realmente. Deseaba casarme contigo para asegurarme de que jamás te perdería. Nuestra boda tenía que ser una sorpresa. Pero cuando volví, te habías marchado, y... déjame ver esa nota.

De mala gana, Christina se apartó de Philip y se acercó a su escritorio. Del cajón superior extrajo el arrugado pedazo de papel y se lo entregó a Philip.

—¡Rashid! —rugió Philip después de ver la nota—.

¡Tendría que haberlo adivinado! ¡Aunque sea mi último acto en esta vida, volveré a Egipto y mataré a ese bastardo!

—No entiendo.

—¡Rashid escribió esta nota! Me dejó otra firmada con tu nombre, y en ella me pedías que no te siguiera. Pensé que el último mes me habías engañado. Creí que sólo fingías que eras feliz, con el fin de que te dejase sola para facilitar tu fuga.

—Philip, ¿cómo pudiste creer tal cosa? Jamás me sentí tan feliz en mi vida como durante ese mes contigo. No podría haber fingido esa clase de felicidad. —Sonrió afectuosamente y acarició la nuca de Philip—. Pero, ¿por qué hizo esto Rashid?

—Seguramente concibió la esperanza de que yo iría a buscarte a Inglaterra y no regresaría. Rashid siempre me odió por que yo era el favorito de nuestro padre, y porque me convertí en jefe de la tribu. Para él, ser jeque era más importante que nada. Yo entendía su situación y le permití hacer su voluntad en muchas cosas. Pero llegó demasiado lejos para obtener lo que quería. Planeó tu secuestro y mi muerte a manos del jeque Alí. Cuando el hermano de Amine me reveló la verdad, busqué por doquier a Rashid, pero no pude hallarlo. Finalmente, renuncié a mis esfuerzos. Por otra parte, no podía soportar la vida en aquel país, donde todo lo que veía evocaba tu recuerdo. Pero no es posible perdonar a Rashid. Por su culpa hemos perdido un año entero de mutuo amor.

—Habría sido bastante difícil durante algunos meses del año —rió Christina—. Pero no importa... porque ahora nos tenemos uno al otro, y para siempre. —Hizo una pausa—. Pero, ¿qué me dices de Estelle? Afirmaste que la deseabas.

—Sólo porque sabía que me escuchabas, querida. ¿Por qué crees que dejé abierta la puerta?

Philip se puso de pie y atrajo a Christina. Se unieron en un beso apasionado y Christina creyó que el éxtasis la abrumaba. Philip le sostuvo la cara entre las manos, y le besó los ojos, las mejillas y los labios.

—Tina, ¿te casarás conmigo? ¿Vivirás conmigo y compartirás siempre mi vida y amor?

—Oh, sí, amor mío, eternamente. Y jamás volveré a ocultarte mis sentimientos.

—Tampoco yo los míos.

—Pero, Philip, hay algo que aún me desconcierta. ¿Por qué me trataste con tanta frialdad desde el momento de tu llegada a esta casa?

—Querida, porque vine para casarme contigo, pero en cuanto entré oí que aceptabas la propuesta de otro hombre. La cólera me dominaba de tal modo que no pude ver claro.

—¿Estabas celoso? —preguntó Christina alegremente, mientras le acariciaba la mejilla con los dedos.

—¡Celoso! ¡Jamás he sentido celos! —Philip se apartó y cerró con llave las puertas del dormitorio. La atrajo bruscamente hacia él—. Pero si te veo desviando los ojos hacia otro hombre, ¡te arrancaré la piel a tiras!

—¿De veras? —Ella pareció sorprendida.

—No —murmuró Philip. Los ojos tenían una expresión maligna mientras la despojaba de la túnica negra—. No abandonarás el lecho el tiempo necesario para darme motivos.

36

Llevaban seis meses de casados, seis meses de felicidad. Christina aún no podía creer que Philip fuera suyo. Deseaba estar siempre cerca de su marido; tocarlo, oír las dulces palabras de amor que le colmaban de felicidad el corazón.

—¿Has olvidado la apuesta que hicimos anoche? —preguntó Philip cuando ella entró en el dormitorio con la bandeja del desayuno—. Creo que apostamos una mañana acostados tranquilamente... y yo gané.

—Querido, no he olvidado nada, pero aún dormías cuando desperté. Creí que podías desear un bocado que te ayudase a esperar el almuerzo.

—Es más probable que fueras tú quien deseara un bocado. Últimamente estás comiendo muchísimo, empiezo a creer que te interesan los alimentos más que yo —se quejó Philip. Recibió la bandeja de manos de Christina y la depositó sobre la mesa de mármol negro, frente al diván.

—Eso no es cierto, y tú lo sabes —dijo Christina, fingiendo enojo.

—Bien, no deberías haber traído tú la bandeja. En adelante, que los criados se ganen su sueldo.

—Señor mío, usted sabe muy bien que no se permite a los criados entrar en el dormitorio cuando la puerta está cerrada. Tú mismo diste la orden el segundo día de nuestra luna de miel. Una criada vino a cambiar la ropa blanca y nos encontró en la cama. Tu enojo asustó muchísimo a la pobre muchacha.

—Y tenía razón —sonrió Philip—. Pero, ¿por qué te retrasaste tanto? Estuviste fuera de la habitación casi una hora, y ya pensaba ir a buscarte. Cuando gano una apuesta, pretendo que me la paguen del todo, y no sólo la mitad.

—Estos últimos meses, siempre que hemos jugado a póquer perdí; empiezo a creer que cuando me enseñaste el juego en Egipto, con toda intención me permitías ganar.

—En ese caso, no apuestes conmigo. Pero ahora que las apuestas son interesantes, prefiero ganar. Y es muy posible que tú prefieras perder.

—Te agradaría creerlo, ¿verdad? —se burló Christina, reclinándose en el diván forrado de terciopelo.

—¿No es así? —preguntó Philip, sentándose junto a Christina.

—Amor mío, no necesitas un mazo de naipes y un juego de azar para conseguir que yo pase la mañana en la cama contigo... o para el caso, el día entero. Ya deberías saberlo.

—Tina, tantos meses creí que me odiabas, que ahora me parece difícil pensar que nuestra felicidad es real —dijo Philip.

Sujetó con las manos el rostro de Christina y la miró con profundo afecto a los ojos.

—Un hombre no tiene derecho a sentirse tan feliz como yo gracias a tu amor. No puedo creer que seas realmente mía.

Christina se abrazó estrechamente a Philip.

—Tenemos que olvidar los once meses que estuvimos separados —murmuró—, y olvidar las dudas que compartimos. Fuimos unos tontos porque no confesamos nuestro amor. Pero ahora sé que me amas tanto como yo te amo. Jamás, jamás te abandonaré.

Ella se apartó un poco y lo miró; y de pronto le brillaron los ojos.

—Yo te diré una cosa, Philip. Si otra mujer llegase a atraer tu atención, ¡lucharé por ti! Me dijiste una vez que nadie te quita lo tuyo. Bien, ¡ninguna mujer me quitará jamás lo mío!

—Qué mujer más impetuosa —sonrió—. ¿Por qué no me dijiste que serías una esposa celosa y posesiva?

—¿Lamentas haberte casado conmigo? —preguntó Christina.

—Conoces la respuesta a tu pregunta. Ahora, dime por qué estuviste tanto tiempo abajo. No estarás intentando alejarte de mi lecho, ¿verdad?

—Jamás haré eso. Me detuve unos minutos para ver al pequeño Philip. Estaba intentando caminar sin sostenerse en nada. Y me agrada tanto verlo cuando hace eso. Además, Emma me entregó una carta... de Kareen.

—¿Y quieres leerla ahora mismo? Adelante —dijo Philip.

Christina sonrió y abrió la carta. Después de leerla en silencio unos minutos, se echó a reír.

—Bien —dijo—, ya era tiempo.

—¿De qué se trata? —preguntó Philip.

—Kareen tendrá un hijo. Estoy segura de que John se siente muy feliz, e imagino que lo mismo podrá decirse de Johnsy. Estaba muy conmovida cuando nos fuimos y nos llevamos a su hijo, como ella llamaba al pequeño Philip. Se alegrará de que haya otro en la casa.

—Es una buena noticia y me alego por ellos. Pero ya es hora de que ampliemos nuestra familia. —Philip sonrió perversamente—. Y podemos empezar a trabajar en ello ahora mismo.

Él la alzó en brazos y la llevó al gran lecho de dosel, todavía desordenado después del descanso nocturno. La besó tiernamente, y los labios blandos de Philip se movieron lentamente sobre la boca de Christina. Le besó el cuello, los hombros, y después la depositó sobre la cama.

Los ojos verdes de Philip ardían de deseo. Se quitó la bata de terciopelo y ayudó a Christina a desnudarse. Ella abrió los brazos para recibirlo y los cuerpos de ambos se enlazaron estrechamente. Él volvió a besarla con ardor.

De pronto, él se apoyó en un codo y sonrió perezosamente a Christina.

—Me agrada la idea de tener una familia numerosa —dijo—. No te opondrás a tener otro hijo cuando ha pasado tan escaso tiempo desde el último, ¿verdad?

—Debiste formularme esa pregunta hace un mes. Ahora ya no hay alternativa. Dentro de ocho meses nuestra familia aumentará —sonrió Christina.

—Pero, ¿por qué no me lo dijiste antes? —preguntó alegre Philip.

—Estaba esperando el momento oportuno. Ojalá esta vez tengamos una niña.

—No, no quiero. Primero, tres o cuatro varones... después, podrás tener la niña que deseas.

—Pero, ¿por qué?

—Porque si nuestra hija se parece a ti, necesitará mucha protección en este mundo.

—Bien, esperemos y veamos. Me temo que el asunto no depende de nuestra voluntad.

—Imagino que por eso comes tanto últimamente —dijo Philip—. Bien, esta vez vigilaré personalmente tu embarazo.

Christina frunció levemente el ceño, y recordó qué

proporciones había alcanzado su propio cuerpo la primera vez. Pero Philip sonrió.

—En tu vientre crecerá nuestro hijo. Y tú estarás más bella que nunca... si tal cosa es posible. Te amo, Tina.

Philip la besó apasionadamente y los dos cuerpos se unieron en estrecho abrazo. Las llamas ardientes del amor los envolvieron y Christina comprendió que siempre sería así entre ellos. Sabía que su amor por Philip no se apagaría jamás.